KB266483

불의 꽃

김별아 장편소설

해냄

내 머리 막 이마를 덮었을 때

꽃가지 꺾으며 문 앞에서 놀았지요.

그대는 죽마를 타고 와서

난간을 돌며 청매로 나를 놀려댔어요.

장간 마을에서 함께 살며

두 어린아이는 아무런 스스럼이 없었어요.

열네 살에 당신의 여인이 되어

수줍어 얼굴을 펴지 못하고

머리 숙여 어두운 벽을 향해 앉아

천 번 불러도 단 한 번 대꾸하지 못했지요.

열다섯에야 겨우 눈썹을 펴고

한날 한시에 죽어 먼지와 재가 되길 소망했지요.

언제나 그런 믿음에 기대어 살았기에

어찌 망부대에 오르게 될 줄 알았겠어요?

열여섯에 당신은 멀리 가시니

구당협의 여석퇴는 물길이 험한 곳

오월이 되어도 당신께 닿을 길 없어

원숭이 슬픈 울음소리만 하늘에 닿으니

문 앞에 오가는 발길이 끊겨

푸른 이끼만이 돋고 또 돋았지요.

그 이끼 짙어도 쓸어내지 못했는데

이른 가을바람에 나뭇잎이 떨어지네요.

팔월이라 나비들이 날아와서

서쪽 동산 풀밭에서 짝지어 나니

그 모습을 바라보는 제 마음이 쓰라려

시름에 겨워 얼굴이 늙어가네요.

언젠가 삼파로 떠나오시면

미리 집으로 편지 보내어 알려주셔요.

서로 만날 수 있다면 마중 길 머다 않고

한걸음에 장풍사까지 달려갈게요.

— 이백(李白), 「장간행(長干行)」

妾髮初覆額　折花門前劇　郎騎竹馬來　遶牀弄青梅　同居長干里　兩小無嫌猜

十四爲君婦　羞顏未嘗開　底頭向暗壁　千喚不一回　十五始展眉　願同塵如灰

常存抱柱信　豈上望夫臺　十六君遠行　瞿塘豫澦堆　五月不可觸　猿聲天上哀

門前遲行跡　一一生綠苔　苔深不能掃　落葉秋風早　八月蝴蝶來　雙飛西原草

感此傷妾心　坐愁紅顏老　早晚下三巴　預將書報家　相迎不道遠　直至長風沙

| 차례 |

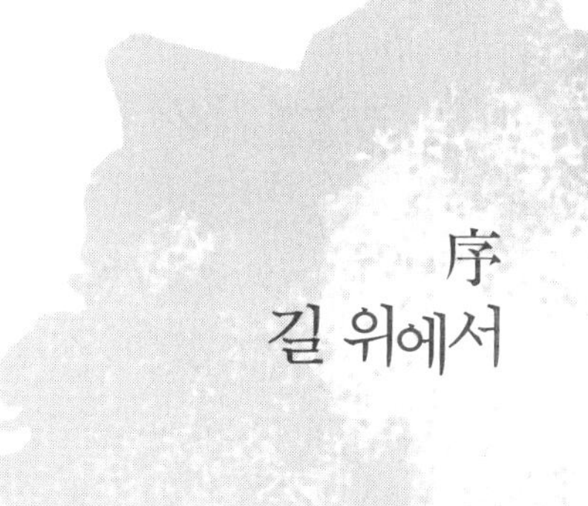

序
길 위에서

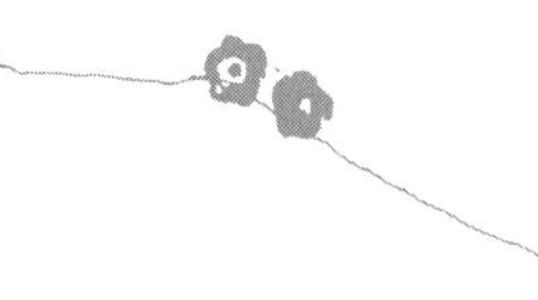

기절한 듯 잤다. 아니, 자는 듯 기절했던 걸까?

꿈은 없었다. 아무것도 없었다. 그저 빠작빠작 목이 타들어가는 갈증뿐이었다.

"물…… 물을 좀……."

언제인지 몰랐다. 어딘지도 몰랐다. 다만 선명하고 강렬한 고통 속에 오롯이 붙박여 있었다. 손을 뻗어보려 했다. 팔이 움직이지 않았다. 몸을 비틀어보았다. 옴짝달싹하지 않았다. 주저앉거나 고꾸라질 수조차 없었다. 그제야 사지가 꽁꽁 묶여 있다는 걸 알았다. 연환(連環)의 쇠고리가 부대껴 절그럭거

리는 소리가 귀청을 후볐다. 초들초들 마른 입술이 갈라져 피
가 배어났다. 배릿한 물기를 맥없이 감빨았다.

그때였다. 불현듯이 눈앞에 별이 번뜩였다. 어딘가에서 날아
온 자갈돌 하나가 앞이마에 정통으로 부딪혔다. 날카로운 새
의 부리에 뇌수를 찍힌 듯, 예리한 고통이 온몸을 꿰뚫었다.

"더러운 년!"

낯선 말, 익숙해질 수 없는 말, 불벼락처럼 쏟아진 그 말에
정신이 번쩍 들었다. 지금은 맹동(孟冬: 음력 시월), 강물이 막
사리로 넘치고 낙엽이 온 산을 휘감는 겨울의 첫 달이었다.
여기는 황토마루, 광화문까지 닿는 육조거리 끄트머리의 야
트막한 고개였다. 동쪽으로는 운종가가 이어져 있고 남쪽으
로는 숭례문까지 뻗어 있어 검누른 흙길엔 언제나 인파가 넘
쳤다. 찬바람 이는 그 거리 한가운데, 그녀는 결박당한 채 붙
박여 있었다.

"음탕한 계집! 죽어라!"

또 하나의 돌이 무방비로 노출된 몸을 향해 날아왔다. 황
토마루는 돌멩이가 발에 차이는 흙길이라 잔돌부터 짱돌까
지 맘껏 골라잡아 팔매질할 수 있었다. 아무리 그래도 뭇사람
이 함부로 돌을 던지며 만용을 부리는 건 믿는 구석이 있어
였다. 황토마룻골 혜정교 앞에는 한성 서북부를 관장하는 우

포청이 위엄차게 자리해 있었다. 전옥서에 갇혔던 탐관오리는 혜정교로 끌려나와 목을 베이고 장대 끝에 효수(梟首)* 되었다. 나머지 죄인들은 서소문과 당고개, 새남터와 양천에 있는 사형장으로 끌려가기 전 황토마루에 세워두고 경계로 삼았다. 그러니까 지금 그녀는 죄인이었다. 곧 참형을 당할 결안죄인(結案罪人)**이었다.

"죽어라!"

"죽어버려라, 이 요사스러운 백여우야!"

어깨, 무릎, 가슴과 배에 단단한 돌들이 연이어 박혔다. 어깨가 들먹이고, 무릎이 꺾이고, 가슴과 배의 통증으로 숨이 말려들었다. 경련으로 몸을 배꼬고 옴찍거릴수록 돌팔매는 거세졌다. 남자들이 돌을 던졌다. 여자들이 돌을 던졌다. 늙은 이들이 돌을 던졌다. 아이들이 돌을 던졌다. 이를 악물고 던졌다. 낄낄거리며 던졌다. 사납게 눈을 흘기며 던졌다. 욕설을 퍼부으며 던졌다.

"카악, 퉤! 이 추악한 계집!"

돌을 던지는 대신 침을 뱉는 사람도 있었다. 행형을 감독하는 관리와 나졸들은 작패하는 사람들을 제재하지 않았다. 어

* 죄인의 목을 베어 높은 곳에 매달아놓는 형벌
** 사형 선고를 받은 죄수. 사형수

차피 사흘 후면 목이 떨어질 몸뚱이를 보살펴 돌볼 이유가 없었다. 그녀의 코앞까지 다가선 사람들은 내깔기기에 충분한 양의 침을 돋우기 위해 우스꽝스러운 표정으로 입을 오물거렸다.

"퉤퉤! 육시를 내도 시원찮을 천하잡년!"

힘껏 모아 뱉은 황록색 가래침이 화살처럼 날아왔다. 차진 풀같이 끈끈한 침은 뺨을 타고 천천히 흘러내렸다.

죄를 지었다는 것은 알았다. 이토록 가차없는 응징과 형벌이 입증하는 바였다. 하지만 무슨 죄를 지었는지는 깨닫지 못했다. 얼마나 큰 죄였기에 생면부지의 사람들이 분노를 터뜨릴까? 무엇을 잘못했기에 길 한복판에서 만신창이로 모욕을 당할까? 돌과 침과 욕설의 난장 속에서 그녀는 가물가물한 기억의 실마리를 잡아보려 안간힘 썼다.

그때 굳은돌 하나가 정통으로 콧대에 부딪혔다. 어금니를 물고 신음 소리만 흘리던 입에서 악, 하는 비명이 터졌다. 세상이 삽시간에 붉게 물들었다. 뜨겁게 부풀어 오른 코와 절로 벌어진 입에서 핏덩이가 뭉클뭉클 샘솟았다. 지켜보던 사람들의 입에서도 억, 하는 소리가 새어나왔다. 피칠갑이 되어 몸부림치는 그녀를 보고 돌을 던진 건달패는 박수를 쳤다. 여자들은 얼른 아이들의 눈을 가리고 손목을 잡아채 끌고 갔다. 쇠사슬에 묶여 쓰러지지도 못하고 단말마적인 경련을 일으키던 그녀는 또다시 까무룩 혼절했다.

　사람들이 원하는 구경감은 죄인이 아니라 제물이었다. 죄가 아니라 고통이었다. 그녀가 기절한 채 움직이지 않자 궂은고기는 먹지 않는 맹수처럼 구경꾼들은 흩어졌다. 행인들은 저마다의 목적지를 향해 발걸음을 재촉했다. 건달패는 술추렴을 하러 뒷골목으로 스며들었다. 장사꾼들은 조금이라도 더 이문을 챙기기 위해 흥정에 열을 올렸다. 아낙들은 아궁이에 불을 지피고 저녁쌀을 안쳤다. 아물아물한 저녁연기, 밥내와 반찬 냄새, 하나둘 샛노랗게 피어오르는 불빛…… 일상은 고통의 세계 바깥에 있었다. 그토록 평범하고 지루했던 일상이 가까운 듯 너무 멀리 있었다. 한적해진 거리를 훑는 싸늘한 먼지바람에 그녀는 문득 눈을 떴다.

　온몸과 온 맘이 아팠다. 너무 아파 어디가 아픈지 모를 정도로 얼얼하고 떨떨했다. 어딘가에서 풍겨온 자반 고기 굽는 냄새를 맡는 순간 비위가 상해 올칵 게웠다. 하지만 빈속에선 멀건 거품만 맥없이 뿜어 나왔다. 그때 누군가 물이 찰람거리는 표주박을 그녀의 입술에 갖다 붙였다. 허겁지겁 꿀컥거리며 찬물을 들이켰다. 성에 차진 않으나마 기갈이 가시니 비로소 뿌옇던 눈앞이 트였다.

한 계집아이가 있었다. 예닐곱쯤 되었을까. 아이의 손에는 빈 표주박이 달랑달랑 들려 있었다. 노랑 저고리에 분홍 치마가 제철 모르고 핀 꽃 같았다. 피투성이 죄인에게 물바가지를 건넬 만큼 안차고 올찬 계집아이가 또렷이 그녀를 바라보았다. 아이의 오롯한 눈망울이 초롱꽃 몽우리처럼 말갰다. 사랑을 모르는 사람들의 난폭함과 사랑이 두려운 사람들의 시기를 찾아볼 수 없는, 순정한 투명이었다. 그 눈길에 기억이 되살아났다. 소용돌이의 한가운데, 회오리바람의 중심에 선 듯 어지러운 채 짐짓 고요했다. 왈칵 치밀어 오르는 울음기와 함께 그녀는 끝끝내 부인했던 죄를 비로소 자복하고 싶었다.

죄가 있었다. 사랑했다는 죄.
더 큰 죄가 있었다. 사랑한다는 죄.
그것밖에 아무것도 원치 않고, 아무것도 알려 하지 않은 죄.

계집아이의 감파란 눈동자가 살여울이 되어, 그녀는 순식간에 기억 속으로 빠져들었다.

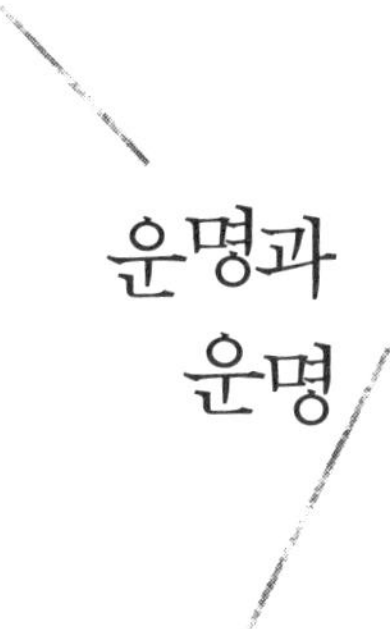

장군이 죽었다. 요동 정벌을 포기하고 돌아온 젊은 장군이 남아 있던 늙은 장군을 죽였다. 두 나라와 두 장군의 운명이 바뀌었다. 그 격동과 파란의 갈피짬에서, 두 아비와 두 아이의 운명 또한 바뀌었다.

"모두가 중요하다는 걸 알고 있지만 남들이 지금 하지 않고 있는, 바로 그것을 해라."

아비가 말했다.

"그러니 눈감고 입 다물고 귀를 막은 채 죽을힘을 다해 공부하여라. 칼의 시대는 곧 저물 것이다."

아비의 눈길은 날카롭고 엄격했다. 마흔에 본 아들이 버릇없고 물정 모르는 천둥벌거숭이가 될까 봐 아비는 얼뚱아기 때조차 한 번 안아주지 않았다. 그는 자신이 더 이상 존재하지 않는 세상에 남을 아들을 생각했다. 격변을 견딜 만큼 강해야 했다. 파란을 이길 만큼 침착해야 했다.

"네…… 아버님."

하지만 눈길조차 제대로 받아내지 못하고 고개를 떨어뜨리는 아들은 너무 유약해 보였다. 큰 눈망울은 잔짐승처럼 겁에 질려 있었다. 그래서 아비는 그것이 얼마나 총명한 기운으로 빛나고 있는지 알지 못했다. 얄캉한 몸피는 집안을 짊어지고 풍파를 헤쳐 나가기에 턱없이 허약했다. 그래서 아비는 그 겉껍질 속의 알짬이 얼마나 풍부한 감성으로 넘치는지 눈치 채지 못했다.

"열심히 사서와 삼경을 읽어라! 틈틈이 체련을 하는 것도 잊지 마라! 말씨를 신실히 하고 일거일동을 주의하라!"

아비의 모든 말은 명령이었다. 아들에 대한 아비의 요구는 아들이 자라고 아비가 늙을수록 커졌다. 연년 터울로 뒤이어 낳은 자식들이 무복지상(無服之殤)*하자 아비의 목소리는 더

* 상복을 입지 아니하는 일곱 살 이하의 어린아이의 죽음

욱 단호해졌다. 아비의 불안은 고스란히 불안으로 아들에게 물림 되었다. 아비의 불만은 피할 수 없는 억압이 되어 아들을 짓눌렀다. 아비는 아들이 자신과 같기를 바랐다. 또한 자신과 같지 않기를 바랐다. 모든 것을 고스란히 가진 채로, 그것을 훌쩍 뛰어넘기를.

조서로의 아비 조반은 눈치가 빠르고 동작이 날쌔며 상황 판단이 정확한 사람이었다. 열두 살 어린 나이에 국경을 넘어가 연도(燕都: 북경)에 있는 사촌 누이의 집에서 더부살이하며 한문과 몽고어를 깨쳤다. 사촌 매부 단평장의 심부름꾼 노릇을 하다 승상(丞相)* 탈탈의 눈에 든 것은 뛰어난 재주와 더불어 어린 나이답지 않은 침착성 때문이었다. 이국의 요리에서는 역겨운 기름 냄새가 났지만 숨을 꾹 참고 단숨에 그릇을 비웠다. 그는 눈칫밥을 먹으며 밥값을 하는 방법을 배웠다. 승상은 사람을 보는 눈이 묘했지만 사람을 부리는 데는 인정사정없었다. 때로 부채로 배를 찌르고 타구로 이마를 때렸다. 어지간한 사람들이 두려워하는 높은 벼슬과 어지간한 사람들이 부러워하는 좋은 옷을 입은 사람들이 가래침 종지를 맞을까 봐 벌벌 떨었다. 그는 호령이 떨어지기 전에 머리를 조아리고

* 정승에 해당하는 중국 벼슬

명령이 내리기 전에 움직였다. 힘의 논리가 지배하는 세상 한가운데서 힘의 흐름을 읽는 처세를 익혔다.

원나라의 역사(譯史)로 일하던 조반은 스물여덟 살에 늙은 부모의 봉양을 구실 삼아 환국했다. 백련교도들이 붉은 수건을 쓰고 봉기한 지 이십 년째 되던 해였다. 부모는 이미 오래전에 늙어 있었다. 정식으로 혼례를 치르지는 않았지만 데리고 살던 호녀(胡女)도 있었다. 굳이 떠날 이유가 없었고 떠나지 말아야 할 이유도 있었다. 하지만 조반은 기우뚱거리는 배에서 뛰어내리는 쥐와 겨울잠에 빠졌다 헤며 일어난 뱀처럼 수상한 진동을 낌새챘다. 원나라는 여러 사람이 모이는 것을 원천적으로 금지하고 해가 떨어지면 나돌아다닐 수 없도록 하는 금령을 선포했다. 하지만 금법이 강해지면 강해질수록 허무맹랑한 신흥종교는 창궐했다. 불안은 힘이 셌다. 침몰과 지진의 전조는 바로 그 형체 없는 불안이었다. 조반이 고려로 돌아온 직후 대원제국은 멸망했다. 한때 대륙을 넘어 구주(歐洲: 유럽)까지 기세를 뻗쳤던 대국이 삽시간에 사라졌다.

"교활한 토끼는 세 개의 굴을 갖고 있느니라[狡兎三窟]."

옛 중국의 속담을 빌어 조반은 아들에게 입버릇처럼 말했다. 그는 사람들이 흔히 의지하는 음양가나 별점을 믿지 않았다. 다만 세상의 불가해함과 예측 불가능을 믿었다. 의심을 종교로 삼아 끝없이 대비책과 그 대비책의 대비책을 궁리했다. 하지만 조반이 마련한 세 개의 굴은 몸을 숨기는 도피처만을 의미하지 않았다.

천지가 진동하던 무진년(1388년)의 격변은 다름 아닌 '조반의 옥'으로 시작되었다. 정월 초하루, 조반은 체포되었다. 얼음길에 개처럼 질질 끌려가 순군옥(巡軍獄)*에 갇혔다. 일단의 죄는 살인이었다. 하지만 살을 찢고 뼈를 가는 고문을 가하는 자들이 그에게 들씌우고자 하는 죄목은 모반, 반역죄였다.

조반이 죽인 자는 가노(家奴) 이광이었다. 혼란스런 정국을 틈타 토지와 노비를 탈점해 대농장을 일구어가던 권신 염흥방의 앞잡이였다. 그때 조반은 고향인 배주(白州)**에서 살고 있었다. 왕명의 출납과 궁궐의 경호를 담당하는 밀직사의 부사까지 지냈음에도 국도(國都)로 이거하지 않았다. 그런가 하면 내처 시전을 정리하고 은퇴한 장모까지 배주로 모셨다. 그것은 입버릇처럼 되뇌던 교토삼굴 중의 하나였다. 하지만 이광은 조반의 고향땅을 빼앗으려 끊임없이 농간을 부렸다. 결국 견디지 못한 토끼는 굴속에서 뛰쳐나왔다.

"한 번 애걸하고 두 번 애청했으니 다시 매달린다면 나는

---

* 임금의 명령을 받들어 중죄인을 신문하는 일을 맡아 하던 관아
** 황해도 연백

사내도 아비도 아니다!"

조반은 결코 다혈질이 아니었다. 한 번 애걸할 때는 부드러웠다. 두 번 애청할 때는 간곡하였다. 하지만 세 번째 능욕을 당했을 때는 돌이킬 수 없는 냉혈한이 되었다. 조반은 수십 명의 기마객을 이끌고 밤길을 말달렸다. 어둠을 헤치고 담장이 다락같이 높은 대궐집 앞에 다다라 고삐를 당겼다.

"또 한 번 비웃어보라! 다시 한 번 포악질을 부려보아라! 일개 가노 주제에 넘치는 권력을 누렸으니 너는 죽어도 원귀 따윈 되지 않으리라!"

조반의 칼이 빠르게 움직였다. 염흥방을 등에 업고 온갖 희떠운 위세를 부렸던 이광의 목은 한칼에 떨어지지 않았다. 술에 취해 애첩을 끼고 잠들었다가 끌려나와 목덜미를 베인 이광의 얼굴은 여전히 비열한 채 얼떨떨했다. 조반은 원수의 숨통을 단칼에 끊지 못했다는 사실을 부끄러워하지 않았다. 대단한 장수가 아닌 바에야 칼로 사람을 죽이는 건 쉽지 않은 일이었다. 조반은 침착성을 잃지 않고 단검을 꺼내어 쟁기고기를 구하듯 차근차근 각을 떴다. 칼을 잡은 자와 칼을 맞은 자가 똑같이 피투성이가 되어, 누가 살고 죽은 것인지 가늠하기 어려웠다. 한참 만에 엉긴 핏덩이 중 하나가 긴 한숨을 내쉬며 벌떡 일어났다.

"불을 던져라!"

조반이 살인을 하고 원수의 집을 불태우는 동안, 서로는 청화당에 숨어 있었다. 서로는 몰랐다. 하고많은 방들을 놔두고 왜 만장방으로 땅광으로 점점 구석진 데로 옮겨 다녀야 하는지. 무슨 재미난 놀이라도 벌이는 것 같아 무섭기보다는 신이 났다. 다만 초조해하는 할머니의 모습이 딴사람처럼 낯설었다. 깜박 잠에 빠져드노라면 꿈결이 말발굽 소리로 어지러웠다. 장지문 바깥으로 빠르게 달리는 홰의 불 너울이 넘실댔다. 행랑어멈이 구석방 이불 더미 위에 동그마니 앉았던 서로를 꼭 껴안고 속삭였다.

"아버지와 어머니가 끌려가셨어요!"

이야기를 듣고 놀라서인지 행랑어멈의 뭉클한 가슴에 숨 막혀서인지, 순간 서로는 이불 더미에 맥없이 싸개질을 했다. 심약한 아들이 오줌싸개가 되어가는 사이에 아버지는 보기 좋게 운명을 뒤집어 메쳤다. 왕(우왕)이 이 사건을 계기 삼아 대숙청에 나선 것이었다. 그는 주색잡기에 빠진 용군(庸君)* 행세를 하고 있었으나 한편으로 비밀히 늙은 장군과 손잡고 대국에 아첨하며 소민을 착취하는 권신들을 제거할 방도를 찾고 있었다.

* 어리석고 변변치 못한 임금

"고작 예닐곱의 탐욕스러운 재상들이 사방에 종을 놓아 남의 노비와 토지를 빼앗고 백성들을 해치며 학대하니, 이들이 바로 나라의 큰 도적이다! 지금 이광을 벤 것은 오직 나라를 돕고 백성을 해치는 도적을 제거하려 한 것인데, 어찌 내게 반란을 꾀한다고 하느냐?"

순군옥에 갇혀 조반이 토해 냈던 항변은 우국충정의 증거가 되었다. 조반을 역적으로 몰았던 권신과 그의 족당들이 모조리 참수되었다. 조반은 단번에 땅과 명예를 되찾았다. 그리고 그해 여름이 다가올 무렵, 조반은 다시 태풍의 눈에 자리해 있었다. 무진(戊辰)은 육십갑자의 다섯째 천간으로, 동서남북을 수호하는 사신과 오룡의 장(長)인 황룡의 해였다. 황룡은 상서롭고 경사스러운 최고 권력자의 위세를 상징했다. 퇴화하는 힘과 약진하는 힘의 충돌이 불가피한 시기였다.

조반의 옥사로 말미암은 무진지화는 왕의 후견하에 이루어진 정변이었다. 하지만 왕에게 돌아가지 못한 권력을 놓고 친위군의 두 세력이 팽팽하게 맞섰다. 늙은 장군은 옛 나라를 지키고자 했다. 젊은 장군은 새 나라를 세우고자 했다. 늙은 장군은 왕을 지키고자 했다. 젊은 장군은 스스로 왕이 되고자 했다. 늙은 장군과 젊은 장군이 동시에 조반을 향해 손을 내밀었다. 하지만 교활한 토끼에게는 또 하나의 굴이 있었다.

　조반은 요동을 정벌하기 위해 떠나는 젊은 장군의 환송연에 참석하지 않았다. 공연한 의심을 살 필요가 없었기 때문이다. 또한 늙은 장군이 서경의 지휘부로 불렀을 때 칭병하며 나아가지 않았다. 그는 저잣거리에서 아이들이 부르는 노래를 들었다. 아이들은 생긋방긋거리며 향기 나는 입을 모아 '이씨가 나라를 얻는다[木子得國]'고 노래 불렀다. 언제 배웠는지, 누가 가르쳐주었는지는 알 수 없었다.

　"무릇 운명이 사람을 놀린다고들 하지만, 때로는 사람이 운명을 놀리는지라!"

　젊은 장군이 위화도에서 군대를 돌렸다는 경천동지의 소식이 들렸을 때에도 조반은 놀라지 않았다. 그가 운명의 쏠라닥질에 휘둘리지 않기 위해 했던 일은 침묵과 칩거뿐이었다.

　스스로 왕이 되어 새 나라를 세운 젊은 장군에게 조반은 꼭 필요한 인물이었다. 그는 장문(狀文)을 받들고 명나라에 경사(京師)로 갔다가 모든 일을 말끔하게 처리하고 석 달 만에 돌아왔다. 이러한 공로로 말미암아 조반은 개국공신의 호를 받았다. 지조와 충심을 동시에 인정받기란 봉황의 알처럼 드문 일이었다. 옛 나라에서처럼 새 나라에서 승승장구하는 조반을 모두가 부러워하고 두려워했다.

젊은 장군은 떠나기 전부터 돌아오기를 준비했다. 그는 폭우로 넘치는 강과 탄성을 잃은 활과 무거운 갑옷과 병사들의 주린 배를 구실로 내세웠다. 하지만 실로 범람한 것은 그의 야망이었다. 말고삐를 돌려 돌아올 때에 활은 팽팽하고 갑옷은 깃털 같았으며 양껏 먹인 병사들의 함성은 드높았다.

젊은 장군의 군대가 압록강을 건넜다는 소식이 들리자 서경에 있던 왕과 늙은 장군은 허둥지둥 개경으로 돌아왔다. 하지만 늙은 장군이 전투 준비를 마치기엔 젊은 장군의 군대가 너무 빨랐다. 서경에서 위화도까지 진군하는 데 보름을 경과했던 군대가 위화도에서 개경까지 퇴각하는 데는 열흘밖에 걸리지 않았다. 젊은 장군은 도성을 둘러싸고 주둔하며 세를 불렸다. 늙은 장군과 무력한 왕은 고립되었다. 사흘 후 젊은 장군의 부대가 숭인문으로 진격해 들어갔다. 행렬의 선두에는 황룡대기가 하뉴월 열풍에 흩날리고 있었다. 늙은 장군의 부대는 맥없이 무너졌다. 젊은 장군은 파죽지세로 선죽교를 지나 남산으로 향했다. 진군하는 무리의 함성이 하늘을 뒤덮고 북소리가 땅을 울렸다. 왕비였던 여식과 함께 궁중의 화원에 머물렀던 늙은 장군은 꽃담과 함께 허물어졌다. 뽀얀 먼지와 함께 한 시대가 저물었다.

젊은 장군은 자신의 병사들에게 백성들의 것이라면 쌀 한 자루라도 빼앗지 말라고 명령했다. 여염의 여인은 머리카락 한 오라기도 건들지 말라고 호령했다. 젊은 장군은 백성들이 자신을 향해 손을 치켜들고 "이시중(侍中) 천세!"를 외치는 모습을 좋아했다. 군중의 환호와 열광만큼 황홀한 자극은 없었다. 젊은 장군은 스스로 영웅이 된 자신의 모습에 도취했다.

하지만 아름다운 반란, 우아한 전쟁이란 애당초 허울이거나 헛꿈이었다. 반군에 합류한 동북면의 군사들과 여진족들은 빼앗고 불 지르고 떠나는 유목의 습속에 익숙했다. 야심찬 젊은 장군은 특히 그들을 단속하는 데 주의를 기울였다. 그럼에도 운명에는 언제나 함정이 있었다.

"불을 던져라!"

젊은 장군의 패기발발한 도전과 늙은 장군의 마지막 저항이 맞부딪히는 과정에서 얼마간의 희생이 있었다. 늙은 장군은 체포되었으나 그의 잔병들을 색출하는 과정에서 민가 몇 채가 불타고 몇몇 백성들이 목숨을 잃었다. 단순한 실책이자 사고였다고, 젊은 장군의 부하 장수들은 보고했다. 젊은 장군은 매우 안타까워하고 짐짓 괴로워했다. 하지만 젊은 장군은 부하 장수들에게 왜 잔병들이 하필이면 태학생들이 많이 사는 마을에 숨어 있었는지 묻지 않았다. 그래서 부하 장수들은 저항 없는 민가에 불을 던진 경위에 대해 설명할 필요가 없었다.

망해가는 나라에는 어리석은 왕과, 탐욕스런 간신과, 혼란을 틈타 떡고물을 주워먹는 정상배와 모리배가 있었다. 하지만 또한 어김없이 있었다. 침몰과 진동의 징조를 느끼면서도 쥐와 뱀처럼 본능에 따라 행동하지 못하는 사람들, 기우뚱거리는 배와 흔들리는 땅과 함께 기꺼이 가라앉고 기어이 매몰될 운명이 있었다. 백여 년의 무신정권을 겪은 뒤 황폐해진 나라를 개혁하려던 젊은 유생들은 불덩이가 되어 사라져갔다. 그들도 젊은 장군처럼 새로운 무엇을 세우려 했다. 다만 그것이 또 다른 나라가 아니었을 뿐이었다.

"살아라! 너라도 살아라!"

불타는 집 창문 밖으로 눈에 넣어도 아프지 않은 딸따니를 내던지며 서생 유(柳)는 부르짖었다. 타협하지 못한 아버지가 불탔다. 은신처가 될 수 없었던 아버지의 집이 무너졌다. 용케 화마에서 벗어난 이웃의 선비가 절친한 동학(同學)의 딸을 임시로 거두었다. 선비의 아내가 누더기가 된 계집아이의 옷을 벗기고 온몸에 얼룩진 숯검정을 닦았다. 하지만 새카맣게 불탄 것은 집과 옷만이 아닌 듯했다. 검댕은 끝없이 배어났다. 아무리 문질러 씻어도 계집아이의 마음에서 배어나온 검은 물은 말갛게 헹궈지지 않았다.

젊은 장군에 의해 유배되었던 늙은 장군은 섣달을 넘기지 못하고 개경으로 다시 끌려와 처형당했다. 아버지의 친구였던 선비들은 하나둘 짐을 꾸려 떠나기 시작했다.

"우리는 아주 멀리로 간다."

돌아오지 않는, 돌아올 수 없는 자의 쓸쓸한 눈빛으로 그들은 떠났다.

"수소문하여 네 외가 쪽에서 의탁할 결찌를 찾았다. 연통을 했으니 곧 사람이 올 것이다. 살림이 넉넉한 집안이라니 부족함 없이 거둬주리라……."

한때 글 읽는 소리가 경쟁하듯 울리고 열띤 토론을 벌이는 소리가 담장을 넘던 동네가 살금살금 비어갔다. 사라진 이웃들에 대해 계집아이가 마지막으로 들은 소식은 그들이 만수산 자락의 두문동에 은둔해 봄도 모르고 가을도 없이 산다는 것이었다.

아버지는 그의 방식으로 강했다. 아버지는 그의 방식으로 망했다. 두 아버지가 선택한 운명은 번창과 폐허, 영화와 몰락, 그리고 삶과 죽음으로 나뉘어졌다. 하지만 그토록 극과 극을 향해 달음질한 두 개의 운명은 그들의 아이들을 통해 다시 만났다. 그 또한 새로운 운명의 시작이었다.

봄이거나 여름이거나
가을이 아니면 겨울이었던

한 계집아이가 있었다. 봄이었다. 계집아이의 등 뒤로 도사렸던 꽃망울이 툭툭 터졌다. 한 사내아이가 있었다. 여름이었는지도 모른다. 사내아이의 목덜미와 등줄기로 숭얼숭얼 땀방울이 돋았다. 사내아이가 계집아이를 흘금 엿보았다. 어쩌면 가을이었을 것이다. 계집아이의 머리카락을 당겨 묶은 홍라(紅羅)가 서늘한 바람에 나팔거렸다. 도도록한 이마가 햇살에 부딪혀 하얗게 빛났다. 계집아이와 사내아이의 눈길이 부딪쳤다. 겨울이었던 것도 같다. 사내아이는 불현듯 한기를 느끼며 오르르 몸을 떨었다. 계집아이는 저고리 아래 돋은 소름을 가만히 쓸었다.

"어쩜! 아기씨와 도련님이 내외를 하시나 봅니다. 두 분 낯이 참 꽃빛이 되었네요!"

그동안 기진해 쓰러져 있던 계집아이를 구완했던 행랑어멈이 재미있다는 듯 농했다. 정 많고 속없는 과부인 행랑어멈은 아이들을 짓궂이 놀리는 것으로 애정을 표현하는 사람이었다. 사내아이의 낯빛이 날큰하게 익은 감빛이 되었다. 파리한 계집아이의 뺨에도 미미한 홍조가 깃들었다.

그때 훈기를 몰아내며 찬바람이 쌩 불어왔다. 이씨 부인이 행랑어멈을 사납게 흘기며 일갈했다.

"어느 안전이라고 그따위 천한 말을 함부로 지껄이느냐? 꼭뒤에 피도 마르지 않은 어린애들을 놓고! 명교(名敎: 유교)에서는 남녀칠세부동석이라고 가르친다지만, 서로와 이 아이는 촌외(寸外)이나마 엄연한 일가붙이가 아닌가?"

평소에 화증(火症)을 앓는 이씨 부인이었지만 그날따라 목소리가 한층 앙칼졌다. 사내아이는 슬며시 어머니의 치마꼬리를 잡고 한 걸음 뒤로 물러섰다. 금세 풀이 죽어 낙담한 얼굴이 안쓰러웠다. 그 와중에 계집아이는 사내아이가 '서로'라는 이름으로 불린다는 사실을 알았다.

"그나저나 네 이름은 무어냐?"

이씨 부인이 몸을 홱 돌려 계집아이를 바라보았다.

"……."

"이름이 없느냐?"

"……."

"네 이름을 네가 모르는 게냐? 일곱 달내기 칠푼이도 네 나이면 자기 이름 정도는 알겠다!"

이씨 부인은 계집아이를 처음 본 순간부터 왠지 마음이 불편했다. 괜스레 화가 솟고 미움이 치받았다. 되똑한 코 때문이었다. 구슬 같이 크고 맑은 눈 때문이었다. 꼭 다문 입매와 도담스러운 어깨와 가냘픈 손발도 눈에 거칠었다. 계집아이는 아이답지 않게 좀처럼 흔들리지 않는 표정을 짓고 있었다. 아무리 나무라듯 다그쳐도 그 얼굴 그대로였다. 처연하고, 불길했다.

"없으면 없다고, 모르면 모른다고 말해야 할 것 아니냐? 너는 집에서 그리 배웠느냐? 어른이 묻는데 대답도 않고 고따위로 새침을 떼라고?"

제풀에 화증이 더친 이씨 부인이 벌겋게 달아오른 얼굴로 목소리를 높일 때였다. 청화당(淸化堂) 노마님이 장지문을 벌컥 열고 방 안으로 들어섰다.

"몸도 성치 않은 아이를 데리고 무슨 짓이냐? 보지 않아야 될 것을 보고 겪지 말아야 될 일을 겪어 혼겁한 아이가 대체 무슨 잘못을 저질렀다더냐?”

계집아이는 사흘 동안 앓고 사흘 동안 잠들었다 깨어났다. 엿새 만에 겨우 기력을 찾은 계집아이는 바람이 불면 훌 날아가 버릴 듯 앙상했다. 계집아이를 바라보는 노마님의 눈이 동정과 연민으로 젖어 있었다. 기세등등하던 이씨 부인이 언제 그랬냐는 듯 꼬리를 내렸다.

“어머니, 그게 아니라…… 이름이 궁금해서 물어봤을 뿐이에요. 채심이와 가약을 맺은 유생(儒生)이 유(柳) 가였으니 성씨는 알겠는데, 애가 말을 않으니 이름은 알 도리가 없잖아요?”

“궁금한 게 고작 그거였더냐? 이름 따위가 무어 그리 중요해? 호랑이가 남긴 가죽이라야 정주간에라도 깔지, 그깟 이름을 기어이 알겠다고 경더리된 아이에게 닦달질을 해?”

청화당이 늘어진 눈꺼풀을 힘주어 치올렸다. 한마디 한마디가 매몰차고 분명했다. 기력이 쇠하고 소갈증까지 앓아 영락없는 뒷방 늙은이 꼴이 되어버렸지만, 청화당은 한때 개경 시전거리에서 알아주는 거상이었다. 남대가와 십자가를 누비며 벽란도에서 온 외국제와 남경(南京) 아랫녘의 물산까지를 닥치는 대로 사고팔았다. 그때 청화당은 웬만한 사내를 뺨치고 위덮을 만한 여장부였다. 치맛자락이 휘날릴 때마다 천하까지는 아니었으나 골짝 몇 개쯤은 가뜬히 들놓았다. 늙은이는 추억을 먹고 살았다. 추억의 위세에 기대어 살았다. 수전증에 걸린 손으로나마 곳집 열쇠와 패물궤를 단단히 틀어쥔 덕택이었다.

청화당 노마님은 이씨 부인을 호되게 잡도리한 뒤 돌변한 표정으로 계집아이를 바라보았다. 친딸이자 외딸인 이씨 부인, 경심에게는 한 번도 건넨 적 없는 따뜻하고 다정한 눈빛이었다. 이씨 부인은 자기가 왜 계집아이에게 밑도 끝도 없는 불쾌한 기분을 느끼는지 깨달았다. 계집아이는 이름자에 마음 심(心) 자를 나눠가진 가깝고도 먼 인연, 제 어미 채심을 꼭 닮아 있었다.

"여기서 이러지 말고 할미 방으로 가자. 아무것도 기억나지 않는대도 걱정할 것 없다. 이름이든 사연이든 기력을 회복한 후의 일이지. 무엇이 먹고 싶으냐? 뭣이든 말해라. 이제 할미 집이 네 집이니 누구 눈치도 보지 말고 아무 생각도 말아라!"

청화당이 계집아이의 등을 떠밀어 나가는 모습을 보면서 사내아이는 발가락을 옴찔거렸다. 할머니를 따라가야 할지 어머니 곁을 지켜야 할지 알 수 없었다. 그래도 그 와중에 사내아이는 두 가지를 분명히 알았다. 계집아이의 성이 유씨라는 것과 앞으로 한집에서 살게 되었다는 것. 그런데 왜였는지 모른다. 순간 사내아이의 마음이 돌연히 딴딴해졌다. 만일 계집아이에게 이름이 없다면, 정말 이름까지 까맣게 잊었다면, 자기가 이름을 지어줘야겠다는 결심이 돌올해졌다.

"으으…… 아아악!"

청화당 노마님과 계집아이가 중문을 나가자마자 이씨 부인은 머리를 쥐어뜯으며 비명을 질렀다. 하지만 사내아이는 익숙한 장면에 크게 놀라지 않았다. 불똥이 튀기 전에 재빨리 어머니의 방을 빠져나와 할머니의 집 청화당을 향해 달렸다. 뻐근한 가슴이 터져나갈 듯 두방망이질했다. 봄이거나 여름이거나 가을이 아니면 겨울이었던, 영원히 잊히지 않을 어느 날의 일이었다.

꿈은 뜨거웠다. 꿈은 활활 불타고 있었다. 빳빳하게 푸새하여 다듬이질한 새 이불이 불탔다. 까치설빔으로 입었던 색동저고리가 불탔다. 저고리를 마름하고 남은 자투리로 어머니가 만들어준 헝겊 인형의 팔에 불이 붙었다. 어마지두에 털버덕 인형을 깔고 주저앉았다. 어깻부들기가 조금 그을렸을 뿐 인형은 무사했다. 안도의 한숨을 내쉬는 순간 서까래를 받치고 있던 도리가 불기둥이 되어 무너졌다. 아가의 눈썹에 불이 붙었다. 아가를 안은 어머니의 치마가 화르르 타올랐다. 삽시간에 동생과 어머니를 집어삼킨 불의 마귀가 시뻘건 혀를 널름거리며 다가왔다.

"아가! 아가!"

아버지가 방문을 부수고 뛰어들어왔다. '아가'는 강보에 싸인 동생을 부르는 이름이었다. 젖먹이 아가를 품어 안은 어머니를 부르는 이름이었다. 얼마 전까지 집안의 아가였던 계집아이를 부르는 이름이기도 했다. 얼룩덜룩한 검댕을 칠갑한 아버지의 얼굴이 검었다. 언제나 눈부시게 새하얗던 옷자락도 검었다. 불덩어리로 뒹구는 아가와 어머니를 바라보는 아버지의 절망적인 눈동자가 무섭도록 검었다.

"살아라! 너라도 살아라!"

꿈이 가벼워졌다. 계집아이의 몸이 깃털처럼 동실 떠올랐다. 순식간에 자우룩한 연기와 매캐한 탄내에서 벗어났다. 날개도 없이 하늘을 날았다. 그대로 멧새가 되어 산으로 훨훨 날아갔으면 좋았을 테다. 하지만 계집아이는 문득 고개를 꺾어 뒤돌아보았다. 송두리째 무너져버린 집과, 바지직대며 타들어가던 가족들과, 그들이 이생과 작별하며 풍겨내던 지독한 누린내를.

"어머니! 아버지! 나, 나도……!"

같이 데려가라는 말은 꿈속에서조차 할 수 없었다. 행여 화마에 발목을 잡힐세라 맘을 졸였다. 깡동치마 끝자락에 불꽃이 옮겨 붙을까 봐 몸부림쳤다. 머리꼭지까지 치받은 열기를 떨치려 도리질했다. 작은 몸을 바둥거리며 살겠노라 악지를 썼다. 불에 그슬리고 탄내가 밴 헝겊 인형의 손을 놓쳤다. 아니, 그마저도 모지락스레 뿌리쳤다. 그러다 화마가 발바닥을 핥는 듯 따끔한 느낌에 화들짝 경기하는 순간……. 꿈에서 깨어났다.

낯선 곳에서 맞는 아침은 추웠다. 혈혈단신 천애고아를 향한 동정의 손길이 서러워 서늘했다. 덤붙이 더부살이를 지게미처럼 바라보는 눈빛이 차가웠다. 웃음소리가 들리면 소름이 오싹했다. 일없이 속닥거리는 소리에 움츠러든 목덜미가 아르르하였다. 홀로 살아남았다는 죄책감이 어린 가슴을 꽁꽁 얼렸다. 불과 얼음을 느끼는 것은 같은 통점이었다. 뜨겁거나 차갑거나, 하나로 아팠다.

이름을 잊었다. 나이도 잊었다. 거짓말처럼 잊어버렸다. 어른들은 기억나지 않는 것만 물었다. 기억해 보려 애쓸수록 머릿속이 캄캄해졌다. 하지만 깊고 아득한 어둠 속에서도 반짝이는 것들이 있었다. 방글방글 웃으며 배냇짓을 하던 아가와, 동생을 본 뒤 강샘을 부리며 돌연한 식탐을 부렸던 밥빼기 시절, 엄마의 손에서 나던 다진 파 냄새와 매콤한 저녁, 젖이 넘치던 엄마가 짜놓은 젖을 훔쳐 마실 때의 비릿한 맛, 아버지의 글 읽는 소리와 흰 목덜미, 아버지의 옷깃에서 문득 풍기던 젖

냄새, 그리고 헝겊 인형을 품에 안고 빠져들었던 짧은 낮잠과 그해 봄날 마당에 흐드러지게 피었던 꽃들까지……. 아름다운 기억은 불타버리지 않았다. 하지만 그것을 묻는 이는 아무도 없었다. 부딪혀 파도칠 바위마저 갖지 못한 물결이 하릴없이 사그라지듯, 아무도 묻지 않는 기억은 점차로 희미해졌다.

다만 불과 상극인 물의 본능은 거세었다. 불타는 꿈에서 깨어나면 문득 치맛자락이 척척했다. 할머니가 깔아준 새 이불에서 지린내가 몰칵 풍겼다. 계집아이는 요강을 깬 새색시처럼 당황하고, 마지막 간니를 부러뜨린 노파처럼 한숨지었다. 꿈을 꾼 날은 어김없이 이불에 소피를 지렸다. 남아 있는 날들을 오줌싸개로 살게 될까 봐 겁이 났다. 살아남기 위해, 살아남은 자신을 지키기 위해, 계집아이는 더 이상 꿈꾸지 않기로 했다.

청화당에 새가 찾아왔었나 보다. 몰래 노닐다 날아갔나 보다. 모르는 새의 비밀한 깃털이 청화당 뒤뜰에서 펄럭이고 있었다. 할머니가 함구령을 내리셨는지 말꾸러기 행랑어멈까지 모르쇠를 잡았다. 하지만 서로는 그 말 못할 비밀을 눈치 챘다. 왜 아침마다 새의 깃털 같은 이불보가 빨랫줄에 내걸려 하얗게 펄럭대는지.

살그머니 이불보를 만져보았다. 코를 대고 킁킁 냄새도 맡아보았다. 잘 마른 빨래에선 무르익은 햇살 냄새가 났다. 뽀송뽀송 보드라운 감촉이 좋았다. 훨훨 날갯짓하는 이불보 사이에서 숨바꼭질을 했다. 숨었다가 찾았다가 찜을 외치며 달렸다. 어머니는 서로가 밖에 나가 신분이 천한 아이들과 어울리는 것을 끔찍이도 싫어했다. 그래서 외돌토리로 자란 서로는 친구 없이 놀기에 익숙했다. 숨바꼭질뿐만 아니라 까막잡기, 못치기도 혼자 할 수 있었다. 문득 혼잣말을 중얼거리기가 맥맥하고 막막할 때는 있었다. 그래도 외롭다거나 심심하다는 생각은 하지 못했다. 적어도 계집아이가 나타나기 전까지는 그랬다.

"어? 이제 깼어?"

덜 마른 빨래 끝자락에 옷깃을 잡혀 술래가 된 순간이었다. 진으로 삼은 바지랑대 앞에 계집아이가 오뚝 서 있었다.

"언제부터 거기 있었어?"

갑자기 부끄럽고 외로워졌다. 혼자 숨바꼭질을 하는 게 부끄러웠다. 친구도 없이 짓시늉하는 놀이가 외로웠다. 그래서 홀연히 나타난 계집아이가 올칵 반가웠다.

"무슨 낮잠을 그리 오래 자니? 배 안 고파?"

계집아이는 대답이 없었다. 하지만 서로는 속상하지 않았다. 다른 계집아이는 만나본 적이 없지만, 계집아이는 그들과 다를 것이었다. 세상의 어느 누구와도 다를 것이 분명했다. 뼛센 행랑어멈도 눈물을 뽑을 만큼 모진 어머니의 호통을 듣고도 눈 하나 깜짝 않는 게 용했다. 붉으락푸르락 변하는 어머니의 표정을 보는 일도 은근히 통쾌했다. 어지간한 고집통인 건 분명했지만, 서로는 계집아이가 밉지 않았다.

"할머니가 너 주려고 우메기를 만드셨어. 대추를 넣어 동그랗게 빚은 떡인데, 기름에 튀겨 엿물을 적시면 얼마나 달고 고소한지 몰라. 아, 너도 개경에 살았었다니 먹어본 적이 있겠구나!"

서로는 손으로 떡 빚는 시늉까지 하며 열심이었다. 하지만 계집아이는 아무 대꾸도 하지 않았다. 서로의 집에 온 지도 달포가 족히 되어가는데 목소리조차 듣지 못했다. 벙어리가 아닐까 의심하기도 했다. 하지만 바람 소리, 문 여닫는 소리에 놀라 헤뜨는 걸 보면 귀머거리가 아니니 벙어리도 아닐 테다. 할머니는 계집아이가 너무 놀라고 너무 슬퍼 잠시 말을 잃었을 뿐이라고 했다. 마음의 문이 열리면 말문은 저절로 열릴 터이니, 그때까진 다그치거나 몰아세우지 말라고.

말에도 문이 있다면……, 서로는 아귀가 맞지 않아 여닫을 때마다 빼가닥빼가닥하는 문을 떠올렸다. 계집아이의 목소리가 문소리처럼 새된 비명이면 어쩌나 걱정이 되었다. 하긴 그 조차도 사흘 굶은 지경에 찬밥 더운밥 가리는 일이었다. 이름도 없고 말도 없고, 아니 이름도 모르고 말은 하지 않으려 하는…… 아이와 정말 친구가 될 수 있을까? 소심스러운 서로는 금세 시무룩해졌다. 청화당 할머니는 계집아이의 할머니와 하도 사이가 좋아 쌍둥이가 아니냐는 오해를 받았다는데, 단짝을 만날 욕심에 들떴던 서로는 서운하고 아쉬웠다.

"왜 그러니? 어디가 아프면 아프다고 말해라. 속상하면 뭣 때문에 속상하다고 말해라. 말을 안 하면 어떻게 아니?"

서로는 혼잣말처럼 엉두덜댔다. 그때였다.

"미워!"

문득 낯선 새의 울음소리를 들은 듯했다.

"어? 지금…… 말한 거야? 정말 네가 말한 거야?"

하지만 단 한 마디뿐이었다. 거짓말처럼 다시 말문을 걸어 잠근 계집아이의 얼굴이 저녁놀처럼 빨갰다. 부릅뜬 눈에선 금방이라도 눈물이 뚝뚝 떨어질 것 같았다. 서로는 혹시 잘못 들은 게 아닌가 싶어 손가락으로 귀를 후볐다. 노랗게 마른 귀지가 툭 떨어졌다. 서로가 얼떨떨해 안절부절못할 때 새는 휙 날아갔다. 계집아이는 눈 깜짝할 새에 사라지고 없었다. 그제야 서로는 계집아이가 외마디 울음처럼 토하고 간 말이 무슨 뜻인지 깨달았다. 잠결에 실수를 했다는 사실을 들킨 게 부끄러웠던 모양이다. 사라진 냄새, 보이지 않는 노란 물 그림을 걱정하나 보다. 서로가 이불보를 만져보고 킁킁거리는 게 자기를 놀리는 것만 같아 속상했나 보다.

"아니, 그게 아닌데……."

당황한 서로가 계집아이가 기대어 서 있던 바지랑대를 향해 더듬더듬하였다.

"난…… 그런 뜻이 아니었는데, 나는 네 마음을 아는데……."

방문 밖으로 화마의 뜨거운 혓바닥이 널름대던 밤 이불 더미에 싸개질을 했을 때처럼 서로는 두려움에 진저리쳤다. 바지랑대는 출렁, 자기한테 말해 봤자 아무 소용없다는 듯 흔들렸다. 서로는 계집아이의 목소리를 처음 들었다는데 기뻐해야 할지, 그게 오해라는 사실에 슬퍼해야 할지 몰라 바지랑대와 함께 갸우뚱거렸다.

"미워!"

하필이면 계집아이에게 처음 들은 말이 원망어린 외침이어야 했을까? 계집아이의 목소리는 생각보다 훨씬 크고 또렷했다. 짙은 나무숲에서 왜자기는 목이 긴 새의 울음소리 같았다. 그 새의 붉은 부리에 가슴을 쪼였다. 걱정과 괴롬으로 마음이 상한 서로는 그만 열병으로 앓아누웠다. 평소에도 철이 바뀔 때마다 고뿔에 걸리곤 하는 약골이었다. 그런데도 이씨 부인은 집안에 사기(邪氣)가 들어 병자가 넘친다고 화를 냈다.

"아니야. 그게 아니야. 미워하지 마……."

오한과 열기로 비몽사몽 하는 중에 서로는 거듭 헛소리를 지껄였다. 무명 수건으로 찬찜질을 해주던 이씨 부인은 계집아이를 미워하지 말라는 간청인 줄 알고 더욱 분노했다. 청화당이 감싸고도는 것으로도 모자라 아들까지 반편스레 굴며 계집아이 편을 드니 굴러온 돌에 발등 찧는 기분이었다. 치밀어 오르는 울화를 참지 못한 이씨 부인은 공연스레 행랑어멈에게 생트집했다. 억울한 행랑어멈은 청화당으로 쪼르르 달려가 노마님에게 서로의 섬어를 일러바쳤다.

"어린 자식이 어미보다 낫구나! 서로가 심약해 보여도 알심 있는 아이가 아니더냐?"

계집아이는 바슬바슬 마른 입술을 만지며 그 말을 들었다. 어른들의 어림짐작과 상관없이 서로는 결국 자기 때문에 아픈 것이었다. 어쩌다 달포가 넘게 닫혔던 입에서 처음 새어 나온 말이 그것이었을까. 그저 속상했을 뿐이다. 부끄러웠던 것뿐이다. 서로가 자기를 오줌싸개라고 놀릴까 봐 겁이 났던 것이다. 입술에 오른 더뎅이를 뜯적뜯적 잡아뗐다. 발갛게 속살이 드러나 쓰렸다.

혼자 이불보 사이를 휘저으며 숨바꼭질하는 사내아이는 심심해 보였다. 저 혼자 숨는 시늉을 했다가 찾는 시늉을 했다가, 그림자와 달음질하는 모습이 외로워 보였다. 어머니의 차가운 눈길에 금세 풀이 죽는 모양이 애처로웠다. 아버지의 호통에 자라목처럼 몸을 움츠리는 모습이 안쓰러웠다. 더부살이하는 천애고아가 고관대작의 자식을 동정한다는 건 우스운 일이었다. 예닐곱 살배기 천둥벌거숭이라도 그런 눈치쯤은 빨랐다. 하지만 처음 보았을 때부터 낯설지 않았다. 외로움과 두려움을 품은 아이들끼리는 반드시 서로 알아보기 마련이었다.

마루 끝에 걸터앉아 피리를 불기 시작했다. 계집아이가 부는 피리는 청화당이 장사하던 시절 회회(回回: 아라비아)에서 온 상인에게서 구한 옥적(玉笛)이었다. 평소에는 몰약*과 소목** 같이 이문이 큰 귀물밖에 뵈지 않던 청화당의 눈에 그날따라 웬일로 청옥으로 만든 옥피리가 들어왔다. 속요에 쌍화(雙花)를 팔며 손목을 잡아끄는 능구리로 등장할 정도로 엉큼스런 회회 상인을 웃음으로 찜 쪄 옥적을 얻었다.

청옥으로 만든 피리의 본래 주인은 계집아이의 어미 채심이

* 방부제
** 외과용 약품

었다. 혹시나 하고 건넨 옥피리가 계집아이의 입술에 닿는 순간, 지켜보던 청화당과 행랑어멈은 물론이고 계집아이가 가장 크게 놀랐다. 머릿속의 기억은 사라져도 몸의 기억은 남아 있었다. 그 몸의 기억이 옥피리를 언젠가 불던 풀피리로 착각하게 했다. 하지만 옥이든 풀이든 몸통을 꿰뚫어내는 소리는 맑았다. 푸른 바람이 일곱 개의 구멍을 들고나며 투명하게 울렸다. 청화당은 친딸만큼이나 귀애하던, 때로 친딸보다 살갑던 채심의 피리 소리를 들었다.

"어미에게서 배웠느냐?"

대답 대신 삘리리 구슬픈 피리 소리가 울려 퍼졌다. 엄마가 만들어주었던 건 풀피리였다. 옥피리와 값어치를 비교할 수 없는, 가난하여 더욱 귀한 기억의 악기였다.

"피리 부는 게 좋으냐?"

대답 대신 삘리리삘리리 즐거운 가락이 흘러 나왔다. 어머니는 없다. 피리 부는 법을 가르치기 위해 옴짝거리던 붉고 아름다운 입술은 없다. 아버지도 없다. 피리 소리에 흠뻑 취해 깊은 눈을 가만히 감던 사랑도 없다. 하지만 그 흔적으로 계집아이는 이 세상에 있다. 아무리 억울하고 애달프고 서러워도 지금 여기에 분명히 있다. 피리를 불며 계집아이는 속절없이 깨달았다. 세상의 모든 있음이 없음으로부터 비롯되었다는 것을.

계집아이의 피리 소리가 청화당 꽃담을 넘어 중문으로 살금살금 기어들어가 안방에 누워 앓던 서로의 귀에 닿았다.

―많이 아파?

느릿하고 흐릿한 가락이 서로의 이마를 가만히 짚었다.

―미안해…….

상냥하고 부드러운 곡조가 서로의 손을 끌어 앉혔다. 점점 경쾌해지는 가락은 서로에게 빨리 나아 함께 놀자고 속살거렸다.

"어린 것이 웬 청승이람? 씨앗 도둑은 못 한다더니 하는 짓이 제 어미를 빼쏘았구나!"

입맛이 없어 왼고개를 치는 서로에게 좁쌀죽을 권하던 이씨 부인이 청화당 쪽으로 눈을 흘겼다. 서로가 들은 것을 이씨 부인은 전혀 듣지 못했나 보았다. 말 대신 전해온 피리 소리는 귀가 아니라 마음이 듣는 것이기에.

"어머니, 한 그릇 더 주세요. 어제 먹다 남긴 고기전도 가져다주세요. 많이 먹고 얼른 나을게요!"

반쯤 식은 좁쌀죽을 허겁지겁 퍼먹는 서로를 이씨 부인이 놀란 눈으로 바라보았다. 봄이거나 여름이거나 가을이 아니면 겨울이었던, 그때는 비밀의 계절이었다. 비밀 속에 신비가 싹트고 꽃피고 열매 맺었다. 좁쌀죽 두 그릇과 고기전 세 점을 먹은 뒤 서로의 열병은 깨끗이 나았다. 피리 소리는 삘리리 삘리리 흥겹게 이어지고 있었다. 서로는 시원하게 꺼억 트림을 했다.

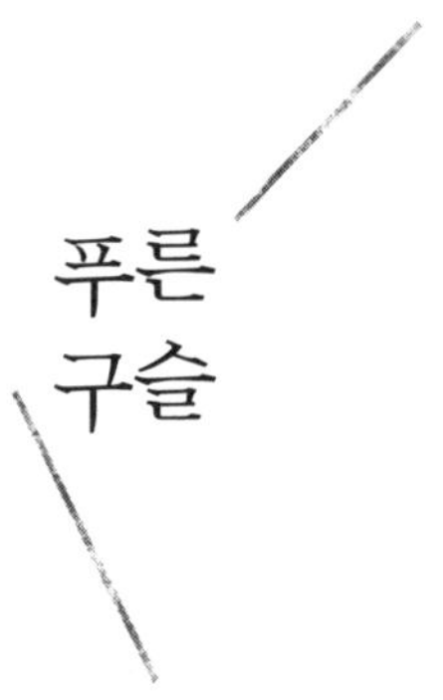

푸른 구슬

꽃그늘 아래 앉아 피리를 불면 꽃향기가 나풀나풀 가락을 따라 퍼졌다. 바람이 불면 꽃잎이 맑고 깨끗한 선율로 난분분했다. 꽃이 소리를 따라 피었다. 소리가 꽃을 따라 졌다.

툭!

꽃잎 대신 꽃가지 하나가 이마로 떨어져 내렸다.

투둑!

작은 조약돌 하나가 데굴데굴 굴러와 발치에 부딪혔다. 피리를 내려놓고 주위를 두리번거렸다. 아무 인기척도 느껴지지 않았다. 마당에는 햇발이 한가득했다. 차갑지도 뜨겁지도 않은 바람에는 달곰새금한 향내가 묻어 있었다. 정적 사이로 흩어진 피리 소리의 메아리인 양 휘파람새가 휘이휘이 울었다. 청화당 할머니의 명으로 행랑어멈이 엿을 고는지 멀리로부터 구수한 단내가 풍겨왔다. 그토록 고요하고 평화로운 풍광이 너무 아름다워, 계집아이는 문득 코끝이 찡했다.

다시 피리를 잡고 입술에 가져갔다. 말을 하는 것보다 피리를 부는 것이 좋았다. 피리를 불 때는 아무도 말을 걸거나 질문하지 않았다. 말을 걸거나 질문을 해도 대답하지 않을 수 있었다. 그것이 동정이든 위로든 격려든, 어떤 말이라도 마찬가지였다. 말을 하면 심장 한가운데 욱여넣은 기억이 치밀어 올랐다. 애써 삭인 추억의 욕지기가 솟았다.

툭!

이번엔 화줏머리*에 앉아 있는 나무 새를 축소시킨 자그마한 목각 인형이었다. 나무 새 인형이 치마폭에 놓이는 순간 피리 소리가 조촘, 했지만 계집아이는 피리에서 입을 떼지 않았다. 누군가 장난을 걸어오고 있었다. 그래서 계집아이도 장난스럽게 그 장난질에 모르쇠를 댔다.

"재미없다!"

* 솟대의 꼭대기

한참이 지나서야 어수선하게 엉클어진 수풀 뒤에서 서로가 불쑥 나타났다.

"술래가 되었으면 숨은 사람을 찾아 나서야지!"

기대 섞인 긴장으로 몸을 옹송크리고 숨었던 서로의 입이 딱따구리의 꽁지깃처럼 비죽이 빠져나와 있었다.

삘리리!

"언제 숨바꼭질을 하자 했느냐고? 내가 꽃가지며 잔돌이며 나무 새를 던져 신호를 보냈잖아!"

삘리리삘리리!

"그게 나라는 걸 어떻게 알겠냐고? 내가 아니면 누구겠어? 누가 너랑 놀고 싶어서 맛도 없는 좁쌀죽을 두 그릇이나 먹겠어? 누가 손가락을 베어가며 나무 새를 만들겠어?"

그제야 놀리는 듯 새침한 피리 소리가 뚝 끊겼다. 놀라 회동그래진 계집아이의 눈이 서로의 손가락을 향했다.

"아니, 살짝 베어서…… 처맬 필요까진 없었지만 말이야."

서로가 허풍을 친 것이 열없어 얼굴을 붉히며 손을 감추자 계집아이는 쿡 웃음을 터뜨릴 뻔했다. 그날 이후 처음 떠오른 웃음기였다. 기억과 함께 잊은 듯한 웃음이었다. 오랫동안 굳었던 낯이 어색하게 실룩거렸다. 그 기묘한 표정의 몸짓말을 무어라고 들었는지 서로는 허둥지둥 변명을 덧달았다.

"원래는 손끝 하나 다치지 않고 잘 만들어. 새도 만들고, 배도 만들고…… 아, 피리도 만들 수 있어!"

계집아이 앞에서 서로는 달랐다. 아무도 모르는 피리 소리의 뜻을 척척 헤아리고, 끊임없이 지저지저하는 수다쟁이가 되고, 제가 가진 재주를 거침없이 발보였다. 평소에 서로는 근엄한 향선생 앞에서 가지런히 무릎을 꿇고 앉아 얌전히 공부만 하는 아이였다. 서너 살 먹을 무렵부터 아버지가 차려준 가숙에서 공부하기 시작한 서로는 아침저녁 붙들려 앉아 글을 읽고 책을 팠다.

물등고수 부모우지(勿登高樹 父母憂之)
물영심연 부모염지(勿泳深淵 父母念之)

좁은 어깨에는 아버지의 기대를, 떨어뜨린 고개에는 어머니의 채근을 무지근히 얹은 채 뱃심을 돋워 책을 읽는 소리가 청화당까지 들려오곤 하였다. 신기하게도 계집아이는 간간이 그 말뜻을 헤아려 들었다.

높은 나무에 올라가지 말라, 부모님께서 근심하신다.
깊은 못에서 헤엄치지 말라, 부모님께서 염려하신다.

글을 안다는 것은 묘한 일이었다. 그럭저럭 한세상을 살아가는데 읽고 쓰는 재주가 꼭 필요한 건 아니지만, 문리(文理)가 트이지 않고서야 사물의 이치를 깨닫는 힘도 얻을 수 없는 법이었다. 그리하여 남아가 글을 모르는 것은 부모를 욕되게 하는 것이었다. 그럼에도 여자가 서책을 좋아하고 글재주를 보이는 건 지극히 꺼렸다. 기생이나 하는 짓을 점잖은 반가의 여식이 흉내질해서는 안 된다는 것이었다. 여자는 끽해야 나라 이름과 조상의 함자만 알면 충분하니, 그 이상은 겉욕심이랬다.

하지만 분수에 넘친다는 손가락질에도 불구하고 비밀처럼 글을 품은 여인들이 있었다. 계집아이는 뜨르르한 학식을 가진 향선생 앞에서 다리 저림을 참으며 글을 배우지 않았다. 빨래터와 우물가에서 때론 정담을 때론 말시비를 주고받는 것은 법도에 매이지 않은 평민 부녀자들의 일이었다. 서생의 아낙들은 아래윗집에 살면서도 모여 떠들거나 말을 옮기지 않았다. 할 말이 있거나 말상대가 긴요하면 낙엽에다 먹 글씨로 편지를 써서 계집종에게 들려 보냈다. 떨어진 감잎은 크고 너른 데다 묵즙이 잘 스며 귀하고 비싼 종이의 대용으로 맞춤했다. 낙엽이 전해 왔다 낙엽이 전해 갔다. 여인들의 비밀스런 속삭임이 바스락거리며 담을 넘었다. 그때 어깨 너머로 어머니의 글을 배웠나 보다. 깡그리 불타 사라진 것만 같은 기억 속에서도 읽고 쓰는 것은 머리가 아니라 몸의 일인 듯하였다.

서로를 가르치는 향선생은 한낮에 뜬눈으로도 졸다 깨다를 일삼아 했다. 하지만 청화당이 자기보다 더 기력이 없어 뵈는 늙은 선생을 뇌꼴스러워하자 이씨 부인은 단칼에 입을 막았다.

"배주에서 국자감에 들어간 서생들 중에 열에 아홉은 거쳐 갔다고 소문난 분이에요. 글 잘 읽는 것과 글 잘 읽히는 건 엄연히 다르니, 졸음증이 무슨 대수겠어요? 깜박 깨어났을 때 족집게면 되지!"

'그놈의 늙은이 유세통 졌나, 죽으면 실컷 잘 텐데!' 하는 말이 입안에서 간질거렸지만, 청화당 노마님은 무색하게 쓴 침만 삼켰다. 한 다리 건너 두 다리려니 손자의 장래를 위해 딸과 사위가 어련히 잘하려나 싶었다.

그래도 서로는 잠꾸러기 향선생이 좋았다. 점심상을 물리고 나면 향선생은 쏟아지는 졸음을 참지 못하고 머리때가 찌든 목침을 베고 누웠다. 그때부터 한동안은 자학자습을 핑계 삼아 서로가 마음껏 쓸 수 있는 시간이었다. 말다짐 없는 약속은 단 하나, 이씨 부인의 눈에 띄지만 않으면 되는 것이었다. 그 달콤한 갈피짬을 틈타 계집아이에게로 달려가는 서로는 깎은선비를 흉내 내는 애늙은이가 아니었다. 장난기로 엉덩이가 뜰썩거리는 영락없는 개구쟁이 소년이었다.

"내가 피리 만들어줄까?"

계집아이가 말없이 고개를 저었다.

"네 말문은 언제쯤 활짝 열리니? '미워'란 말만 말고 뭐든지 해봐라."

서로가 치근치근 졸랐다. 그래도 다행히 계집아이는 귀찮은 표정을 짓지 않았다.

"심심하다! 심심해! 심심해!"

서로가 뱅글뱅글 제자리에서 팽이를 돌았다. 닦은 거울처럼 맑은 하늘에 우수수 꽃비가 내렸다. 사물의 모서리가 농익은 햇살에 흐무러져 물큰하였다. 두 팔을 벌린 채 고개를 쳐들고 맴맴 도노라니 정신이 아뜩했다. 어질증을 느끼며 비틀거리는 순간, 살짝 입귀를 비틀고 웃는 계집아이의 모습을 본 듯하였다. 하늘과 땅이 공중제비를 돌았다. 서로는 몸의 중심을 잃고 쓰러지기 직전에 나무를 껴안고 멈추어 섰다. 분명 계집아이는 벙싯이 입을 벌려 웃고 있었다. 서로는 가지 끝에 매달린 꽃잎을 향해 손을 뻗쳤다. 꽃잎은 매끄럽고 야들하였다. 손끝이 금세 부끄러이 물들었다.

"덴다!"

언젠가 귓가를 스쳤던 바로 그 새소리였다.

“덴다고? 무엇이?”

“꽃이 덴다. 사람 손을 타면…… 꽃잎이 덴다.”

빠끔히 열린 계집아이의 말문에선 낯선 말이 쏟아져 나왔다. 사람이 아니라 꽃이 덴다고 했다. 사람의 몸기운에 여린 꽃잎이 익어, 말은 못하지만 아프고 쓰라리리라 했다. 난생처음 듣는 기묘한 그 말은 꽃의 말이었다. 향기로운 말을 내뱉는 계집아이는 고스란히 꽃이었다.

“알았어. 눈으로 보기만 할게. 다시는 꽃잎을 만지지 않을게.”

서로는 방아를 찧듯 고개를 끄덕였다. 계집아이도 발씬 웃으며 고개를 주억였다.

“그런데, 이 꽃이 지면 무엇이 맺히는지 아느냐?”

아직 어지럼증이 가시지 않은 얼굴로 서로가 계집아이를 바라보았다.

“푸른 구슬이 열린단다.”

그 몽몽한 눈빛이 계집아이의 작은 몸피를 꿰뚫어 먼 곳에 닿아있는 듯하였다.

“푸른 구슬?”

아슴아슴한 그곳을 향해, 계집아이의 눈동자도 커다랗게 열렸다.

“색깔은 네가 부는 옥적보다 더 파랗고, 맛은 초만큼이나 새

금하지!”

“아……!”

그제야 푸른 구슬의 정체를 알아챈 계집아이가 가볍게 이맛살을 찌푸렸다. 아직 익지 아니하여 푸른 매실, 청매를 떠올리자 입안에 맑은 침이 가득 고였다.

“아직도 네 이름이 기억나지 않느냐?”

돌연한 서로의 질문에 계집아이가 고개를 떨어뜨렸다. 아가…… 부르던 목소리만 기억 저편에서 자욱하였다.

“이름을 모른다면 새로 지어 불러야지. 그래서…….”

서로의 눈이 반짝 빛났다. 그 속에 계집아이의 모습이 환한 눈부처로 돋아났다.

“이제부터 널 녹주(綠珠)라고 부르기로 했단다. 어떠냐, 맘에 드느냐?”

서로가 신이 나서 외쳤다. 계집아이를 처음 보았을 때부터 푸른 구슬, 녹주옥을 떠올렸다. 매화나무 아래서 피리를 부는 모습을 훔쳐보며 그 이름이야말로 맞춤하다고 확신했다.

“녹주야!”

“…….”

“녹주야! 대답해라. 녹주야!”

시시풍덩한 장난 같았지만, 서로의 목소리는 오롯이 진지했다.

“응.”

결국 계집아이가 부름에 답했다.

“녹주야, 이제부터 넌 나의 동무다!”

“응…… 서로야.”

이름을 부르고 이름이 불리고서야 비로소 처음이다. 새로이 동무를 얻은 그들은 처음의 즐거움에 한껏 들떴다. 열매를 맺기 위해서는 아무리 찬란한 꽃이라도 모다 이별해야 한다. 기꺼운 이별로 흔들리는 매화나무가 잔드근하게 그 모습을 지켜보고 있었다.

청화당에서 경쾌하고 화사한 웃음소리가 들렸다. 오늘은 또 어떤 별식을 만드는지 정주간에서 풍겨난 기름지고 고소한 냄새가 사방에 진동했다. 미묘하게 그러나 분명히 무언가 달라졌다. 집안은 여전히 조용했지만 알 수 없는 설렘으로 들썽들썽했다. 나쁘지는 않았지만 왠지 신경에 거슬렸다. 그 모두가 계집아이가 찾아오고부터 벌어진 일이었다. 떠버리 행랑어멈이 물어 나르는 말로는 계집아이가 나이답지 않게 엽렵하여 까다로운 노마님을 보비위하는데 손색이 없다 하였다. 저녁에 자리끼를 올리고 아침에 밤잔물을 치우는 일을 도맡으니 계집종들은 할 일이 줄어 기뻐하고, 노마님은 대견함에 더욱 귀애한다는 것이었다.

"어린 계집이 약기가 묘구(墓寇)* 같구나!"

이씨 부인은 저도 모르게 날선 악담을 내뱉고 흠칫 놀랐다. 계집아이가 겪은 불행을 생각하면 해서는 안 될 말이었다. 계집아이의 죽은 어미, 채심과의 인연을 생각해서도 그리 해서는 안 되었다. 하지만 간장을 녹이는 듯한 그놈의 피리 소리는 머리가 아니라 가슴을 파고들었다. 머리로는 조실부모 천애고아를 가련히 여겼다. 하지만 가슴은 알 수 없는 불길함과 미움으로 들끓었다. 계집아이의 모습과 행동거지가 고스란히 제 어미를 빼쏘았기 때문이었다. 경심이 그토록 선망하고 시기했던 채심을.

청화당과 채심의 어머니는 먼촌의 인척 관계이긴 하나 처녀 시절부터 함께 자라난 자매 같은 사이였다. 아이를 낳아 장성할 때까지 사위가 처가 근처에 서옥(壻屋)을 짓고 사는 고구려의 풍습을 물림한 덕택에 혼례를 치른 후에도 헤어지지 않고 같은 마을 앞뒷집에 살았다. 그녀들은 약속한 듯 같은 해에 앞서거니 뒤서거니 아이를 낳았고, 마음 심자 돌림으로 딸들의 이름을 지었다. 놀 때나 일할 때나 목소리 한 번 높이고 얼굴 한 번 붉힌 적이 없었다는 짝패는 그들의 마음처럼 딸들의

* 무덤 도둑

마음까지 하나이길 바랐다.

하지만 마음은 그처럼 쉽게 대물림할 수 없는 것이었다. 이 씨 부인 경심은 채심을 볼 때마다 새록새록 싹트는 미움을 어쩔 수 없었다. 생김새, 눈빛, 말투, 웃는 모습, 심지어는 불거진 뒤통수와 다팔거리는 머리카락에까지 시새움이 돋았다. 한번 싹튼 미움은 여름비 내린 뒤의 잡초처럼 뻣세고 무성해졌다. 누군가 그때 경심의 마음을 들여다보았다면 그 작고 좁은 곳에 얼마나 무섭고 슬픈 분심(憤心)이 자라고 있는지를 알고 깜짝 놀랐을 것이다.

"넌 뭐가 불만이라 매양 우거지상이냐? 채심이를 좀 봐라. 항상 방긋방긋하니 얼마나 예쁘냐? 웃는 낯에 침 못 뱉고 웃는 집에 복이 있는 법이다!"

청화당 노마님, 그때의 젊은 어머니는 사사건건 경심과 채심을 비교했다. 채심의 티 없는 미소에 마음이 녹았다가도 어머니에게서 그런 말을 들으면 웃는 낯에 침을 뱉고 싶었다.

"채심이는 정말 피리를 잘 부는구나! 너는 얼마나 좋으냐? 저렇게 재주 많고 싹싹한 딸을 두어서……."

채심이 피리를 불면 어머니는 채심의 어머니를 향해 진심으로 부러운 눈빛을 던졌다. 그 순간 재주 없고 불퉁한 딸년이 되어버린 경심은 발밑이 허구렁이 되어 푹 꺼져버리기를 바랐다. 어머니가 미워서라기보다 어머니에게 미안해서였다. 무어 하나 빠질 게 없는 여장부인 어머니가 못난 딸 때문에 남부러운 표정을 짓는다는 게 서글펐다. 그리고 이십여 년이 흘러 지금 다시 어머니는 채심을 빼닮은 계집아이에게 흠뻑 빠져 있다. 친딸인 경심에게는 단 한 번도 보여준 적이 없는 너그럽고 인자한 미소를 머금은 채.

"아아, 듣기 싫다. 저 요망한 피리 소리!"

이씨 부인이 귀를 막았다.

"어머니는 피리 소리가 듣기 싫으세요?"

버릇처럼 뇌까린 불평을 귓결에 들은 서로가 영문을 모르겠다는 듯 눈을 회동그랗게 떴다.

"할머니도 좋아하시고 하인들도 좋아하고, 지난번엔 아버님도 들으시곤 솜씨가 제법이라고 하셨는걸요?"

"모두가 좋다 해도 내 귀엔 거슬린다. 딴 생각을 돋게 하고 딴 마음을 품게 하는 선율 따위는 요망한 잡기일 뿐이야. 너도 혹시 피리 소리에 홀려 글공부를 게을리하는 게 아니냐?"

"녹주는 제가 공부할 때 피리를 불지 않아요. 할머니가 주무실 때도 불지 않고, 아버님이 책 읽으실 때도 불지 않아요. 그러니 피리 소리에 방해받을 일은 없어요."

"녹주?"

"네. 아무래도 이름이 기억나지 않는다고 해서 제가 지어준 이름이에요. 언제까지 아가라고 부를 수는 없으니까요. 할머니께서는 아주 잘 어울린다고 칭찬하셨는데, 어머니는 어떠셔요?"

천진하게 눈을 빛내는 서로를 보는 순간 이씨 부인은 가슴이 철렁했다. 언젠가 꼭 그런 눈빛을 마주한 적이 있었다.

열 사내 부럽지 않은 여걸이었던 어머니는 여자로 태어나 딱 하나 억울한 게 글공부를 못한 것이라고 했다. 그래서 집안 형편이 군색한 태학생들을 물색해 그 뒷배를 자청했다. 후원을 받은 태학생들은 명절 때나 어머니의 생일이면 인사를 드리러 찾아오곤 했다. 그는 그 태학생들 중의 한 명이었다. 얼굴이 청수하고 성품 또한 단정하여 어머니의 총애를 담뿍 받았으나 출신이 한미한 것이 한 가지 흠이라 하였다. 집안이 가난하고 지체가 변변치 못하다는 이야기를 듣는 순간 경심의 관심은 싸늘하게 식었다. 잘난 얼굴이야 한때의 눈요깃감이요, 성품까지 바르다니 처세상에는 젬병일 터였다. 저잣거리에서 잔뼈가 굵은 장사꾼의 딸답게 경심은 허튼 마음의 장난질 따위엔 흥미가 없었다. 하지만 마음은 제 주인이 장난질하려 들지 않아도 마음대로 장난질하기에 마음이었다.

경심의 마음이 그토록 터무니없는 도깨비장난을 벌인 것은 눈빛 때문이었다. 그가 채심이 부는 피리 소리에 매료되어 아득한 눈빛을 던지는 순간, 경심의 마음이 단번에 흐너졌다. 그를 갖고 싶었다. 하지만 그의 눈길은 언제나 채심을 향해 있었다. 채심도 그에게는 특별히 연삭삭하게 구는 듯했다. 두 사람은 누가 보아도 잘 어울리는 한 쌍의 선남선녀였다. 가물이 든 마음에 강샘이 쏘시개가 되어 맹렬한 불길이 솟았다. 그를 갖고 싶을수록 채심이 미워졌다. 채심이 미울수록 그를 향한 마음의 기울기는 가팔라졌다.

어머니로서는 과년한 딸의 마음이 꽃피는 것을 막을 까닭이 없었다. 게다가 그 상대가 일찍이 내력과 성정을 꿰뚫고 있는 태학생들 중 하나라면 더더욱 환영하지 않을 수 없었다. 그런데 혼사를 진행하려다 보니 지난해 병고로 어미를 잃은 채심이 마음에 걸렸다. 채심의 어머니에게 친딸처럼 돌보겠다고 맹세한 바대로, 어머니는 경심과 채심의 혼사를 동시에 추진하기로 했다.

경심과 태학생의 혼담이 무르익어가던 때였다. 가빈한 태학생의 집안에서야 개성의 뜨르르한 상인 집안과의 혼사를 마다할 까닭이 없었다. 다만 채심을 향한 그의 눈빛이 깊고 우울해졌다. 경심은 통쾌했다. 어쨌거나 사랑의 승자는 자신이었다. 정식으로 허혼하는 절차만 거치면 채심과 남몰래 연정을 주고받던 태학생은 꼼짝없이 제 것이 된다. 하지만 어머니가 채심을 불러 혼인의 의중을 물었을 때 경심은 놀라운 이야기를 듣고 말았다. 채심이 심중에 두고 있는 사람이 있다는 것이었다. 그리고 더욱 놀라운 것은, 그 상대가 경심이 마음을 졸이며 빼앗아낸 태학생이 아니라 그의 절친한 벗으로 몇 번인가 함께 놀러왔던 다른 이라는 사실이었다.

"아, 그 문벌 좋고 가풍이 정정하기로 소문난 유씨 집안의 자제 말이더냐? 그 귀남자가 용케도 우리 채심이를 알아보았구나. 이야말로 원앙이 녹수를 만난 격이 아니런가?"

질투가 눈을 멀게 했다. 채심의 정인이라고 생각했던 태학생은 다만 채심을 짝사랑했을 뿐이었다. 미움이 분별력을 잃게 했다. 다시 새겨본 태학생의 얼굴엔 궁기가 흐르고 말투에선 사랑에 패한 사내 특유의 졸렬함이 묻어났다. 차갑게 식은 마음 대신 머리가 뜨겁게 달아올랐다. 경심의 불행은 온전히 자신이 지은 마음의 지옥에서 비롯된 것이었다.

열일곱 살의 경심으로 돌아갔던 이씨 부인은 진저리치며 과거의 기억을 뿌리쳤다. 그때부터 모든 것이 엉키고 꼬였다. 한바탕 난리굿을 치며 혼담을 파기했고, 한동안 사람들의 입길에 오르내리며 망신을 샀고, 결국엔 나이가 곱절이나 많은 조반과 혼인하게 되었다. 어머니는 불가불 나이가 마흔이나 되는 사위를 받아들이고 개성의 상점을 정리해 배주로 이사했다. 아둔하고 경망한 딸을 향한 어머니의 눈초리도 그지없이 매워졌다. 하지만 불행의 소용돌이에 빠져 있는 순간에도 무엇보다 경심을 괴롭힌 것은 채심의 행복이었다. 자신이 원하는 사람과 다정하게 살며, 아무도 부러워하지 않고 아무것에도 욕심 내지 않는 마음의 평화였다.

하지만 인생은 마지막 순간까지 알 수 없기에 재밌고도 무서웠다. 행복한 채심은 죽고 불행한 경심은 살아남았다. 착한 채심과 그녀의 정인은 비참하게 불타 사라지고, 용렬한 경심과 이악스런 남편은 권력의 칼끝에서 기사회생하였다. 계집아이를 볼 때마다 이씨 부인은 운명의 모순과 역설에 모골이 송연했다. 오갈 데 없는 채심의 딸자식을 거둔다는 사실은 묘한 우월감을 느끼게 했다. 하지만 동시에 끊일 듯 이어지는 악인연의 예감에 다락 겁이 났다.

"요즘 공부의 진척이 더디더구나. 향선생이 너를 너무 느슨하게 다루시는 것 같다. 우물 안 고기로는 큰물에 나갈 수 없으니 아버님과 의논해 경관(經館)과 서사(書社)*를 알아봐야겠다."

동무가 생겼다는 사실에 들떠 사리 분별을 못하는 서로부

---

* 고려시대 민간에 있던 서당 형태의 교육 기관

터 잡도리해야 했다. 아무리 철모르쟁이라도 그런 눈빛은 함부로 던지면 안 되는 것이었다. 비밀에 눈뜨기 직전 가장 광채를 발하는 그것은 위험하고 유독했다. 순진한 갈증, 아련한 열망으로 말갛게 빛나는 눈동자.

“어이! 촌뜨기!”

시망스러운 장난기로 가득한 목소리가 등 뒤에서 들려왔다.

“저놈이 귓구멍에 마늘쪽을 박았나, 사람 말이 말 같지가 않아?”

“나, 나 말이야?”

“그래! 여기에 촌티가 지르르 흐르는 사람이 너 말고 또 있어?”

“왜…… 무슨 일인데?”

“너희 동네에선 셋이 모여도 서로서로, 둘이서도 서로서로,

혼자서도 서로서로 북 치고 장구 치고 소리를 읊는다던데, 사실이냐?”

남의 약점이나 결점을 걸고 넘어져 놀리는 일이 본디 유치하기 마련이지만 그중에서도 이름을 놀림거리로 삼는 일은 최악이었다. 서로의 얼굴이 민망함과 당혹감에 일그러졌다. 그때 악소패거리 가운데 머리통이 하나쯤 큰 덩치가 욕설을 웅얼거리며 성큼 다가섰다.

“쌍, 네가 지금 우릴 비웃는 게냐?”

“아니, 그게 아니라…….”

당황한 서로가 무어라 변명을 하기도 전에 덩치의 발이 정강이를 향해 날아왔다.

“이 촌놈이 보자보자 하니까 우리를 보자기 취급하네?”

정통으로 정강이뼈를 걷어차인 서로가 아픔을 이기지 못해 주저앉자 패거리들이 옳다구나 달려들었다. 먹잇감을 잡아낚은 짐승들처럼 으르렁대며 욕을 하고 침을 뱉고 발길질했다. 손으로 감싼 머리를 무릎 사이에 박고 한껏 몸을 웅송그린 채 서로는 맘속으로 수를 헤아렸다. 하나 일(一), 울면 안 돼. 두 이(二), 조금만 참자. 석 삼(三), 금방 끝날 거야……. 엊그제는 스물까지 세었다. 그제야 놈들은 반응이 없는 장난감에 싫증을 내고 떠나갔다. 하지만 오늘은 서른이 넘었는데도 지옥의 형벌은 끝날 기미를 보이지 않았다.

"맹자는 알면서 붕우유신은 모르느냐? 벗과 더불어 믿으려면 서로서로 발맞춰가는 눈치도 있어야지!"

"그깟 값도 못할 이름 따윈 개에게나 줘버려라!"

오늘은 그나마 이유가 있었다. 강(講)을 받는 자리에서 『맹자(孟子)』의 문리(文理)를 정확히 이해하는 유일한 학동이라고 훈장님께 칭찬받은 것이 비위를 거슬렀나 보다. 하지만 명백한 이유가 있든 없든, 이유를 알 수 없는 수많은 이유들 때문에 서로는 패거리에게 괴롭힘 당했다.

젊은 장군이 스스로 왕이 되면서 아버지 조반은 개국공신의 호를 받았다. 그때까지 나라의 이름은 여전히 고려였고 수도 역시 개성이었다. 변한 것은 왕족의 성씨가 왕(王)에서 이(李)로 바뀐 것뿐이었다. 어떤 이들은 그에 대해 천무이일 불사이군(天無二日 不事二君)*을 외치며 저항했지만, 조반은 하늘에 해가 두 개 떠도 눈 하나 깜짝하지 않고 일산(日傘)을 펼쳐 쓸 사람이었다. 뇌거(賚去)**했을 때 말과 비단을 바꿔 이득을 취한 것이 적발되고, 성문(城門) 제조를 감독하는 일에 소홀하여도 새 임금은 극구 조반을 감싸고돌았다. 역성혁명을

---

* 하늘에는 해가 둘이 있을 수 없고 한 나라에 두 임금이 있을 수 없음
** 중국에 사신으로 감

감행한 임금으로서는 국호를 바꾸고 고명(誥命)*과 인장(印章)을 청하는 중요한 절차에 외무의 경험이 많은 조반이 꼭 필요했던 것이다.

바깥의 일은 그토록 일사천리인데, 평천하를 하기에 수신제가가 문제였다. 배주의 집을 개성으로 옮기는 일을 두고 조반과 이씨 부인의 목소리가 담을 넘었다. 이거를 하든 솔가를 하든 변한 것도 없고 변할 것도 없다는 조반에게 맞서는 이씨 부인의 명분은 두 가지였다. 그중 하나가 서로를 좋은 서당에 보내기 위해서는 개성으로 솔가를 해야 한다는 것이었다. 걸핏하면 그맘때쯤 자신은 이국에서 악전고투로 처세를 익혔다며 아들을 윽박지르는 남편에게, 큰물에서 노니는 큰 고기를 만들기 위해 북경은 아니더라도 개성에서는 살아줘야 마땅하다고 주장했다.

그런데 아들의 장래를 걱정하는 부모의 의논이 왠지 깔끄럽고 지나치게 노기등등했던 것은 드러내놓고 말하지 못한 두 번째 이유 때문이었다. 남들은 손자를 볼 나이에 만혼한 조반은 술만 한잔 걸치면 "제상 앞에 개가 꼬리를 쳐야 집안이 잘된다!"는 말을 입버릇처럼 뇌까렸다. 아이들이 많고 자손이 왕

* 중국의 황제가 제후에게 주던 임명장

성해야 집안이 잘된다는 그 말을 들을 때마다, 씨앗은 잘 품어 안지만 좀처럼 그것이 뿌리내리기까지 버텨내지 못하는 포궁을 지닌 이씨 부인은 가슴이 쓰렸다. 달랑 아들 하나로는 만족할 수 없었던 조반은 도성을 오가는 길에 기어이 첩살림을 내고 말았다. 그리고 결국 그 둥글개첩이 지난해 딸을 낳은 데 이어 올봄에 아들을 낳았다는 소식이 들려왔다.

"그래봤자 제사상에 술 한 잔 못 올리고 벼슬길은 꿈도 못 꿀 서출인 것을. 하늘이 두 쪽 나고 바위에서 움싹이 돋아도 이 집안의 장자는 우리 서로 하나뿐이야!"

아무리 빠드득 이를 갈며 분김을 삭이려도 불안한 마음은 어쩔 수 없었다. 하여 서로의 교육을 핑계로라도 개성에 함께 가 첩을 견제하고 새 씨앗을 받아내겠다는 각오를 다지기에 이르렀다. 그러자니 본디 개성이 고향인 청화당을 배주에 남겨둘 수가 없었다. 소갈증이 한층 심해져 안질까지 앓기 시작한 청화당의 눈 구실을 하는 녹주인지 구슬인지 하는 계집애도 떼어낼 방도가 없었다. 꼬이고 배틀린 일들을 풀 수도 뭉텅 끊어낼 수도 없어서 화증만 날로 더해갔다. 그나마 개성의 명문자제들이 수학한다는 서당에서도 뒤처지지 않고 발군의 재능을 인정받은 서로가 이씨 부인의 유일한 위안이었다.

"역시 큰 고기는 큰물에서 놀아야 한다. 이름만 대면 알 만한 집안의 자제들과 글동접이 되면 인맥이야 저절로 이뤄지는 게 아니겠느냐?"

궁성의 남쪽에 바투한 정승동에 새 집을 구한 것도 아들 서로를 위해서였다. 정승동은 이름대로 정승을 비롯한 고관들이 많이 사는 곳이라 동네 분위기가 사뭇 달랐다. 애초에 성균관 근처 숭문동도 고려하였으나 서로가 사귀어야 할 상대는 태학생들이 아니라 정승 자식들이었다. 그 바람에 배주의 옥답 뭉텅이를 팔아야 했지만 논밭 따위는 아깝지 않았다. 이씨 부인은 맹모(孟母) 못잖은 자신의 선택에 우쭐했다.

"너희 동네로 돌아가, 촌뜨기야!"

하지만 서로는 서당에 나간 첫날부터 귀하고 높다는 명문가의 자제들에게 모다깃매를 맞았다.

"아버님이 말씀하시지 않았니? 열심히 학문을 닦는 것만이 네가 할 일의 전부다. 행여 음서(蔭敍)로 말단 한직 따위를 얻으려는 생각은 꿈에도 하지 마라!"

이씨 부인은 보란 듯이 서로를 과거 급제시켜 현모의 부덕을 만방에 내보이고 싶었다. 그렇게 고독과 불행을 보상받으려 했다.

"네가 잘났으면 얼마나 잘났냐? 촌구석에서 신동 소리깨나 들었다고 눈에 뵈는 게 없냐?"

그러나 배주의 향선생에게서 족집게로 깨우친 문리는 저마다 잘난 궁도령들의 시샘거리가 되었다.

서로는 무서웠다. 낯선 아이들의 낯선 분노를 감당할 수 없었다. 하지만 또한 서로는 자기가 얼마나 겁에 질려 있는지 말할 수 없었다. 두려움은 사람이 가진 가장 민낯의 감정이었다. 얼굴이 아니라 마음에도 화장이 필요했다. 화장을 하지 않으면 한 발자국도 집 밖으로 나갈 수 없는 곳이 어른들의 세계였다. 고작 열한 살에, 서로는 더 이상 아이일 수 없었다.

잘 비벼 털고 들어왔지만 흙 얼룩은 남아 있었다. 애써 구김살을 당겨 폈지만 잔금까지 지울 수는 없었다. 개울에서 몇 번이고 세수를 했는데도 울음기까지는 씻기지 않았다. 자세히 보지 않으면 모른다. 곁눈으로는 보고도 모른다. 얼룩덜룩한 상처의 자국과 구깃구깃한 슬픔의 실금은 오직 마음의 눈을 부릅떠야 볼 수 있는 것이었다.

서로가 달라졌다는 것을 맨 먼저 눈치 챈 사람은 녹주였다. 그럴 수밖에 없었다. 욕심으로 가린 이씨 부인의 눈과 병고로 지친 청화당 할머니의 눈에는 그처럼 미묘한 자국과 실금이 보일 리 없었다. 끊임없이 바깥을 향해 먼눈을 파는 조반은 더더욱 볼 수 없는 것이었다. 때로 핏줄은 가장 가까이에 있는 맹목(盲目)이었다.

“서당 잘 다녀왔니?”

“응? 으응⋯⋯.”

“오늘은 뭘 배웠어?”

“어⋯⋯ 아성(亞聖: 맹자)의 말씀.”

“재미있었어?”

“재미야 뭐⋯⋯ 공부니까⋯⋯.”

서로는 소심하고 낯을 가리는 성격으로 밖에서는 과묵한 편이었지만 녹주 앞에서 말을 더듬거나 흘리는 일은 없었다. 항시 곰살궂은 말벗이자 장난스러운 재담꾼이었다. 그런데 개성에서 제일 좋다는 서당에 다니기 시작하면서부터 서로는 변했다. 녹주를 보고도 웃지 않았다. 같이 놀자고 조르지도 않았다. 녹주의 피리 소리를 들어도 딴생각에 빠진 듯 멍했다. 심지어 눈이 마주치면 슬그머니 고개를 돌려 피하기까지 하였다.

“나무 피리는 어떻게 됐어?”

“으, 응?”

“전에 나한테 나무 피리 만들어주기로 약속했잖아.”

“아, 그거⋯⋯ 몰라.”

“아직 못다 만든 것도 아니고 모른다니, 무슨 말이야?”

“……조각칼을 잃어버렸어.”

“어디서?”

“이사 오면서 어머니 눈에 띄지 않게 하려고 잘 싸서 지통 속에 넣었던 것 같은데…… 어디에 두었는지 못 찾겠어.”

“누가 치운 게 아니라면 어딘가 있겠지. 다시 한 번 잘 찾아봐.”

“으응…… 미안해. 사실은 아직 지통들을 다 열어보지 못했어.”

녹주와 이야기를 나누면서도 서로의 눈길은 바닥을 향해 있었다. 흙바탕에 어지러운 그림을 그리는 서로의 발끝이 뽀얬다.

사람들은 서로를 모르듯 녹주를 몰랐다. 청화당 할머니와 이씨 부인과 조반, 그리고 행랑어멈과 집안의 하인들도 눈치 채지 못했다. 녹주는 겉보기와 달리 숫기 없고 내성적인 아이가 아니었다. 지금은 잿더미가 되어버린 시간이지만 한때 녹주는 누구보다 밝고 사랑옵은 아이였다. 변함없이 영혼을 환하게 둘러싸고 있는 온기와 생기가 지난날 받은 사랑을 선명하게 증명했다. 그래서 이씨 부인의 영문 모를 가탈과 냉대도 참아낼 수 있었다. 부엌데기나 다름없는 더부살이 신세를 하면서도 주눅 들지 않았다.

하지만 녹주는 그때의 이름을 잃었다. 이름을 잃는다는 건 존재를 잃는 것이었다. 스스로 이름을 기억해내지 못할 때 사람들은 계집아이를 불쌍히 여겼다. 하지만 그 모든 동정과 안

쓰러움을 합쳐도 계집아이 자신의 당혹감에는 미치지 못했다. 그 일을 당한 후 계집아이는 다만 그 아이, 그 집 아이, 그 불행하고 끔찍한 일을 당하고 홀로 살아남은 아이일 뿐이었다. 그제야 작은 키, 보통 키, 큰 키로 불리거나 큰년이, 작은년이로 불리던 노비들의 심정을 조금은 이해했다. 팔려가면 그들에겐 새 주인이 부르는 새 이름이 생겼다. 이름을 잃는다는 건 곧 존재의 가치를 잃는 것이었다. 영영 무의미의 암흑에 갇히는 것이었다.

서로가 이름을 불러주지 않았다면, 푸른 구슬이라는 낯설지만 어여쁜 이름을 선물하지 않았다면, 녹주는 영영 빛나지 못했을 테다. 무거운 어깨를 늘어뜨린 채 지척지척 공부방을 향해 가는 서로를 바라보는 녹주의 눈이 예리하게 반짝였다.

"자, 이제 먹을 갈아 오늘 배운 문장을 써보도록 해라!"

훈장의 지시가 떨어지자 학동들은 책보를 펼쳐 벼루와 먹을 꺼내고 필낭에서 붓을 빼들었다. 태학도 아니고 고작해야 서당 글방에 평안도의 자석벼루부터 함경도의 중성석 벼루까지 고급품들이 뜨르르 펼쳐졌다. 악필이 붓 탓하고 굿 못하는 무당이 장구 타박한다지만 지필묵 치레는 명문거족의 자제들이 다니는 이 서당의 속풍(俗風)이었다. 그런데 서로가 벼루를 꺼내는 순간, 그 대단한 귀물들은 단번에 시시풍덩한 벼룻돌이 되어버렸다.

"오호, 이것은 안휘성의 흡주석으로 만든 벼루가 아니더냐?"

속물의 자식들에게 청빈과 은일과 절조를 가르치기가 못내 민망해 뒷짐을 지고 있던 훈장까지 관심을 보이며 다가앉았다.

"나도 말로만 들었지 눈으로 보긴 처음이구나. 안휘성 벼루는 당나라 시절부터 중국의 사대(四大) 벼루로 꼽히는 명품이니, 소동파는 흡주연 벼루를 의인화해「만석군나문전(萬石君羅文傳)」이라는 전기까지 쓰지 않았더냐!"

훈장의 찬사에 우쭐해야 할 서로의 어깨가 흠칫 움츠러들었다.

"존공(尊公)께서 대국에 드나들며 가져오신 제품이냐?"

"……네."

"보기 드문 귀물이니 아껴서 써라. 서로, 너라면 그 치레가 크게 부끄럽지 않으리라."

그때부터 지필묵을 꺼내 펼칠 때마다 서로는 뒤통수를 향해 날아오는 질투와 비난의 흰 눈을 느껴야 했다. 조반이 왕명을 받아 수시로 중국에 드나드는지라 서로의 집에 기이한 박래품이 많은 건 사실이었다. 하지만 다른 학동들을 아니꼽게 할 만큼 고급 비단으로 옷치레를 하는 건 개성의 귀동자들에게 꿀리면 안 된다는 어머니의 강박 때문이었다. 비단옷을 입고 집을 나설 때마다 가슴은 천근만근이었다. 수수한 명주옷을 걸치고 드난 밥값을 하기 위해 집안일을 돕는 녹주를 보면 차라리 울고 싶은 기분이 들었다.

"천작얼(天作孽)은 유가위(猶可違)어니와, 자작얼(自作孽)은 불가환(不可逭)이라!"

『맹자』에 인용된 『서경(書經)』의 일절을 쓰기 위해 서로는 연적을 찾았다. 글쓰기 전에 미리 연적을 내놓으면 잔심부름을 하는 아이종이 물을 채워 가져오곤 했다. 그런데 그날따라 시퍼런 콧물을 반은 들이마시고 반은 빨아먹는 아이종 대신 패거리 중의 하나가 연적을 건네었다.

"우리 꼬마 서성(書聖)의 솜씨 좀 보자꾸나!"

놈의 배틀린 입가에 묻은 조롱기를 눈치 챘어야 했다. 연적의 물을 벼루에 붓기 전에 빛깔과 냄새가 기묘함을 알아챘어야 했다. 하지만 모두가 작심해 부리는 패악은 미리 눈치 채고 알아도 피할 수 없는 일이었다.

"어이쿠! 이게 뭐야?!"

순식간에 지독한 지린내가 온 방 안에 퍼졌다. 서로의 흡주연 벼루에는 검붉은 쇠지랑물이 찰랑거리고 있었다. 놈들이 서로의 연적 속에 거름을 만들기 위해 썩인 소의 오줌을 부어 놓은 것이었다. 그 어처구니없는 작패를 눈앞에 두고 패거리들이 합창하듯 서경 구절의 뜻을 음송했다.

"하늘이 지은 재앙은 오히려 피할 수 있지만, 스스로 지은 재앙은 살아남을 수 없다. 정말 그렇다니까! 맹자님 말씀은 옳고도 옳습니다요!"

―개소리! 헛소리! 내가 무슨 재앙을 스스로 지었기에!

하지만 그 말은 서로의 입 밖으로 나오지 못했다. 억울함만큼이나 참담했다. 모욕감만큼이나 끔찍했다. 낄낄대며 놀려대는 패거리들을 갈기갈기 찢어 죽이고 싶을 만큼 화가 났다. 그런데 그 같은 격분을 지지르듯이 내리누르는 것은 악취에 코를 싸쥔 채 슬금슬금 서로를 피하는 나머지 아이들이었다. 방관자이자 구경꾼인 그들은 서로의 편이 아니었다. 침묵은 그들이 패거리의 편이라는 증거였다. 아무것도 하지 않는 듯 그들은 분명히 무언가를 했다. 서로는 궁지에 몰린 철저한 외톨이였다.

자리를 박차고 벌떡 일어났다. 방문을 걷어차고 나가 정신없이 달렸다. 학동들에게 글쓰기를 지시하고 군입정하러 나갔던 훈장이 대경실색하여 이름을 불렀지만 뒤도 돌아보지 않고 달렸다. 어디로 가야 할지 몰랐다. 어디까지 갈 수 있을지 몰랐다. 갈 곳이 없기 때문이었다. 하지만 갈 곳이 없어도 만날 사람은 있었다. 가장 기쁠 때와 가장 슬플 때, 자기보다 더

기뻐하고 슬퍼해줄 누군가였다. 녹주를 보고 싶었다. 보아야만 했다.

서로의 발길은 어느덧 녹주가 침자질(針刺)*을 배우러 다니는 김상궁의 소옥 근처로 향했다. 김상궁은 옛 나라의 왕궁에서 침선을 담당했던 여관(女官)으로, 젊은 장군이 왕이 되자 병을 핑계 삼아 궁궐을 나온 여인이었다. 칭병하였다고 하나 실제로 김상궁에겐 병이 있었다. 툭 하면 눈물바람에 여차 하면 울증으로 기진맥진하였다. 개성의 시전거리에서 장사를 할 때 수입품 주단을 구해주곤 했던 인연으로 청화당은 녹주를 김상궁에게 보내 수놓기를 배우게 했다. 부용과 학을 수놓으며 녹주는 재잘재잘 수다를 부렸고, 물고기와 구름과 기러기를 수놓는 법을 가르치며 김상궁은 간간이 시름을 잊고 웃었다.

─이때쯤이면 끝내고 돌아오는 길일 텐데…….

기다림은 보고픈 마음을 더욱 간절케 했다. 기다릴수록 그리워졌다. 느닷없이 나타난 서로를 보고 깜짝 놀랄 녹주, 내막을 캐기 전에 마냥 반가워 활짝 웃을 녹주, 아무것도 대답하기 싫은 얼굴이라면 아무것도 묻지 않을 녹주……. 서로는 세상에서 자기를 가장 잘 아는 사람이 녹주라는 사실을 새삼

* 바느질과 수놓기

깨달았다. 하지만…….

"벌써 팔괘침(八卦枕)*을 다 끝냈느냐? 넌 손도 참 빠르다."

골목 어귀에 나타난 녹주는 혼자가 아니었다. 당황한 서로는 얼른 길갓집 돌담 뒤로 몸을 숨겼다.

"처음에 기법들을 배우기가 어려워서 그렇지, 손에 익으면 금방 하게 돼."

"손에 익기 전에 속이 터지겠다. 하루 종일 쪼그려 앉아 들락날락하는 바늘 끝만 보자니 좀이 쑤셔 죽겠다!"

뺨 위에 자글자글한 주근깨만큼이나 까불까불해 보이는 계집애가 녹주의 팔짱을 끼며 참새처럼 재깔였다.

"조금만 참아봐. 피리를 불 때나 수를 놓을 때나 조금만 지나면 잡생각이 다 사라지고 머리가 말개진다. 그렇게 머리가 말개지면 마음도 텅 비니, 얼마나 좋으냐?"

고작 열한 살의 나이에 텅 빈 마음을 기꺼워하는 녹주를 바라보며 서로는 가만히 뒷걸음질했다. 아무도 모르게 아무 일도 없었던 척 달아나려 했다. 서로가 막 등을 돌리는 찰나, 녹주는 문득 골목 끝에서 서늘한 깃기바람을 일으키며 사라지는 도포 자락을 보았다.

* 팔괘를 수놓은 베개

몸이 아프다는 핑계로 서당을 빠지는 수도 더 이상 통하지 않았다. 이씨 부인은 한 번만 더 꾀병을 부리면 아버지에게 학업을 게을리한다는 사실을 고하겠다고 을렀다. 서로는 자신이 청화당 할머니가 들려주었던 도화(道話)*의 주인공이 된 듯하였다. 미친 코끼리에 쫓겨 칡덩굴을 타고 우물 안으로 도망치니, 우물 안 벽에는 이무기가 혀를 널름거리고, 우물 아래에는 독룡이 입을 벌리고 있더라. 그 와중에 칡덩굴까지 검은 쥐와 흰 쥐가 번갈아 갉아대니, 그것이 바로 인생이라!

집 안에서도 밖에서도 서로를 기다리는 것은 고통뿐이었다. 이 검은 우물을 빠져나갈 길은 아무래도 없을 것만 같았다. 그런데 서로가 괴로움에 지쳐 깜박 잊은 대목이 있었다. 그처럼 진퇴양난의 생지옥에 빠진 나그네의 입안으로 한 방울 한 방울 나무 위 벌집의 꿀이 떨어지자 나그네는 당장의 곤란을 까맣게 잊고 쩝쩝대며 단맛에 취하니, 그 또한 인생이라!

다음날 서로가 서당을 마치고 터덜터덜 집으로 향하는 길이었다.

"어…… 여기는 어떻게……."

녹주였다. 녹주가 길켠에서 서로를 기다리고 있었다. 서로는

* 도(道)나 심학(心學)에 관한 이야기

자기도 모르게 몸을 움츠리며 달아날 자세를 취했다. 구린 냄새가 날 것이다. 더러운 부스러기가 날릴 것이다. 마침내 서로는 오줌에 이어 똥벼락까지 맞은 터였다. 패거리는 어디선가 타분장(打糞杖)*을 구해와 등을 찌르고 비단 도포에 분칠을 했다. 그들은 서로가 고통스러워하는 만큼 즐거워했고 서로가 견뎌내는 고통의 크기만큼 점점 잔인해졌다.

“개울에 같이 갈래?”

무작정 달아나려는 서로를 녹주가 잡았다. 피가 싸늘하게 식는 기분과 함께 수치심이 물밀어들었다. 하지만 한편으로는 후련하고 안도감이 들기도 했다. 오늘은 혼자 개울에서 울며 빨래하지 않아도 된다.

녹주가 말라붙은 똥 부스러기를 비벼 털었다. 이를 악문 녹주의 이마에 심줄이 새파랗게 돋았다. 얼룩진 부분만 흐르는 물에 적시고 기름종이에 든 조두(澡豆)**로 문질러 빨았다. 조심스런 손길로 빨래를 하던 녹주가 땀을 훔치는 듯 눈물을 닦았다. 버드나무 그늘 아래 오도카니 앉아 그 모습을 지켜보던 서로는 자기 대신 우는 녹주에게 미안하고 부끄러웠다.

“얼룩은 아무 일도 아니다. 옷은 금방 마른다. 하지만,”

* 똥을 치우는 막대기
** 녹두나 팥 따위를 갈아서 만든 가루비누

빨래한 도포를 바위에 펼쳐 말리고 녹주는 서로에게 다가왔다. 치어다보노라니 오뚝 선 녹주의 어깨 너머로 햇발이 따가웠다. 눈살을 구기며 고개를 떨어뜨리는 서로의 손목을 녹주가 옴켜쥐었다.

"우리는 그 사이에 마음을 말리러 가자!"

"마음을…… 말린다고?"

"그래. 눅눅하고 축축한 건 쨍한 햇살과 바람에 말려야지."

녹주의 작은 손이 암팡졌다. 녹주는 서로를 끌고 개울가 버드나무로 기어오르기 시작했다.

"난 싫다! 못 한다!"

서로는 지금껏 단 한 번도 나무를 타본 적이 없었다.

—높은 나무에 올라가지 말라, 부모님이 근심하신다!

『사자소학(四字小學)』에서 배운 효행의 가르침 때문만은 아니었다. 높은 곳에 있으면 금방이라도 추락할 것만 같은 공포감에 사로잡혔다. 식은땀이 돋고 팔다리가 후들거렸다. 가지고 놀던 국(鞠)*이 지붕에 오르면 하인을 올려 보냈다. 언젠가는 나뭇가지에 걸린 연을 녹주가 올라가 벗겨오기도 했다. 서로가 얼마나 높은 곳을 무서워하는지 잘 아는 녹주가 이번만은

---

* 축국(蹴鞠)이나 타구(打毬)에 쓰던 공. 가죽으로 둥글게 만든 주머니에 겨나 바람을 넣어 만든다.

단호했다. 엉덩이를 뒤에서 받쳐 올리고 미끄러지는 발을 디딜 만한 옹이에 걸쳐주었다. 온몸이 땀범벅이 되고 어지러워서 토할 것 같았다. 금방이라도 떨어져 머리를 땅바닥에 박을 것만 같았다. 하지만 서로는 녹주에게 끌려 결국 나무 꼭대기까지 올랐다.

"눈을 크게 떠봐! 높은 데 오르면 넓은 세상이 보여!"

녹주가 식은땀을 흘리는 서로의 축축한 겨드랑이를 꽉 긴 채 채근했다. 그 순간 팔꿈치에 뭉클하니 낯선 촉감이 닿았다. 아찔하여 휘청거리는 서로의 몸을 녹주가 다시 붙들었다.

"나는 슬플 때마다 아플 때마다 이렇게 한단다. 여기 오르면 땅 위의 것들은 모두 작아져. 아무것도 겁낼 것 없어!"

시원한 바람이 갈빗대를 파고들었다. 멀미증에 익숙해지니 눈앞의 세상이 꿈결처럼 몽몽했다. 쨍한 햇살이 곧장 정수리를 쏘았다. 불안과 공포로 자욱했던 서로의 마음이 바싹 말랐다.

"이봐, 촌뜨기!"

한결 불량스러워진 악소년의 목소리가 등 뒤에서 들렸다.

"어? 저놈이 아직도 정신을 못 차렸나? 어디서 되먹잖게 귀머거리 행세를 하는 거야?"

그래도 서로는 뒤돌아보지 않았다. 녹주의 말이 맞다. 그들은 높은 데서 보는 넓은 세상에는 없는 것들이다. 땅 위에 남겨두고 온 시시한 티끌이다.

"야, 이 촌놈 새끼야! 오늘 네가 정말 칠성판을 질 작정이냐?"

그때였다. 어깨를 잡아채려 손을 뻗던 덩치가 외마디 비명과 함께 바짓가랑이를 붙잡고 나뒹굴었다. 덩치가 방심한 채 다가오기를 기다렸던 서로가 무릎의 반력을 이용해 불알주머니를 호되게 가격한 것이었다. 쿵, 톳나무가 쓰러지는 소리와 함께 길바닥에 나뒹구는 덩치의 꼴이 가관이었다. 극심한 아픔에 신음조차 흘리지 못하고 헤벌쭉 벌린 입에서 개처럼 침만 질질 흘렸다.

눈 깜짝할 사이에 모든 일이 끝났다. 덩치가 그렇게 덩칫값을 못하고 나자빠지자 놀라 당황한 패거리들이 주춤거리며 동요했다.

"이, 이 촌놈의 자식! 너…… 어디 두고 보자!"

"두고 볼 것 없다! 지금 보자! 지금 내 앞으로 나와보아라!"

끝까지 입은 살아서 쌍욕을 지껄였지만 꽁지는 이미 빠져 있었다. 누구도 분노의 눈빛을 번쩍대며 포효하는 서로에게 맞서지 못했다. 먹잇감을 앞에 두고 그처럼 맛있게 뭇매질을 하던 패거리가 과연 그들과 같은 인물인가 싶었다. 애초에 근성이라곤 없는 궁도령들이었다. 의리라고는 눈곱만큼도 없는 악졸(惡卒)*들이었다. 그들은 굼벵이 같이 꿈틀거리며 바닥을 기는 덩치를 버리고 거미 새끼처럼 흩어져갔다.

그제야 훔커쥐었던 서로의 주먹이 스르르 풀렸다. 긴장이 풀리며 온몸이 노글노글해졌다. 그토록 집요했던 고통이 너무 쉽게 끊겨버린 허탈감에 서로는 아주 잠깐 우는 듯 웃었다. 생각보다 너무 짧고 쉬웠다. 하지만 서로는 잊지 않고 있었다. 그때 녹주가 펼쳐 보여준 넓은 세상이 아니었다면, 서로는 여전히 흙바탕에서 지금의 덩치처럼 기어 다니고 있었을 것이다.

서로가 덩치의 겨드랑이를 끼어 일으켰다. 그리고 비틀거리는 놈에게 한쪽 어깨를 빌려주고 절룩거리며 함께 걷기 시작했다.

* 겁쟁이 병졸

세상의
모든 처음

"이랴!"

붉은 공이 살별처럼 쏘아지자 말들이 일제히 달려 나갔다. 뽀얗게 피어오른 먼지가 쏟아져 내리는 햇살과 뒤엉켰다. 땅을 박차며 달리는 말의 거친 호흡이 온몸으로 느껴졌다. 새근발딱한 숨결을 가다듬어 하나로 출렁였다. 말은 영특하고 예민한 짐승이다. 제 등에 오른 주인의 재주만이 아니라 마음까지 눈치 챈다. 그리하여 말타기는 일신(一神)이요 이기(二氣)요 삼태(三態)에 사술(四術)이니, 기술과 매무새와 기운을 다해야 천생으로 타고난 신령의 경지를 흉내나마 낼 수 있다 하였다.

그것이 어찌 전장으로 떠나는 사내들만의 희원이런가? 꿈에는 사내와 계집의 경계가 없으니, 격구장에서 말을 달릴 때만은 누구라도 무람없이 호기만발하였다.

끄트머리가 초승달 모양인 두어 발짜리 장(杖)으로 재빨리 공을 낚아챘다. 공을 쫓아, 별을 쫓아 온 무리가 말달렸다. 바다를 스쳐 평원을 지나 산등성을 넘어온 바람이 뺨을 스쳤다. 머나먼 황무지로부터 실려온 붉은 티끌이 매캐했다. 까맣게 잊었던 지난 생의 기억이 펄럭거렸다. 자유로웠을 것이다. 당당했을 것이다. 그리하여 아름다웠을 것이다.

"도와줘!"

구문을 한참 앞두고 공을 빼앗으려 달려든 상대편에 에워싸였다. 말은 말끼리 사람은 사람끼리 몸싸움이 대단했다. 아무래도 포위가 풀리지 않으니 아방을 향해 고함쳐 도움을 청했다.

"간다!"

그런데 얼키설킨 무리를 파고들던 단짝이 암상이 돋친 상대에게 뺨을 긁혔다. 부드럽고 하얀 살갗이 찢어져 피가 흘렀다. 순간 솟구친 분심으로 팔다리가 울끈불끈하였다. 무서운 기세로 채질하여 말을 몰아쳤다. 말발굽 아래 어지러이 구르는 붉은 공을 장 안쪽으로 당기어 높이 일어나도록 배지(排至)하였다. 달려들어 엉기는 것들을 모조리 뿌리치고 구문을 향해 돌진했다. 무엇도 앞길을 막아서지 못할 것이었다. 격앙하여 달려드는 상대든, 격구는 계집의 놀이가 아니라고 비소하는 쫄딱보든, 알 수 없는 운명이든.

"득(得)!"

마침내 공이 구문 안으로 흘러들어갔음에도 말은 멈추지 않고 달렸다. 고삐를 잡챌 생각 없이 그녀도 계속 달렸다. 격구장이 아무리 넓어도 여중호걸을 꿈꾸는 이팔청춘이 들놀기에는 좁았다. 세상 끝까지라도 달려가고 싶었다. 바야흐로 때는 해가 하늘 한가운데를 차지한 천중일(天中), 천지간에 양기(陽氣)가 흐드러진 단옷날이었다.

가장 용감하고, 가장 어리석고, 그리하여 가장 아름다웠던 열여섯이 먼눈 속에 생생했다. 청화당은 뼛속들이 고려의 여인이었다. 패를 꾸려 이웃 마을 처녀들과 격구 시합을 벌이고, 연등이 별꽃처럼 빛나는 거리에서 동무들과 밤새 춤추며 노래했다. 부모의 재산을 물려받아 상점을 차리고, 남자 형제와 번갈아 제사를 모셨다. 지금은 사라진 옛 나라, 그녀는 그곳에서 자유로웠던 마지막 여인이었다.

하루아침에 나라의 이름이 바뀌었다. 오백 년 동안 유구했던 도읍까지 낯선 땅으로 옮긴다고 했다. 배주에서 개성으로 온 지 한 해가 겨우 지났다. 사위 조반은 승승장구로 지중추원사에 이르러, 선죽교에서 정몽주에게 철퇴를 날려 죽인 정안군을 수행해 금릉(金陵: 난징)에 다녀왔다. 권력을 좇는 자는 그 자리가 지옥이라도 기꺼이 따르는 법이다.

"떠날 때가 가까워오는구나……."

추억은 종내 빛을 잃고 스러졌다. 청화당은 어둠에 갇힌 채 어둠이 다가오는 것을 보았다. 옛 나라가 그러했듯 자신의 운명도 쓰라린 막바지에 도달했음을 깨달았다.

"왕사(王師: 무학대사)께서 남경(南京)*을 새 도읍지로 간하셨다니 아무래도 그리 되겠지요?"

녹주는 무심하게 말을 받았다. 그 말이 단순히 이거를 뜻하는 게 아니라는 것을 알면서도 짐짓 동문서답했다. 청화당의 병세는 날로 위중해졌다. 거동을 못하고 자리보전한 지도 오래되었다. 긴 병에는 효자가 없다고들 하지만 병든 어머니를 대하는 이씨 부인의 태도는 한결같았다. 처음부터 끝까지 서름하고 냉랭했다. 욕창을 앓는 환자의 병구완은 온전히 녹주의 몫이었다. 녹주는 기꺼이 진물을 닦고 젖은 옷을 빨았다. 오갈 데 없는 천애고아를 거두고 지금까지 바람벽이 되어준

* 고려 때의 한양

데 대한 보은이었다.

"나야 하늘의 순리를 따르는 것이지만, 널 남겨두고 갈 일이 걱정이구나."

청화당이 더듬더듬 녹주의 손을 끌어 잡고 긴 한숨을 토했다.

"네게 넓은 세상을 보여주고 싶었는데……."

"하지만 할머니는 한량없이 깊은 사랑을 주셨잖아요?"

행여 울음이라도 터뜨리게 될까 봐, 녹주는 더 활짝 웃었다.

"네게 짝이라도 지어주고 떠날 수 있으면 좋으련만……. 내 꼴이 영락없는 산송장이니 혼처를 알아보기는커녕 매파조차 부를 수가 없구나."

"할머니도 참……. 저는 아무 데도 안 가고 할머니랑 오래오래 살 거예요."

철모르쟁이 계집애처럼 앙탈을 피우지만 녹주의 목소리엔 부끄러움과 설렘이 묻어 있었다. 열세 살. 아슬아슬한 나이였다. 몸은 무섭게 성장하되 마음의 성숙은 더디니, 아직은 흔들리는 몸과 맘을 붙들어줄 누군가가 필요한 때였다. 보이지 않는 목전에 닥친 죽음보다 마땅히 해야 할 일을 하지 못하고 떠난다는 사실이 두려웠다. 그조차 삶의 미련인 것일까, 청화당은 가쁜 호흡을 애써 가다듬었다.

"할머니, 오늘은 좀 어떠셔요?"

그때 쉰 듯 거칠고 굵직한 목소리가 방 안으로 성큼 들어섰다.

"그래, 일없다. 할미는 괜찮다."

너부죽한 큰 손이 환자의 야윈 손을 감싸 쥐었다.

"미죽이라도 족히 드셔야 해요. 드셔야 기운 내서 일어나실 수 있어요."

매일 찾아와도 날마다 달랐다. 서로는 한여름 풀인 양 쑥쑥 자라고 있었다. 초록처럼 비리고 시리게 무성해지고 있었다. 어깨는 다부지게 벌어지고 얼굴에는 수염이 돋기 시작하여 때때로 낯선 남정을 맞대한 듯 흠칫 놀라기도 하였다.

"뭐라도 좀 드셨어? 목이 부으셨다는 건 어때?"

"어제보다는 차도가 있는 것 같아. 길경이(도라지) 다린 물이 효험이 있었나 봐."

"다행이다. 오늘 훈장님께서 할머님 안부를 물으시더니 천마산 기슭에 용한 침의(鍼醫)*가 있다는 말씀을 해주시더라."

"그래? 고마운 소식이네. 네가 아저씨께 잘 전해 올려라."

청화당이 보이지도 않는 눈을 뜨고 있기가 미안해 자는 체하노라니, 머리맡에서 녹주와 서로가 도란도란하는 소리가 들렸다. 눈이 보이지 않으면 때로 다른 것이 보였다. 끝없이

---

* 침술로 병을 다스리는 의원

아득한 암흑에 갇혀 있노라면 붉은 한낮 흰 하늘 아래서도 맹목으로 살아가는 사람들의 마음이 문득문득 들여다보이곤 했다.

"힘들지 않느냐?"

"견딜 만해."

"너도 얼굴이 많이 상한 것 같다."

"어젯밤 잠을 설쳤더니 그런가 봐."

"왜 잠을 설쳤는데?"

"꿈자리가 어지러워서…… 자다 깨다 그랬어."

"무슨 꿈을 꾸었는데?"

"별 거 아니야. 깨고 보니 기억도 잘 나지 않는 걸 보면 개꿈이겠지."

"꿈속에 나도 나왔느냐?"

"너? 네가 왜?"

"왜라니? 참말 섭섭하다! 내 꿈엔 언제나 네가 나오는데, 넌 내 꿈을 안 꾼단 말이냐?"

"……."

말문이 막힌 녹주의 볼은 꽃노을처럼 발갛게 물들었을 테다. 청화당은 두 눈을 꼭 감은 채 올칵 신물처럼 치미는 어지러운 예감을 느꼈다.

"바보 같은 소리!"

"왜? 또 '미워!'라고 외치지 않고?"

"무슨 소리야?"

"네가 나한테 처음 한 말이 그거였잖아. 벙어리가 아닌 걸 확인해서 다행이긴 했지만, 하필이면 첫마디가 예쁘지도 않은 그 말이더냐?"

티격태격 대거리가 이어졌다. 여태 함께 자라는 동안 녹주와 서로는 단 한 번 말다툼조차 벌이지 않았다. 먼저 양보하고 감싸는 모양이 깊수룸한 애어른들 같았다. 그런데 지금 그들은 미뤄두었던 응석과 생떼를 한꺼번에 부리는 듯 유치해졌다. 오고가는 말에는 묘한 긴장감이 서려 있었다. 이제야 비로소 그들은 각각이 다를 수밖에 없는 존재임을 깨달은 것이었다.

그때 청화당의 머릿속에 느닷없는 몽상이 떠올랐다. 어쩌면 녹주에게 가장 잘 맞는 짝은 서로일지도 모른다는 것이었다. 그것은 서로에게도 마찬가지였다. 넘침과 모자람이 요철하니 둘이 아니라 하나 같았다. 눈멀기 전에 보았던 일은 눈먼 후에 더욱 생생해져, 한 쌍의 새요 두 겹의 꽃인 양하던 그들의 모습이 기억의 먹지 위에 또록또록하였다.

따지자면 아예 불가능한 일은 아니었다. 국법으로는 근친간의 혼인이 금지되어 있었으나 이는 중국의 예속을 받아들인 것으로 서민층의 풍속까지 규제하지는 못했다. 또한 철저한 부계중심으로 외사촌간의 혼인을 허용한 중국과 달리 모계의 육촌까지도 혼인할 수 없는 것이 조선의 법이었지만, 서로와 녹주는 그를 넘어선 먼촌이었다. 초조하고 조급해진 청화당의 먼눈 앞에 원앙이 녹수를 만난 듯 아름다운 한 쌍의 짝패가 그려졌다. 하지만, 병자의 뜻과 소망은 무력한 망상일 뿐이었다. 아무리 곳간 열쇠를 움켜잡고 있어도 그것을 여닫을 힘마저 없는 바에야 천량이 무소용이었다. 청화당 노마님은 그제야 자신이 얼마나 가난한가를 뼈저리게 느꼈다. 죽음 앞에 모든 삶은 빈곤하였다.

목구멍을 솜으로 틀어막은 듯 숨 막히는 나날이 위태롭게 이어졌다. 청화당은 빛에 이어 말을 잃었다. 천마산에서 신선의 도를 닦는다는 침의는 청화당의 모습을 보자마자 한마디를 던지고 곧장 뒤돌아섰다.

"아무것도 할 수 없다는 건, 아무것도 할 필요가 없다는 뜻이라!"

침의가 오던 길로 되돌아가 버리자 가솔들은 다가올 일을 준비하기 시작했다. 진지하고도 냉담한, 조용하지만 건조한 기운이 집안에 넘놀았다. 어른들이 앞날을 대비하느라 오늘을 잊은 사이, 가느다란 숨이나마 분명 쉬고 있는 청화당을 지키는 것은 오늘밖에 모르는 아이들뿐이었다. 녹주는 금세라도 청화당이 자리를 털고 일어날 것처럼 간병에 골몰했다. 서로는 짬이 날 때마다 청화당을 찾아 할머니를 격려하고 녹주를 위로했다.

"너는 물러가 있어라!"

그러던 어느 날, 밤이 이슥하여 이씨 부인이 청화당을 찾았다. 인사를 올리는 녹주에게 계집종을 대하듯 차갑게 하명한 뒤, 이씨 부인은 병석으로 바싹 다가앉았다.

"왜 그리하셨소?"

희미한 촛불에 이씨 부인의 그림자가 너울거렸다. 눈이 멀고 말문은 막혔으나 귀는 살아 있는 병자의 앙상한 어깨가 움찔하였다.

"어머니, 왜 내게 그리 모질게 구셨소?"

청화당은 먼눈이나마 번쩍 떴다. 하지만 아무리 부릅떠도 분노로 달아오른 이씨 부인의 얼굴은 보이지 않았다.

"어머니는 처음부터 나를 귀애하지 않았소. 사사건건 내가 하는 일에 못마땅해 하고 시시때때로 채심이와 비교했소."

푸른 막이 덮인 청화당의 눈자위가 놀람과 노여움으로 바들바들 떨렸다. 미워한 적이 없다고 변명하려 했다. 시시콜콜한 일에 지청구를 했던 건 경망한 성품을 경계하기 위해서였다고 항변하려 했다. 채심을 더 감싸고돌며 예뻐했다지만 어찌 친딸에 대한 마음보다 더했겠느냐고 말하려 했다. 하지만…….

"하나밖에 없는 딸의 이름자에 '벼슬 경(卿)' 자를 턱하니 붙여줄 때부터 그랬소. 그건 계집에게 불행과 불화를 예고하는 불길한 글자가 아니오? 몰랐다면 무심했고, 알았다면 잔인했소!"

이씨 부인의 분노는 어리석은 미신에까지 닿아 있었다. 청화당은 도리질하려 했다. 하지만 돌덩이 같은 고개가 움직이지 않았다. 부정의 뜻으로 손사래 치려 했다. 그러나 삭정이 같은 팔은 뻗쳐오르지 못했다.

"나를 한 번이라도 사랑했소? 진심으로 아끼고 어엿비 여겼소?"

이미 반벙어리가 되어버렸지만 악심을 부리는 딸에게 할 말도 없었다. 경심은 청화당에게 의무였다. 도망쳐버릴 수 없는 책임이었다. 그리고 천하의 여장부로 알려진 청화당에게는 정작 가장 가깝고 내밀한 책임과 의무를 기꺼워할 만큼의 배포와 아량이 없었다. 질투와 욕심이 자글자글하는 그 밉살맞은 얼굴이 떠올랐다. 자기를 꼭 닮은 딸을 사랑한다고 믿었으나, 아마도 사랑했겠으나…… 과연 그 파탄한 방식까지도 사랑이라고 부를 수 있을까?

청화당의 찌그러진 눈가로 눈물 한 줄기가 맥없이 흘러내렸다. 하지만 이씨 부인은 그것을 사과와 화해의 뜻으로 받아들일 수 없었다. 말해야 할 때 꼭 말할 것을 말하지 못한 죄로, 그들은 영영 각자의 고통에 갇혔다.

고려의 자유로운 마지막 여인, 양껏 재물을 취했으나 맘껏 사랑하기에 실패한 청화당은 그로부터 사흘 후 회한의 숨을 거두었다.

청화당 할머니의 장례식은 녹주가 세상에서 처음 치러본 장례식이었다. 아버지와 어머니, 그리고 동생은 장례식이 필요 없었다. 장군과 그의 부하들이 쓸고 간 거리에는 하얗거나 검은 재만이 무수했다. 누군가 줄초상이 난 마을에 떠돌이 중 하나를 불렀다. 하루 종일 목탁을 치며 경을 외던 중은 목이 쉬었다. 영혼들은 쉰 목소리로 읊는 천도문을 들으며 허공으로 흩어졌다. 지상에 아무 흔적도 남기지 않은 그들은 스스로 장례를 치르고 떠났다.

그에 비해 청화당의 장례식은 거창했다. 생전에 인심덕 푸진 공양주로 여러 절과 암자에 시주를 했기에 사자를 위해 경을 읊겠다고 나선 승려들만 수십에 이르렀다. 파들파들 타오르는 향불 연기가 독경 소리만큼이나 높았다. 조문객들이 버글버글 들끓어 장례라기보다 잔치 같았다.

어른들의 잔치에 아이들은 갈 곳이 없었다. 방방마다 사람들이 가득 차 있었고, 슬픔의 예식이 치러지는 가운데 정작 순정한 슬픔을 누릴 자리는 없었다. 그렇게 온 집안이 분주한 터에 딱 한 곳, 누구의 방해도 받지 않을 빈 방이 있었다. 서로는 녹주의 손을 끌고 그 방으로 스며들었다. 방금 전 주인을 잃은 청화당의 안방이었다.

"할머니는 어디로 가셨을까?"

녹주가 어제와는 전혀 다른 곳인 듯한 방 안을 둘러보며 말했다.

"어디로든 가지 않으려고 서둘러 떠나신 게지. 할머니는 한양으로 가기 싫다고 하셨어. 여기가 할머니 고향이니까."

서로가 부은 얼굴을 비비며 대답했다.

"나도, 한양에 가긴 싫어."

"무슨 소리야? 상을 치르고 나면 곧 이거를 해야 할 텐데, 너 혼자 여기 남겠다고?"

"남을 수 있다면 남고 싶어. 개성을 떠나기 싫어."

"그래도 다들 떠나는데 당연히 너도 같이 가야지."

"이제 할머니도 안 계시니 아저씨 아주머니께 더 이상 짐이 될 수 없어."

"짐이라고? 그런 소리 하지 마. 넌 우리 식구야. 우린 한 가족이라고!"

"식구? 가족……?"

녹주는 야릇한 반문 끝에 쓸쓸히 웃었다. 너무 일찍 삶의 비애를 알아버린 애어른의 허허로운 미소였다. 녹주가 그렇게 웃을 때마다 서로의 가슴은 버개지듯 아팠다. 청화당 할머니가 방 안에 들이는 수병(溲瓶: 요강)에조차 오르지 못하여 자리에 누운 채로 변을 보기에 이르렀을 때, 그 조쌀한 양반의 참고(慘苦)를 헤아려 낯빛 한 번 찡그리지 않고 뒷수발하던 녹주였다. 미안하고 고맙고 미쁜 마음에 칭찬이라기보다 감탄을 드러냈을 때, 이씨 부인은 싸늘하게 대꾸했다.

"제법 밥값은 되겠구나!"

비위가 약하다며 환자의 오물 한 번 치우지 않은 어머니를 비난하려던 건 아니었다. 하지만 마땅히 아리따운 일을 아리땁다 하지 못하는 강파름에 서로는 실망했다. 그런데 이제 그 몬존한 밥값조차 할 거리를 잃었으니, 녹주는 어쩐단 말인가?

"어쨌든 함께 가야 한다!"

커다란 몸피 속에 아직 자라지 못한 어린아이가 떼를 쓰며 불퉁댔다. 서로는 현실 속의 자신이 여전히 힘없는 아이에 불과하다는 사실에 화가 났다.

“내가 그곳에 가서 무얼 하겠니? 번거로운 웃짐에 군입밖에
더 되겠니?”

“그런 소릴랑 하지 마라. 내게는…… 너뿐이다!”

그 말에 순간 녹주가 움찔했다. 말을 내뱉은 서로의 가슴도
철렁했다.

서로는 이제 모다깃매를 맞으며 내몰리는 약골이 아니었다.
아무도 만만히 보며 괴롭히지 않았다. 주먹곤죽을 먹였던 덩
치, 김이(金珥)라는 이름을 가진 동학과는 가장 친한 친구가
되었다. 어느덧 서로의 덩치가 덩치라고 불리던 그보다 커졌
다. 많은 사람들이 한결같이 칭찬하였다. 배주에서 온 신동이
라는 소리와 도량이 남다른 호걸남자의 재목감이란 말을 동
시에 들었다. 이제는 조반도 서로를 가독(家督)*으로 인정하고
신뢰했다. 이씨 부인의 어깨가 으쓱하고 콧대가 높아졌다.

사람들은 모두 잊은 듯했다. 아이들은 시골내기를 제물 삼
아 벌였던 잔인한 놀음판을 잊었다. 훈장은 주현(州縣)**의 학
풍과 문화를 무시하던 고자세를 잊었다. 소심한 아들을 향해
못마땅한 눈초리를 던지던 아버지와 자글자글한 조바심으로
걸핏하면 간벽을 내던 어머니는 아예 아무 일도 없었던 것처

* 집안의 대를 이어나갈 맏아들
** 서울 이외의 지역

럼 굴었다. 모두가 입 모아 칭송하고 떠받들며 그의 창창하고 양양한 장래를 기대했다.

하지만 때린 사람은 다리를 오그리고 자도 맞은 사람은 다리를 펴고 잔다는 속담이 언제나 진실은 아니었다. 그들이 모두 잊어도 서로는 기억했다. 시시때때로 온몸과 온 맘을 마비시키던 설움, 불안, 외로움…… 사랑받지 못한다는 생생한 공포.

"기억하느냐? 개성으로 이거하던 해, 내 생일날."

"그래. 그날 아주머님께서 생일상을 잘 차려놓고 기다리셨는데 네가 저녁 늦게 들어와서 걱정을 들었지."

"걱정을 들었다? 그 정도가 아니었던걸. 아들 생일을 까맣게 잊은 아버지 몫까지 자반국(미역국)도 삼색편도 아닌 치도곤을 먹었지."

"잊어버려. 아주머님도 속이 상해서 그러셨던 거야."

"그렇겠지. 하지만 이해는 할지라도 잊지는 못할 거다. 그날 내가 왜 집에 늦게 왔었는지 아느냐?"

서로의 입가에 얼핏 찬웃음이 고였다. 상처로 옹송그린 마음속 어린아이의 다리는 고부라진 채 좀처럼 펴지지 않았다.

"전날 어머니가 지통에 들어 있던 조각칼과 끌을 찾아내셨지. 그깟 천한 재주에 몰두해 도끼목수가 되겠느냐 고리백정이 되겠느냐며 모두 빼앗아 불태우셨지. 너무 서러워 바깥에서 떠도는데 문득 아버지가 보고 싶더라. 그토록 냉랭한 아버지지만 나는 여전히 아버지의 품이 그리웠나 봐. 내 발길은 저절로 행랑아범이 구종을 들어 다녀왔다던 작은집을 향해 있었어. 그런데……"

하늘이 토해 놓은 각혈인 듯 저녁놀이 무섭게 곱던 해넘이 무렵이었다. 서로는 며칠째 들어오지 않는 아버지를 찾아 첩의 집에 갔다가 울타리 너머로 낯선 풍경을 보았다. 아버지가 평상에 앉아 어린애를 어르고 있었다. 품에 안았던 아이를 쳐들고 둥둥이 둥둥 둥개질을 하고 있었다. 아버지의 머리 위로 던져진 아이는 숨이 넘어가라 까르르까르르하였다. 웃음이 번진 아버지의 이마가 붉었다. 통통하게 살이 오른 아이의 뺨이 붉었다. 그 아이의 행복한 모습이 아버지 앞에 쪼그려 앉아 발발 떨던 제 모습과 겹쳐졌다. 다시금 가슴이 옥여 죄며 발이 저렸다.

─아무도 나를 원하지 않는다! 아무도 나를 사랑하지 않는다!

생일상의 음식들은 차갑게 식어 있었다. 온기가 없는 진수성찬은 쥐코밥상보다 못했다. 이씨 부인은 고추바람을 몰아치며 아들을 다그쳤다.

"태어나지 말았어야 한다고, 차라리 태어나지 않았으면 좋았을 거라는 생각에 눈물이 났다. 그때 네가 없었다면, 그날

네가 선물 대신이라며 불어준 피리 소리가 아니었다면…… 나는 더 무섭고 참담했겠지."

말끝에 서로가 녹주를 뚫어져라 바라보았다. 그 간절한 눈빛을 차마 맞받지 못하고 녹주는 고개를 떨어뜨렸다. 언제부터인가 말을 멈추었을 때의 침묵이 어색해졌다. 어린 시절엔 말없이 한참을 있어도 아무렇지 않았는데, 이제는 그 침묵 속에 알 수 없는 긴장과 불안이 서렸다. 무슨 말이라도 해야 한다고 생각할수록 아무 말도 떠오르지 않았다. 가파른 침묵의 비탈로 기억들이 두글두글 굴러 내렸다.

봄이거나 여름이거나 가을이 아니면 겨울이었던 그때부터, 새로운 기억이 시작되었다. 아프고 슬픈 기억을 지우려는 계집아이와 간직할 무엇도 없었던 철모르쟁이 사내아이는 세상의 모든 처음을 함께했다. 어린 날의 기억은 바람에 흔들리고 달빛에 일렁이는 물그림자 같이 떨리는 채로 빛났다.

봄이면 민들레와 솜양지의 주단 위에서 뛰놀며 제비꽃과 은방울꽃을 꺾어 반지와 화관을 만들었다. 여름에는 빨갛게 익은 얼굴로 물가의 익모초와 질경이를 캤다. 가을엔 황금물결이 일렁이는 들판을 쏘다니며 이삭을 줍고, 겨울이면 끝없이 펼쳐진 눈벌판에서 강아지처럼 뒹굴었다. 숱한 놀이와 벅찬 재미가 기억의 숨맥이 되었다. 계절은 기억을 색색으로 물들였다.

기억에는 혀가 있어 돌이키는 것만으로도 구뻤다. 봄날에
물오른 삘기는 싱싱하고 달보드레했다. 여름날 수로의 물꼬에
서 건져낸 민물새우로 끓인 토장국은 얼큰하고 시원했다. 먹
거리가 풍성한 가을이면 감을 따고 밤을 줍고 메뚜기를 구워
먹는 재미가 고소했다. 긴긴 겨울밤 청화당 할머니의 옛날이
야기를 들으며 쩌금쩌금 주워먹는 경단과 만두는 언제고 잊히
지 않을 미식이었다.

서로는 녹주에게 바둑과 장기를 가르쳐주었다. 놀이 동무
를 얻겠노라는 심산이었으나 얼마 지나지 않아 녹주의 실력
이 서로에 버금갔다. 다섯 번을 두면 두어 번은 녹주가 이겼
다. 서로가 심통이 나 얼굴이 불룩해지면 녹주는 슬그머니
다음 판을 져주기도 했다. 서로가 서당에서 돌아오면 녹주는
그날 배운 것을 물었다. 어깨 너머로 익힌 글이지만 영민한
녹주는 날렵하게 배웠다. 애당초 사내들의 세상에서 계집의
글재주 따윈 소용없는 것이었지만, 녹주는 무엇이든 새로이
배우기를 즐겼다. 녹주는 사서오경보다 이백(李白)의 시를 좋
아했다. 취기에 젖어 흔들리는 서정에 흠뻑 빠져 주르륵 눈
물을 흘리기도 했다.

모든 유치하고 고상한 것, 곱고 험한 것, 슬프고 기쁜 것, 맛
나고 역한 것들을 그렇게 나눴다. 함께 맞은 무수한 계절과 함

께 겪은 수많은 일들 속에 세상 전부를 보고 듣고 맛보았다. 그것들이야말로 잃을 수는 있어도 잊히지는 못할 기억이었다. 두 가지가 맞닿아 하나의 나뭇결을 이룬 연리지처럼, 뽑힐 수는 있어도 자를 수는 없을 터였다.

"안 돼!"

서로가 입술을 깨물며 말했다.

"안 된다. 우린, 헤어질 수 없다."

또 하나의 기억을 나눠가졌다. 녹주와 서로를 가장 사랑하며 아꼈던 청화당 할머니가 그들의 눈앞에서 불타고 있었다. 기억 저편의 기억 때문에 불을 무서워하는 녹주는 차마 그 광경을 바로 보지 못하고 고개를 돌렸다. 목탁 소리가 높아졌다. 할머니가 하얗게 빻아졌다. 줄줄 새듯 흐르는 눈물비가 매운 연기 때문인지 영이별의 슬픔 때문인지 알 수 없었다.

"이제는 정말…… 우리 둘뿐이다."

녹주의 곁을 스쳐 지나며 서로가 낮게 속삭였다. 번다한 의식에 경황없는 사람들의 눈을 피해 녹주의 손을 잠시 잡았다 놓았다. 그 크고 굳센 손길에 왈칵 설움이 북받쳤다. 하지만 차마 어깨를 짚고 가슴팍에 기댈 수 없어 녹주는 그대로 스르르 무너졌다. 상제보다 복재기가 더 설워한다고 흉잡힌대도 어쩔 수 없었다. 혈혈단신 천애고아가 되어 더부살이하러 왔던 처음의 그때처럼, 삶이 낯설고 두려웠다.

흙바탕에 나둥그러진 채 한없이 애달픈 곡을 뽑아내는 녹주의 모습을 이씨 부인이 부숭부숭한 얼굴로 쏘아보고 있었다.

독을
마시다

송경(松京: 개성)은 기운이 다한 옛 나라의 도읍이었다. 한양은 기운이 넘치는 신생국의 수도였다. 새 도시에는 건설이 있고 버려진 도시엔 폐허뿐이었다. 폐허에는 힘이 없다. 폐허는 숭배되지 않는다.

한양에는 아직 궁궐과 성곽조차 완성되지 않았다. 하지만 임금은 옛 한양부의 객사를 이궁(離宮)으로 삼아서라도 하루바삐 개성을 벗어나고자 했다. 망국의 왕도는 빛나는 승리에 어울리지 않았다. 조정이 천도 준비로 분주해지자 민심도 뒤숭숭해졌다. 승자는 떠나고 패자는 남았다. 패배를 인정하지 않기 위해, 승리를 인정받기 위해, 승자도 패자도 떠나고파 했다. 그리하여 옛 왕도는 파괴되어 황폐해지기도 전에 싸늘한 폐색을 풍겼다.

조반의 집안도 이거를 위한 채비에 바빴다. 조반은 바깥하인 몇을 이끌고 궁궐과 시장과 도로의 터를 닦기에 한창인 한양에 다녀왔다. 촉기가 빠른 그는 양택(陽宅)의 적지를 헐값에 선점했다. 이씨 부인은 어느 집이 한양으로 떠났다는 소리를 들을 때마다 초조함을 느꼈다. 오래 머무를수록, 늦게 떠날수록 뒤처지는 듯했다. 청화당이 죽어서까지 발목을 잡고 있다는 억심마저 품었다. 이씨 부인은 탈상을 앞당길 궁리에 골몰했다.

들고 나는 이들로 주변이 어수선산란한 가운데, 서로와 녹주는 여전히 차갑고 깊은 슬픔의 우물 속에 있었다. 그 우물에는 영이별의 슬픔과 함께 생이별의 불안이 고여 찰랑댔다. 서로는 영영 헤어진 청화당 할머니보다 당장 잃게 될지도 모를 녹주에 대한 안타까움으로 황망하였다.

"네가 가지 않는다면 나도 가지 않을 테다!"

때로는 억지를 부리며 생청을 썼다.

"제발 같이 가자. 너 혼자 여기 남아 어떻게 산단 말이냐?"

때로는 어르고 구슬려 달래기도 했다.

답답하고 두렵기는 녹주도 매한가지였다. 청화당 할머니가 세상을 떠난 마당에 더 이상 조반의 집에 얹혀살 구실이 없었다. 하지만 어디로든 갈 곳도 없었다. 침자질 스승인 김상궁에게 의지해 심부름꾼으로라도 살까 하였다. 그러나 일구일갈(一裘一葛)*의 처지를 뻔히 아는 마당에 차마 입이 떨어지지 않았다. 녹주는 알 수 없는 미래에 가위 눌려 한밤중에 깨어 일어났다가 다시 잠들지 못하곤 했다.

"어머니, 우리는 언제 이사를 하게 되나요?"

서로가 이씨 부인에게 물었다.

"왜 그러느냐? 또 너희 서당에 누구네 집이 이거를 했다더냐?"

이씨 부인이 눈살을 모으고 미간을 실그러뜨리며 되물었다.

"아닙니다. 그런 것은 아니고……."

"걱정 마라. 우리도 곧 떠날 것이다. 비록 새 나라가 명교의 가례(家禮)를 규범으로 삼고 있지만, 옛 나라의 풍습으로는 일백 일 탈상도 예사롭지 않았더냐? 더욱이 네 아버지가 군측(君側)**을 지켜야 하시니 조만간 결단을 내리게 될 게다."

이씨 부인은 자기에게 유리하고 편리한 대로 옛 나라의 유속과 새 나라의 풍속을 오갔다. 무릇 혼란기에는 이현령비현

---

* 한 장의 갖옷과 한 장의 베옷. 매우 가난한 살림을 이르는 말
** 임금의 곁

령(耳懸鈴鼻懸鈴)*이 예삿일이거니와 옳은 처세로 칭송받기까지 하는 법이었다.

"한양에 가면 각지에서 몰려든 인재들과 새로운 경쟁을 하게 될 게다. 네 아버지께 독선생으로 앉힐 만한 현유(賢儒)**가 있는지 알아보시라 말씀드렸다. 너도 내일모레면 관례를 치를 지학(志學: 15세)에 이르니, 제대로 학문의 뜻을 세워야지 않겠느냐?"

서로의 학업을 궁리하는 이씨 부인의 눈이 번들대며 빛났다. 이씨 부인은 서로를 위해 뭐든지 했다. 그렇게 하고 있다고 믿었다. 자기가 부모에게 받지 못한 사랑을 자식에게 원 없이 준다고 생각하면 가슴이 뿌듯했다. 정성을 다해 모든 것을 베풀었으니 그도 마땅히 은혜를 알고 효은을 바칠 것이었다.

하지만 보상을 바라는 사랑은 크기에 비해 너무 무거운 몽근짐이었다. 고마울수록 그것은 무거워졌다. 보은의 부담이 커질수록 감사보다는 죄책감이 자랐다. 사랑을 무기 삼은 어머니에게 아들은 번번이 패할 수밖에 없었다. 서로는 괴로움 속에 간신히 입을 떼었다.

"어머님 아버님의 기대에 어긋나지 않게 학업에 정진하겠습니다. 그런데……"

<hr>

* 귀에 걸면 귀걸이 코에 걸면 코걸이
** 어진 선비 혹은 훌륭한 유학자

"그런데, 따로 할 말이 있느냐?"

"네."

"무엇이더냐?"

"녹주는…… 한양으로 이거할 때, 녹주도 우리와 함께 가는 거지요?"

흐뭇한 얼굴로 아들을 바라보던 이씨 부인의 얼굴이 와락 구겨졌다.

"네가 왜 그것을 묻느냐? 그 아이가 네게 물어보라고 시키더냐?"

"아, 아닙니다. 그냥 제가 궁금하고 걱정이 되어서……."

"걱정이라니? 그 아이의 거처가 어찌될지 네가 왜 걱정하느냐?"

서로와 녹주가 각별한 사이라는 것을 빤히 알면서도 이씨 부인은 능청 혹은 악지를 부렸다. 그런 어머니 앞에서 서로는 몸집만 커다란 어린애였다. 화증을 앓아 걸핏하면 뱃성을 부리는 어머니에게 길들여진 아이는 시시때때로 깜짝 놀라고 흠칫 움츠러들곤 했다.

서로를 내보내고 이씨 부인은 보료에 비스듬히 누웠다. 몸 상태가 좋지 않아 별것 아닌 말에까지 가시가 돋았다. 사지가 녹지근하고 미열이 오르는 것이 심상치 않았다. 몸살기와 비숫하나 병증처럼 느껴지지 않으니…… 이씨 부인이 문득 몸을 일으켜 앉았다.

"혹시……? 아, 정녕 이것이 태기란 말인가?"

마지막 몸엣것을 보았던 날짜를 헤아려본 이씨 부인의 입에서 신음 같은 탄성이 터졌다. 사십구재를 지낸 뒤 한동안 한양과 개성을 오가느라 분주했던 조반이 어느 날 대취하여 안방에 들었다. 아무리 피 한 방울 섞이지 않은 장모라도 상중에 술을 마시다니 사위자식 개자식이라는 상말이 얼없다 싶었다. 하지만 평소에 조반은 마셔도 취하지 않고 취할 만큼 마시지도 않는 사람이었다. 그런 그가 만취해 비슬거리며 이씨 부인을 향해 다가왔다.

"왜 이러십니까? 아랫것들 눈에 띄어 추문에 시달리기라도 하면 어쩌시려고!"

이씨 부인이 앙칼지게 뿌리쳤지만 조반은 내처 치맛자락을 들치며 다가들었다. 그의 느닷없는 행동이 괴이했지만 문뱃내 나는 입에서 새어나온 말은 더욱 놀라웠다.

"아이가 죽었다. 어린것이 열병에 걸려 사흘을 앓고 죽었다. 벼슬과 재산이 무슨 소용인가? 자복(子福)이 없어 애년(艾年)*

* 머리털이 약쑥같이 희어지는 나이. 쉰 살

에 이르러서도 슬하에 외자식뿐이니, 임자가 내 한을 풀어주오. 장모님, 영영 구천에 가시기 전에 옥동 하나만 점지해 주소!”

몸가짐을 근신해야 할 상중에 회임이라니 남부끄러운 일이 아닐 수 없었다. 그럼에도 이씨 부인은 벙긋이 벌어지는 입을 다물 수 없었다. 이로써 눈엣가시 같던 작은집을 떨쳐낼 명분이 생겼다. 늦둥이는 금둥이니 밖으로 나돌던 조반을 들어앉힐 구실도 확실했다. 조반과 이씨 부인은 생각보다 훨씬 찰떡금슬이었다. 그의 욕망과 그녀의 욕망이 눈이 되고 날개가 되어 곧이라도 비익[比翼鳥]처럼 하늘로 훨훨 날아오를 기세였다.

골치 아픈 일 하나가 절로 해결되고 뜻하지 않던 경사가 나니, 이씨 부인의 마음이 조금은 노긋하게 느즈러졌다.

―녹주, 그 계집애를 한양으로 데려갈까?

서로의 간청은 크게 개의치 않았다. 하지만 녹주가 청화당의 마지막을 성심으로 지켰다는 사실은 집 안팎 사람들이 모두 알고 있었다. 그런 차에 의지가지없는 녹주를 개성에 남겨둔다는 것은 단물을 빨고 뱉는 짓과 다름없었다. 야멸치고 인정머리 없다고 모두가 손가락질할 것이다. 무력감과 소외감에 젖은 패자들은 마치 저희가 버림받은 양 악다구니를 할 것이다.

―흥! 그래 봤자 하늘에 돌 던지고 침 뱉는 격이지!

뭇입의 뒷공론이야 무시해 버리면 그만이지만 기실 켕기는 것은 녹주에 대한 이씨 부인의 야릇한 감정이었다. 녹주는 자랄수록 제 어미 채심을 닮아갔다. 어린 날 그토록 무참한 일을 당하고도 천성은 변하지 않는 것인지 담담한 미소와 구김살 없는 표정이 환했다. 문득문득 어쩔 수 없는 그늘을 드리우긴 했지만 그 때문에 애상 어린 얼굴이 더욱 고왔다. 그래서 이씨 부인은 녹주가 미웠다. 하지만 다른 한편으로 녹주의 생사여탈이 제 손아귀에 들어 있다고 생각하면 기분이 묘했다. 언젠가 몰래 숨겼던 채심의 각시 인형처럼, 언제라도 망가뜨릴 수 있다는 생각에 잔인한 쾌감마저 들었다.

─할 수 없지. 내가 거두지 않으면 제까짓 게 빌어먹다 생죽음할 도리밖에 더 있겠어?

저승길을 떠난 채심에게 생색을 내고픈 기분도 들었다. 마음껏 퉁기고 도섭부리며 칼자루를 쥔 위세를 부리고 싶었다. 거꾸로 매달려도, 땡감을 따먹어도, 개똥 말똥 위에서 굴러도 이승이 좋다는 말이 영락없었다.

어쨌거나 이씨 부인은 상중의 회임에, 이거에, 첩살림 정리에…… 궁리할 일들이 너무 많았다. 더군다나 노산에 통태(痛胎)*가 심하고 오조(惡阻)**까지 유난해 녹주에게 신경 쓸 겨를

* 임신 초기에 배가 아픈 증상
** 임신 초기에 나타나는 심한 입덧

이 없었다. 이대로라면 녹주는 옷자락에 붙은 도깨비바늘처럼 함께 한양으로 떠나게 될 지도 모를 일이었다. 그 일이 있기 전까지는 꼭 그렇게, 언제든 훌훌 털어내면 족할 갓털인 줄로만 여겼다.

한바탕 분룡우(分龍雨)*가 퍼붓고 지나간 오후였다. 이씨 부인은 치마 아래 도도록이 부풀어 오른 배를 쓸며 한가로이 보료방석에 누워 있었다. 젖은 땅에서 풍기는 구수한 흙내가 좋았다. 오랜 가뭄으로 나라에서 기우제를 지낸다, 시장을 옮긴다 법석을 떤 끝이라 비님이 더욱 반가웠다.

내일 모레 지낼 탈상 제사 준비는 미리 해두었으니 근심할 일도 없었다. 탈상하면 조반이 마련해 둔 한양의 새 집으로 이사해 들어갈 일만 남았다. 조반은 태중의 늦둥이가 혹이라도 잘못될까 봐 노심초사하였다. 그래서 이씨 부인이 몸만 곱게 옮겨오도록 하인배를 먼저 덜어 보내 잔손불림이 없도록 조처했다.

"이 아이가 복덩이로고! 어머니가 생전에 준 적 없는 선물을 황천 건너가며 주신 모양이네."

* 음력 오월에 오는 소나기

이씨 부인은 마른 나무에 꽃 피듯 뒤늦은 금실에 감격해 일 없이 히죽히죽 웃곤 하였다. 그래서 짐짓 신경이 굵어진 것이 사실이었다. 서로의 학업 진도와 조반의 일거수일투족에 바작바작 마음을 태우는 일도 얼마간 줄었다. 바야흐로 이씨 부인에게는 일생에 가장 조용하고 평화로운 나날이었다.

"마님! 마님! 큰일 났습니다요!"

그때 데면스레 중문을 박차며 행랑아범이 뛰어들었다. 아무리 늙은이라도 노(奴: 남자 종)가 안채를 무람없이 출입하다니 평소 같으면 경을 칠 일이었다. 하지만 수수실색한 표정이 예사롭지 않았다. 뒤따라 헐레벌떡 따라온 행랑어멈은 미친년 방아 찧듯 문지방을 넘어설 때부터 펄쩍펄쩍하였다.

"무슨 일로 이렇게 소란을 피우는가?"

"마, 마님…… 도, 도련님께서……."

"서로? 서로에게 무슨 일이 생겼는가?"

"도련님이…… 뱀에…… 독을……."

행랑아범은 가쁜 호흡을 주체하지 못해 헐떡거렸다. 곧이라도 숨이 넘어갈 듯 말을 더듬는 통에 일의 전후사를 헤아리기 어려웠다. 하지만 아무리 타고난 돌심보라도 어미는 어미였다. '뱀'이라는 말과 '독'이라는 말을 듣는 순간 이씨 부인은 이미 반쯤 정신이 나갔다.

"서로가, 우리 서로가 독사에 물렸단 말인가?"

벌떡 일어나는 순간 배가 단단하게 뭉쳤다. 복중의 태아도 놀랐나 보았다.

"서로, 우리 서로는 지금 어디 있는가?"

황소숨이 목구멍만이 아니라 눈구멍까지 막았는지 봉사처럼 허공중에 헛손질하는 행랑아범은 눈에 뵈지 않았다. 평소 무릎을 앓아 앉은뱅이걸음을 하곤 하는 행랑어멈이 강동강동 뛰며 무언가 설명을 하려 했지만 귀먹은 듯 들리지 않았다. 이씨 부인이 돌덩이 같은 배를 움켜쥐고 갈 바도 모르는 채 어디론가 가려할 때, 낯선 장정 한 무리가 우르르 집 안으로 뛰어들었다. 허락도 없이 남의 집에 발을 들인 무례를 꾸짖을 겨를도, 내외할 경황도 없었다.

"서로야! 아이고, 내 아들아! 정신 좀 차려보아라!"

앞장서 들어온 키꼴이 장대한 사내의 등에 축 늘어진 서로가 업혀 있었다.

"서, 설마……. 숨은 붙어 있는 거겠지?"

이씨 부인이 비명처럼 부르짖자 꺽다리가 무사하다는 표시로 고개를 주억거렸다.

"빨리 방 안으로 옮겨 눕혀라! 그리고……."

행동이 빠르고 민첩한 젊은것들은 거의 한양의 새 집에 가 있었다. 하필이면 조반까지도 정안군의 사냥 길에 배행해 집을 비운 터였다. 이씨 부인은 두려움과 역정으로 정신이 나갈 지경이었다.

"의, 의원을 부를깝쇼?"

그제야 거친 숨을 겨우 가다듬은 행랑아범이 벌벌 떨며 말했다.

"그래! 어서 발 빠른 아이종을 보내 의원을 모셔 와라. 행랑어멈은 부엌에 가서 더운 물과 수건을 준비해 오고……."

허둥지둥 수선을 피우지만 정작 뱀에 물린 환자에게 어떤 조처를 해야 할지 몰랐다.

―이럴 때 어머니가 살아 계셨으면 아무 걱정 없었을 텐데!

이씨 부인은 죽은 청화당이 그립다기보다 아쉬워 한숨지었다. 그러면서도 한편으로는 어디서 물렸는지 모르지만 독사에 물려 집까지 업혀오도록 숨이 끊어지지 않았다는 사실에 잠시 갸웃했다. 서로는 나뭇가지에 긁히고 바위에 쓸린 듯 온몸이 자잘한 상처투성이였다. 하지만 물수건으로 닦으며 샅샅이 살펴도 이빨 자국이나 피멍 같은 건 보이지 않았다. 독기가 퍼지면 얼굴은 창백해지고 입술은 파래진다는 말을 어디선가 들은 것 같은데, 서로의 낯빛은 변함이 없었다.

"처음 발견한 자가 누구인지 은인이자 귀인이구나. 무언가 급방을 써서 처치했기에 서로의 목숨이 보존된 게다!"

그때 비거걱 대문 열리는 소리가 났다.

"의원이 왔구나!"

반가운 마음에 버선발로 달려 나가니 뜻밖의 장면이 기다리고 있었다.

"이 아이는 왜 이 모양인가?"

이씨 부인은 어리둥절하여 녹주를 등에 업고 뛰어들어온 사내에게 물었다. 녹주는 죽은 짐승처럼 팔다리를 축 늘어뜨린 채 의식을 잃은 상태였다. 사내가 무어 무어라 대답하려는 찰나, 때마침 의원이 헐레벌떡 대문 안으로 들어섰다.

"사교증((蛇咬症)* 환자는 어디 있습니까?"

"어서 방 안으로 드시오! 빨리 해독의 비방을 써서 우리 아들을 살려내오!"

이씨 부인의 채근에 서둘러 섬돌을 오르려던 의원이, 순간 장정의 등에 업힌 녹주를 발견했다.

"이 아기씨가 환자입니까?"

"아니, 그 아이가 아니오. 어서 방 안에 들어가 환자를 살피시오!"

"아가씨의 낯빛이 백짓장 같고 구순(口脣: 입술)이 납빛인 것

* 뱀에 물림

120

이 심상치 않습니다."

"우리 아들은 안방에 있다지 않았소? 일각일초가 다급한 터에 군눈 팔지 말고 얼른 들어가시오!"

이씨 부인이 성화독촉하여 의원이 방 안에 들었다. 하지만 서로의 맥을 짚고 몸을 살펴본 의원은 난처한 표정으로 고개를 갸웃거렸다.

"뭔가 이상합니다. 도련님의 몸에서는 독성에 감염되었다는 징후를 전혀 찾아볼 수 없는 줄로 아룁니다."

"그럴 리가 있소? 다시 자세히 살펴보시오!"

"맥이 불안정한 것은 심신이 갑작스런 충격을 받았기 때문이고, 정신을 잃은 것 역시 잠시간 기가 단절된 것에 불과합니다. 소인의 견해로 아무래도 환자는 따로 있는 듯합니다."

그러더니 의원은 돌연히 방문을 박차고 나갔다. 그리고 여전히 마당에 엉거주춤 서 있던 사내에게 당장 녹주를 마루 위에 눕히라고 지시했다. 좌우를 물릴 틈도 없이 의원이 서둘러 치맛자락을 들췄다. 하얀 발목에 불에 달군 쇠젓가락으로 지진 듯한 붉은 구멍 두 개가 드러났다.

"이것은 사석(蛇螫)*이 분명합니다. 아기씨께서 뱀에 물리셨

* 뱀에 물린 상처

군요!"

"그럼 우리 서로는……?"

이씨 부인의 발작적인 흥분이 잦아들자 행랑아범이 그제야 끼어들었다.

"노, 녹주 아기씨께서 뱀에 물리셨는데, 서로 도련님이 상처를 빨아 위급한 상황을 넘기셨답니다. 그리고 급히 아기씨를 업고 산을 내려오다가 비탈에서 그, 그만 낙상하여 기절하신 듯합니다."

"우리 서로가 뱀에 물린 상처를 빨았다고? 그럼 서로의 몸에도 독이 퍼진 게 아닌가?"

이씨 부인이 다시 새파랗게 질린 얼굴로 발을 동동 굴렀다.

"뱀도 다 같은 뱀이 아니라서 독사로 알려진 유혈목이도 유독한 놈이 있고 무독한 놈이 있습니다. 도련님께 중독된 증상이 보이지 않으니 무독한 놈에게 물린 것 같은데, 당장은 열이 높고 숨이 거친 아기씨의 증후를 지켜봐야 할 듯합니다."

의원은 녹주를 방으로 옮기게 하고 가져온 보따리를 풀었다. 웅황(雄黃)을 고운 가루로 만들어 환부에 붙이고, 포공영(蒲公英: 씀바귀)을 즙으로 내어오라는 처방을 내렸다. 그리고 만약의 경우에 대비해 서로에게도 포공영 즙을 먹이고 경과를 지켜보자고 했다.

"미쳤구나! 미쳐도 단단히 미쳤어! 저따위 계집애 때문에 스스로 독을 빨았단 말인가?"

서로와 녹주는 점차 안정되어 가는데 이씨 부인의 흥분은 가라앉지 않았다. 믿을 수가 없었다. 이해할 수도 없었다. 신체발부는 부모에게서 받은 것이라 상하지 않게 하는 것이 효라고 배웠으면서, 자기 몸이 자기 것만이 아님을 유념해 자중자애할 것을 누누이 강조했음에도, 독이라니! 독 오른 환부에 입을 덥석 가져다 대었다니!

땔나무를 하러 가던 꼴머슴이 두 아이를 발견한 곳이 산딸기 밭이랬다. 그 이야기를 듣는 순간 이씨 부인의 분노는 하늘을 찔렀다.

"저년이 내 아들을 잡으려고 작정을 했구나! 산딸기? 산딸기라고? 그깟 걸 입치레하겠다고 내 아들을 꼬여냈단 말이더냐? 누구 신세를 망치려고 벌써부터 암내를 풍기며 꼬리를 치느냐?"

평소 체모와 위신을 금쪽같이 여기던 이씨 부인이 펄펄 뛰며 상욕을 내뱉었다. 홑몸이 아닌 처지에 충격이 컸음은 물론이었다. 하지만 이씨 부인은 창망하고 분에 겨워 한 가지 중요한 사실을 까맣게 잊고 있었다. 그 산은 곱고 맛난 산딸기로 유명한 곳이었지만 얼마 전 쓴 청화당의 묏자리로 향하는 길이기도 했다. 녹주와 서로는 기억 속의 할머니를 그리워하다 저희끼리 무덤을 찾기로 뜻을 맞춘 터였다. 낯선 산중에서 길을 잃고 헤매다 뱀 꼬리를 밟은 건 우연이었다. 뱀에 물린 녹주의 상처를 보는 순간 서로가 물불을 헤아리지 않고 독을 빨았던 건 필연이었다. 녹주가 있기에 서로가 있었다. 녹주가 없으면 서로도 없었다. 경계가 없고 분별이 무의미한 그 자리에, 깊고 오랜 순정이 있었다.

"다행입니다. 아기씨를 문 뱀은 독사가 아닌 게 분명합니다. 도련님은 물론 아기씨도 무사하시니 더 이상 심려하지 않으셔도 됩니다."

의원이 돌아가고 집 안은 마침내 조용해졌다. 한나절의 난리굿이 무색하게 평화로운 밤이 찾아왔다. 서로가 단잠에서 깨어난 듯 먼저 일어났다. 자기가 무슨 사고를 쳐서 집안을 발칵 뒤집었는가를 아는지 모르는지, 서로는 잠결에 섬어를 지껄이는 양 머리맡을 지키던 이씨 부인에게 물었다.

"녹주는, 녹주는 무사하지요?"

서로가 독을 마신 게 아니라는 사실에 안도함과 동시에 자기가 했던 박행에 조금은 민망했던 이씨 부인의 속에서 다시 천불이 났다.

"뭐? 뭣이라? 대체 네 나이가 몇이냐? 아직도 천둥벌거숭이인 줄로만 아느냐? 산딸기는 다 무어냐? 그깟 허접쓰레기를 주워먹자고 어미의 가슴을 찢느냐? 이 천하에 불효막심한 놈!”

이씨 부인이 어금니까지 아득아득 갈며 난데없는 산딸기 타령을 했다. 영문을 모르는 서로는 얼떨떨한 표정으로 눈만 슴벅거릴 수밖에 없었다.

이씨 부인은 그동안 몰랐다. 불길하다고는 느꼈으나 위험한 줄은 몰랐다. 탐스러운 홍보석이 맺히는 계절, 독과 꿀은 따로 있지 않았다. 벌은 꽃을 찾아 꿀을 만들고 뱀은 샘물을 마셔 독을 만드니, 그 모두가 가르치고 배우지 않은 본능이었다.

꽃이 피기 전에 싹을 잘라야 한다. 샘이 넘쳐흐르기 전에 물길을 막아야 한다. 이씨 부인은 입술을 깨물며 자리를 박차고 일어났다.

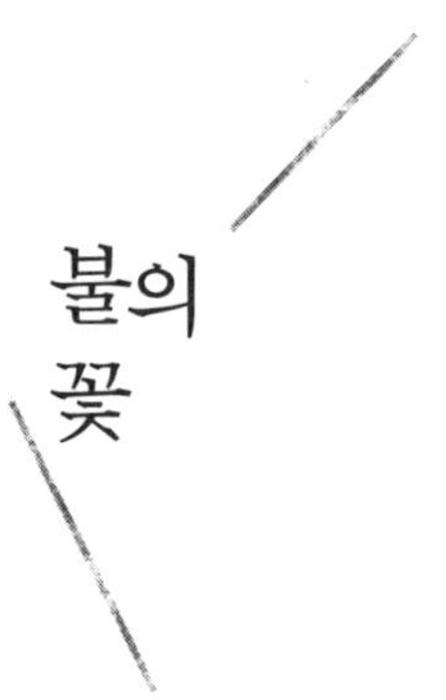

그러나 싹을 자르고 봉오리를 꺾어도 죽지 않는 꽃이 있었다. 그것은 은밀하게 움터 삽시간에 피어났다.

'미시(未時)*에 볕이 내리쬐는[昜] 나무[木] 아래서 기다리마!'

섬돌 위 청목단혜 안에 고깃고깃한 쪽지가 들어 있었다. 발가락 끝이 놀라 곱아들었다. 힘 있고 생동하는 글씨체가 눈에 익었다. 볕이 내리쬐는 나무……. 아리송한 암어(暗語)였지

---

* 십이시(十二時)의 여덟째 시. 오후 한 시부터 세 시까지를 말한다.

만 녹주는 금세 그것을 풀어냈다. 마음을 말리던 개울가의 버드나무[楊], 그 아래서 서로가 녹주를 기다릴 것이다. 위태로운 나무 끝에 매달려 낯선 세상을 헤아려보던 열한 살의 그때처럼 길게 목을 빼고 사방을 두리번거릴 것이다. 문득 마음이 축축해졌다.

─우리는 참 좋은 벗이었는데…….

주먹손으로 명치를 콩콩 쳤다. 청화당 할머니와 행랑어멈은 답답한 일이 생길 때면 한숨을 쉬며 가슴을 치곤했다. 어린 그때는 영문을 몰랐다. 돌덩이가 얹힌 듯 무거운 가슴은 아파서야 조금이나마 잊힌다는 걸.

─무엇이 어떻게 달라졌고 달라질까? 그때와 지금, 그리고 앞으로……?

나이를 먹어 몸이 자라도, 나이를 먹고 몸이 자랄수록 알 수 없는 것은 더 많아졌다. 글공부가 점점 깊어진다는 서로도 매한가지인 듯했다. 청화당 할머니의 묘소를 찾아가다가 뱀에 물린 그날 이후 서로와 녹주는 어색해졌다. 공연히 멋쩍고 깔끄러워 예전 같지 않았다. 그래서 녹주는 고맙다는 말조차 변변히 건네지 못했다. 아무래도 까닭을 알 수 없는 일이었다.

한편, 더욱 어리둥절하고 당황스러운 것은 이씨 부인의 돌변한 태도였다. 청화당의 장례를 치르는 동안 이씨 부인은 녹주에게 적이 나긋했다. 병구완의 노고에 대한 미안함과 고마움 때문인지 먼촌임에도 불구하고 상제의 예를 갖추도록 허락했다. 회임한 후에는 태교를 위해서인지 표표한 태도를 거두고 상냥스레 대했다. 그리하여 언질을 주진 않았지만 식솔 모두가 녹주도 함께 한양으로 이거하는 것으로 알고 있었다. 그런데…….

"언젠가 노마님 생전에 따라갔던 천마산 관음사를 기억하느냐? 그때까진 병환이 위중치 않으셔서 불공을 드리러 배주에서 개성까지 큰 나들이를 했었지."

할머니 대신 노마님이라는 호칭을 쓰는 게 낯설고 의아스러웠다. 하지만 녹주는 이씨 부인의 물음에 다소곳이 대답했다.

"네, 기억합니다. 할머님께서 시전거리에서 일하실 때부터 다니던 절이라 하셨습니다."

"그래. 처음 인연이 중하다고 때마다 철마다 바리바리 보시했지. 거기 승려치고 우리 광에서 나간 공양미를 안 먹은 이가 없을 게다."

이씨 부인이 입가를 실룩이며 말했다. 그동안 실없는 선심으로 곳간에서 쌀가마니가 실려 나가는 모양이 내내 뇌꼴스럽던 터였다. 게다가 청화당이야 불심 때문이었다지만 조반까지 첩의 자식을 잃은 뒤 천도재를 올린다 어쩐다며 재물을 펴 날랐다. 아깝기도 하고 고깝기도 했다. 그 꼴을 보기보다는 척불(斥佛)을 부르짖으며 몰이사냥을 하는 유학자들 편을 들고 싶었다. 돈만 있으면 귀신도 사귀고 두억시니도 부릴 수 있으려니, 신심은 어디까지나 실리 다음이었다.

"천마산에 잇닿은 봉우리는 무어라 하더냐?"

"할머님께 듣기로 성거산이라고 하였습니다."

"월총이 용하구나. 그 성거산에 노마님께서 거금을 보시해 신축하다시피 중수한 암자가 있다. 지난 장례 때 그곳 본사의 주지 스님께서도 다녀가셨지."

녹주는 이씨 부인이 느닷없이 절과 암자 이야기를 꺼내는 이유를 알 수 없었다. 항상 예측할 수 없는 대목에서 뱃성을 부려 집안사람들을 당황스럽게 만들곤 하는 이씨였다. 불길한 예감이 물밀어들었다. 그동안은 청화당 할머니가 바람벽이 되어주어 용케 된바람을 모면했다. 하지만 이제 녹주는 허허벌판에 맨몸으로 내던져진 신세였다. 아무러한 악풍과 불벼락도 피할 길이 없었다.

"생전에 노마님께서 스님께 청촉하신 바가 있다더구나. 업둥이 같은 계집애 하나를 보살피고 있는데, 훗날 아이가 갈 곳이 없어지면 암자에서 반승(飯僧)*으로라도 거두어 주십사고."

녹주가 얼뺨을 맞은 듯 멍멍하여 아무 대답도 못하는 사이, 이씨 부인이 빠르게 말꼬리를 붙였다.

"조실부모한 천애고아가, 그것도 계집애가 황파(荒波)**에 내던져져 어찌 살 수 있겠는가? 길에서 굶어죽거나 짐승의 먹이가 되지 않으면 낟가리 뒤에서 치마를 걷어 밥을 버는 유녀가 되기 십상이다. 그러니 노마님께서 네 신세를 가련히 여겨 불가에 몸을 의탁할 길을 열어주고 가신 게다."

어이없는 일을 당하고도 말대답 한 번 못할 만큼 어리보기는 아니었다. 신동이라는 칭송을 듣는 서로와 대화할 때에도 말이면 말, 이치면 이치에서 크게 밀리지 않았다. 말에 조리가 있고 이치를 알아 깨달으니, 공순하면서도 비굴하지 않은 말법이 아름다웠다. 하지만 현실에서는 그 모두가 무소용이었다. 거짓, 편견, 우격다짐의 말 앞에선 어떤 달변가도 꿀 먹은 벙어리가 될 수밖에 없었다.

"무슨 할 말이 있느냐?"

이씨 부인이 물었다. 실그러진 입가에 비열하고 교활한 미소가 흘렀다.

* 밥을 지으면서 잔심부름을 하는 어린 승려
** 험악한 세상의 풍파

"없습니다."

짧고 빠른 대답, 마지막 자존심을 지킬 방도는 그뿐이었다. 그것만이 들끓는 분노와 설움을 눅이는 길이었다. 울음을 터뜨리지 않고 내놓을 수 있는 유일한 말이었다. 하지만 이씨 부인은 마지막까지 잔인했다.

"네가 승려가 되면 조석예불을 바치며 일찍 죽은 부모를 위해 기도할 수 있으니 얼마나 좋으냐? 전생의 업으로 어린 나이에 험하고 끔찍한 일을 겪었으니 내생에는 복락을 누리도록 충실한 불제자로 살아내어라. 미미한 인연이나마 소중히 여긴 노마님이 열어주신 길이니, 세월이 흘러도 그 자비심은 잊지 말아라!"

이씨 부인은 녹주를 내치기 위해 가까스로 묻은 고통의 기억까지 헤집었다. 참람한 부모의 죽음을 떠올리는 순간, 겨우겨우 참았던 눈물이 왈칵 쏟아질 뻔했다.

―그토록 원하신다면 떠나드리오리다! 머리를 깎고 깊은 산중 외딴 암자에 숨어 아무도 모르고 무엇도 모르게 살다 가리다!

차마 입 밖으로 터뜨리지 못한 말을 삼키며 녹주는 속울음을 씹었다. 운명은 그처럼 찰나에 바뀌었다. 하지만 운명의 번롱에 경악한 건 녹주만이 아니었다. 녹주가 출가하여 성거산의 암자로 들어가기로 했다는 이야기를 듣고 서로는 그만 얼이 나갔다.

"녹주가 정말 그렇게 하겠다고 했습니까?"

"그렇다."

"녹주가 왜, 왜 갑자기 그렇게 하겠답니까?"

"아이가 워낙 내숭스러우니 그 의뭉한 속내까지 내가 어찌 알리오? 아마도 할머니를 모시고 불공을 다니던 중에 시나브로 불심이 자라났나 보지. 어쨌거나 애초부터 남들이 겪지 못한 끔찍스런 일을 겪고 구사일생으로 살아난 아이가 아니더냐?"

이씨 부인의 말이 아예 헛소리는 아니었지만 아무래도 서로는 이해할 수 없었다. 출가를 한다니, 스님이 된다니……. 까까머리에 먹옷을 입은 녹주의 모습을 상상하노라니 낯설었다. 슬펐다. 그런데 왜 분기가 치미는지는 알 수 없었다. 생각할수록 점점 더 모를 일투성이였다. 직접 만나 물어봐야만 했다. 정말 속세를 떠나 불문에 의탁해 살려는지, 세속의 인연을 모두 끊는다면 서로까지도 영영 버리려는지……?

하지만 한 지붕 아래 살면서도 서로와 녹주는 좀처럼 만날 기회를 얻지 못했다. 청화당이 세상을 떠나면서 병구완을 하고 문안인사를 드리며 자연스레 만날 길이 사라졌다. 이씨 부인은 눈에 쌍심지를 켜고 녹주와 서로의 일거수일투족을 감시했다. 헤어질 날은 하루하루 가까워오고 있었다.

초조한 마음이 비밀스런 글쪽지를 쓰게 했다. 많지도 않은 글자를 적어 넣는 동안 서로의 마음이 요동을 쳤다. 쪽배를 타고 너울을 헤쳐가듯 멀미증이 났다. 천야만야 깎아지른 벼랑 위에 선 것처럼 어질증이 일었다. 무엇이 메스껍고 왜 어지러운지는 알지 못했다. 아직도 몰라서 슬펐다. 여전히 몰라서 화가 났다. 녹주를 만나고서야 이 멀미증과 어질증의 정체를 알 것 같았다.

구름 사이로 비비고 나온 조각달빛이 우련했다. 섬돌 위에 녹주의 당혜 두 짝이 가지런히 놓여 있었다. 다음날 아침 신발을 꿰어 신을 때 발견하도록 깊숙이 쪽지를 밀어 넣었다. 달님도 못 본 체 구름 뒤로 숨었다. 행여 누군가의 눈에 띌세라 서둘러 돌아 나오다 말고 서로는 얼핏 멈추어 섰다. 붉은 바탕에 푸른 덩굴무늬가 새겨진 가죽신이 꽤나 낡았다. 간병에 장례에 새 신을 사고 몸치장할 마음의 갈피짬이 없었던 게다. 새 신을 사주고 싶었다. 하지만 먹물 옷에 어울리는 꽃신은 없다. 서로는 녹주의 낡은 청목단혜를 가만히 가슴에 품었다. 단정하고도 가뿐가뿐한 녹주의 걸음걸이가 떠올랐다. 서로의 가슴에는 그 걸음걸음이 남긴 발자국이 꼭꼭 새겨져 있었다. 갑자기 눈이 아리고 코가 매웠다.

남자가 되어가는 소년의 눈에 세상은 점점 작아졌다. 고작 두 해가 흘렀을 뿐인데 천변의 풍경은 낯설도록 달랐다. 으르렁대며 쏟아지던 강물은 쫄쫄 흐르는 개골창이었다. 고개를 꺾고 쳐다보기에 까마아득하던 버드나무는 아름드리 거목이 아니었다. 힘꾼의 허벅지처럼 단단해 보이던 나뭇가지는 부룩송아지 다리인 양 가늘어 몸무게를 싣기에 조심스러웠다.

그 나무 끝에, 다시 앉았다.

―눈을 크게 떠봐! 높은 데 오르면 넓은 세상이 보여.

목소리, 센바람처럼 뺨을 철벅철벅 때리는 목소리.

―땅 위의 것들은 모두 작아져. 아무것도 겁낼 것 없어!

목소리, 간들바람처럼 부드럽게 마음의 생채기를 어루만지는 그 목소리.

그토록 두려워하던 세상이 발밑에 있었다. 하지만 모두가 변했거나 변해 보여도, 귓전에 맴도는 목소리만은 여전했다. 겁쟁이에 쫄딱보를 용감한 사내로 만든 위로와 격려의 옥음. 그 주인이 어서 모습을 나타내기만을 기다렸다.

지키는 냄비가 더디 끓듯, 기다림은 시간을 엿가락처럼 늘였다. 끈끈한 물바람이 달아오른 이마를 가만가만 짚었다. 적막하여, 외로웠다. 오랫동안 잊고 지내던 쓰라린 쓸쓸함이었다. 이대로 헤어진다면, 다른 세상에서 남남으로 살아간다면,

영영 고독과 허무에서 헤어나지 못하리라! 꿈결처럼 그리던 미래가 지옥도가 되어 덮쳐왔다. 이별은 슬픔이라기보다 차라리 공포였다.

"거기 있었구나……."

기척도 없이, 녹주가 왔다. 굳게 감겼던 눈이 번쩍 뜨였다. 갑자기 쏟아져 들어온 여름빛에 눈앞이 캄캄했다. 가없는 어둠에 갇힌 청맹과니처럼 서로는 뒤뚝 균형을 잃고 휘청거렸다.

"저런, 조심해라!"

녹주의 새된 비명이 터지는 순간, 서로는 나무 아래로 떨어졌다. 떨어지면서 다시 빛을 찾았다. 날렵하게 몸을 뒤치어 사뿐히 착지했다. 놀라 새파랗게 질린 얼굴로 녹주가 서로의 가슴팍을 쳤다.

"미워! 정말 나무에서 떨어지는 줄 알고 간이 콩알만 해졌다."

"왜? 내가 다칠까 봐? 나를 걱정해서 그런 거야?"

"당연히 다칠까 봐 걱정했지. 눈앞에서 사람이 뚝 떨어지는 걸 덤덤히 지켜볼 목석이 어디 있어?"

"그렇게 나를 걱정한다면 어떻게 그런 결심을 했느냐? 어쩌면 한마디 언질도 없이 나를 영원히 떠날 궁리를 했느냐는 말이다."

서로의 추궁에 녹주가 입을 다물었다. 대답할 말이 없어서,

대답할 수 없어서였다.

"정말 출가를 한다는 게냐?"

"……."

"정말 네가 스님이 된다는 것이냐?"

"……."

"그 모두가 네 뜻으로 정한 일이냐? 정말, 정말로 그러하냐?"

아니라고 말하면 무엇이 어떻게 달라질까? 감파랗게 미움의 눈을 빛내던 이씨 부인의 얼굴이 떠올랐다. 이씨 부인은 처음부터 서로와 녹주가 절친한 것을 싫어했다. 여기서 녹주가 서로에게 모든 일의 내막을 밝히면 서로는 한달음에 이씨 부인에게로 달려갈 것이다. 배신감과 노여움이 그의 발걸음을 재촉할 테다. 하지만 서로에게는 어머니를 거역할 의지와 기력이 없었다. 고작해야 그 큰 덩치로 엎더져 울고불고 하면서 제발 선처해 달라고 조를 것이다.

녹주는 그 모습을 보고 싶지 않았다. 그리하여 자기 설움은 얼마간 풀릴 지도 모른다. 하지만 그로 인해 서로가 제 어머니와 갈등하고 반목하는 것은 원치 않았다. 성품이 온순하고 마음씨가 고와서가 아니었다. 녹주는 자신이 막다른 골짜기에 몰려 있다는 사실을 알고 있었다. 탈출로는 없었다. 지원군을 기대할 수도 없었다. 조반은 녹주를 밉지 않게 보았으나 집안일에 태무심했다. 행랑어멈과 하인들은 녹주를 동정했으나 저희 코가 석 자였다. 지상의 단 한 명, 녹주의 마지막 사람은 여전히 어리고 아무 힘도 없는 서로뿐이었다.

"그래. 그렇게 되었다."

한숨처럼 가짓부리가 새어 나왔다.

"한양에 함께 간다는 건 어불성설이다. 낯선 땅에 가고 싶지 않고, 가서 할 일도 없다. 그러니 의지가지없는 신세에 불문에라도 귀의할 수 있어 다행이지 않니?"

마음을 거치지 않은 말들은 덧없었다. 자기 이야기를 남의 말인 양 곤두뱉었다.

"불제자가 되어 수굿이 살아가리라. 불목하니로 군불을 지피고 공양을 짓는 일도 마다치 않으리라. 횡사한 부모 형제의 명복을 빌며 애초에 몸도 맘도 없었던 듯 살아간다면…… 나쁘지 않다. 그러니 너무 안타까이 여기며 서운해할 것 없다."

"안타까워하지 말라고? 서운해할 것 없다고? 어떻게 그럴 수가 있느냐? 나는, 내 간청은 일절 염두에 두지 않았더냐?"

"당장은 섭섭하겠지만 내가 없다고 네가 달라질 게 무어냐? 한양에 가서 과거에 급제해 충효가성을 드높이기를 내가 부처님께 발원하마."

담담한 녹주의 말에 끝내 서로의 울분이 폭발했다.

"뭐라고? 네가 없이도 나는 잘 먹고 잘 살 수 있으니 목탁을 치든 염불을 하든 상관 말라, 그 말이냐?"

"아니, 내 말은……."

씨근거리며 열을 내는 서로를 달랠 길이 없었다. 길이 없는데 길을 내라 채근하니, 녹주도 불끈 성이 치밀었다.

"그럼 나보고 어쩌란 말이냐? 싫다면 피할 수 있는 일이라더냐? 가지 않는다면 오라는 데가 있을까? 너까지 왜 이러느냐? 어떻게든 마음을 다스려 견뎌보려는데, 왜 다들 나를 뒤흔들고 갈가리 찢으려 드는 거냐?"

참고 참았던 눈물이, 속울음으로 삼켰던 눈물이 기어이 터졌다. 녹주는 제자리에 풀썩 주저앉아 엉엉 울었다. 가슴의 가장 밑바닥에서 가장 우심충충한 슬픔이 솟구쳤다. 억울하고 억울했다. 서럽고 서러웠다. 쏴쏴 물소리도 지절지절 새소리도 숨을 죽였다. 그토록 부끄럼도 없이 소리 내어 우는 모양을 보여줄 수 있는 상대는 서로뿐이었다. 그를 잃을 생각에 더욱 서글퍼져, 세상의 마지막 울음인 양 목 놓아 통곡했다.

"울지 마라. 울지 마……."

서로의 멀쑥한 몸피가 스르르 무너졌다. 녹주를 향해 무릎걸음으로 어기적어기적 기어 오는 그의 뺨이 얼룩덜룩했다. 울지 말라면서 울고 있었다. 떠날 수밖에 없음을 알면서도 떠나지 말라고 윽박는 스스로가 미워서, 서로는 녹주보다 더 애달프게 울고 있었다.

"영영 끝은 아닐 게다. 너와 내가 잊지 않고 기억한다면, 떠날 곳이 불가가 아니라 지옥이고, 성거산이 아니라 침산(針山)*일지라도…… 끝이란 건 없는 거다."

서로가 더듬거리며 녹주의 손을 끌어 잡았다. 축축한 뺨에 미끄러운 뺨을 붙였다. 서로의 조붓한 혀가 녹주의 눈물을 핥았다. 혀끝에 닿은 슬픔의 맛은 짜디짰다. 녹주가 반짝 눈을 떴다. 긴 속눈썹이 서로의 코끝을 간질였다. 그 순간 난생처음 느껴보는, 그러나 온전히 낯설지 않은 갈망이 솟구쳤다. 아무도 가르쳐준 적 없고 어디서도 배운 적 없는 충동이었다. 지남석에 날바늘이 끌리듯, 서로의 입술이 녹주의 입술에 맞닿았다. 그 감촉 또한 무엇에서도 느껴보지 못한 부드러움이었다. 배꼽노리가 뭉클 뜨거워졌다.

불의의 기습과도 같은 입맞춤에 놀라 녹주의 몸이 얼어붙었다. 사내아이들보다 일찍 숙성하는 계집아이들은 남녀가 주고받는 연정에 환상을 품었다. 녹주는 집안의 여종들이나 함

* 칼침이 나무처럼 들어선 지옥의 산

께 침자질을 배우는 계집애들의 속닥거림을 통해 그런 일, 그런 세상이 있다는 걸 알았다. 이야기를 듣노라면 괜스레 잔소름이 돋고 발바닥이 간질간질한 느낌이 들곤 했지만, 제게 다가옴직한 일로는 도무지 생각할 수 없었다. 그런데…….

독뱀에 물린 줄만 알고 상처를 빨았던 그날 이후부터였다. 그때껏 내남없이 여기던 소꿉동무가 전혀 다른 존재라는 사실을 깨닫고 말았다. 서로는 남자요, 녹주는 여자였다. 한 남자로서 한 여자에게 다가가는 순간, 한 여자로서 한 남자를 바라보는 순간, 그들 사이의 모든 것이 달라졌다. 어제의 서로는 오늘의 서로와 다르고, 어제의 녹주는 오늘의 녹주일 수 없었다. 그 돌연한 회오리바람을 이기지 못해, 녹주는 질끈 눈을 감았다. 저도 모르게 스르르 해빙되었다.

아무것도 몰라도 할 수 있는 일이 있었다. 스스로 가르치고 스스로 배웠다. 침묵으로 증언하는 버드나무와 물새와 물고기와 나비처럼, 천지간의 모든 숨탄것처럼 오로지 스스로 그리하였다. 헐벗은 맨몸과 맨몸이 부대꼈다. 날것의 영혼과 영혼이 뒤섞였다. 열망과 갈증과 두려움과 흥분 속에서 무언가 깨어지고 부서지고 찢어지고 무너졌다. 그리하여 다시 무언가가 치솟고 움텄다.

"알겠느냐? 우리는 무슨 일이 있어도 헤어질 수 없다."

서로의 두 눈에 불티가 날렸다.

"대답해라. 우리는 언제까지고 함께이다. 반드시 그럴 테다."

녹주가 고개를 끄덕였다. 도리질할 수 없어 주억거렸다.

축복일까, 저주일까? 누군가는 일생에 단 한 번, 단 한 사람밖에 사랑하지 못하도록 결정지어 태어난다. 의지도 아니고 선택도 아니다. 훌륭한 성품과 높은 도덕심은 더더욱 아니다. 다만 운명일 뿐이다. 녹주와 서로는 한마음 한 몸으로 꽁꽁 묶였다. 그 잔인하고도 견고한 운명의 사슬에 기꺼이 포박되었다.

흐흑,

입맞춤을 퍼부으며 울었다. 품을 파고들며 웃었다. 그 아슬한 환희와 슬픔의 틈바구니로, 영혼마저 사를 듯한 불의 꽃이 피었다. 두려움도 거침도 없이, 다만 꽃답게 활짝 피었다. 뜨거운 꽃잎과 짙은 향내에 포위당한 채 녹주는 멀미증을 느꼈다. 실눈을 뜬 틈새로 청청하늘이 펼쳐져 있었다. 그 하늘을 유유히 나는 새들이 보였다. 물새들의 힐항(頡頏)*은 자유롭고 아름다웠다. 하지만 물새들은 시시때때로 날개를 접고 추락했다. 먹이를 구하기 위해, 생존을 위해, 그들은 스스로 수면을

* 새가 날면서 오르락내리락함

향해 내리꽂혔다. 가파른 기울기를 견딜수록 천적들에게 위험
해졌다. 필사적이었다. 살아 있으므로, 살기 위해.

추락, 죽음의 연습까지도, 다름 아닌 삶이었다.

몌별[*]
(袂別)

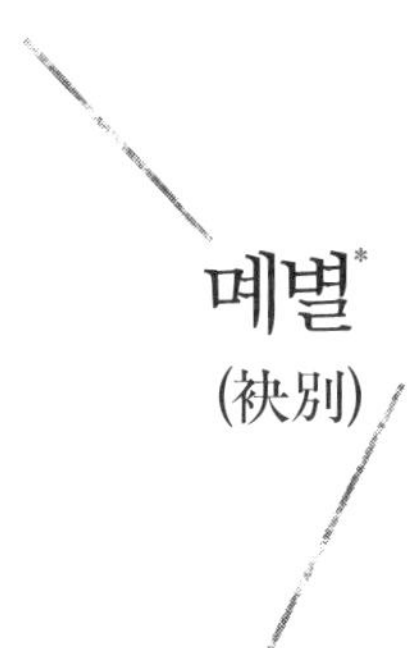

“앗, 조심하세요!”

산벼랑을 딛는 순간 미끄덩하고 발이 밀렸다. 등골에 진땀이 부지직 솟았다.

“몸을 바위에 붙이지 말고 띄우세요! 발아래는 내려다보지 말고요!”

지옥의 메아리인 양 아물아물 소리가 들려왔다. 깎아지른 암벽 위에서 동자승이 악을 쓰고 있었다. 위를 쳐다보니 잡을

* 소매를 잡고 헤어진다는 뜻으로, 섭섭히 헤어짐

데가 없었다. 아래를 보아도 의지할 곳이라곤 없었다. 진퇴양난이요 말마따나 업어온 중 신세였다. 바위에 구멍을 뚫어 발을 디디게 만든 돌사다리는 고작 두어 칸뿐이었다. 동자승의 말다짐에도 불구하고 얼결에 발밑을 내려다보았다. 까마득한 천 길 낭떠러지였다.

"앞만 보세요! 무서워하지 말고 발끝에 힘을 주세요!"

맘과 몸이 따로 놀았다. 네발짐승처럼 엉금엉금 기었다. 버선까지 벗어젖힌 맨발에 옷자락을 걷어붙인 꼴이 볼썽사나워도 어쩔 수 없었다. 암자는 절벽 끝 봉우리 정상에 있었다. 오르기가 이리 험하니 내려오기는 더 수월찮을 테다. 오도 가도 못하고 꼼짝없이 갇혔다. 그런 곳을 세상의 말로는 감옥이라고 하였다.

"곡차는 가져왔느냐?"

첫마디부터가 기막혔다. 출가가 아니라 수감이라도 된 듯 먹먹하고 막막한 차에 엎친 데 덮친 격이었다.

"스님, 새 식구가 된 사미니(沙彌尼)* 얼굴도 보지 않으시고 곡차 타령부터 하십니까?"

야발진 동자승이 어려워하는 기색도 없이 얼굴을 찌푸렸다. 그

* 출가하여 머리를 깎은 지 얼마 되지 아니한, 수행이 미숙한 어린 여자 승려

144

의 얼굴엔 법열(法悅)*이 아니라 짜증이 닥지닥지 붙어 있었다.

"얼굴? 그깟 것은 봐서 뭣 하느냐? 부처님이 모든 상(相)은 상이 아님을 알아야 한다지 않으셨느냐?"

"아이고, 되었습니다. 제가 어찌 스님의 공력을 이기오리까? 주지 스님 눈을 피해 이걸 빼돌리느라 공양주 보살님과 진땀을 뺐습니다. 앞으로는 제게 곡차 심부름은 시키지 마십시오."

"오늘은, 알았다. 하지만 오늘 안 것을 내일도 알리라는 보장은 없다!"

동자승이 바랑에서 꺼내 건넨 호리병을 받아든 반늙은이가 껄껄 웃었다. 어웅한 동굴 같은 입속에 남은 이가 여남은 개밖에 되지 않았다. 흡족한 미소가 번진 얼굴은 수세미처럼 주름이 자글자글했다. 그가 바로 암자의 수좌 스님인 운공(雲功)이라고 했다.

"애고, 수행자가 찬밥 더운밥, 진자리 마른자리를 가릴 순 없지만 하고 많은 가람 중에 하필이면 그 암자라니……."

짧은 행자 생활을 하는 동안 정이 든 본사의 공양주 보살은 암자라는 말을 듣는 순간 혀를 쯧쯧 찼다. 발우 설거지 통 속 뿌연 청숫물이 꿀렁했다.

* 참된 이치를 깨달았을 때 느끼는 황홀한 기쁨

"가는 길이 험해 신도들의 접근이 어려우니 살림살이가 애옥하고 불편한 건 둘째칩시다. 그 괴벽한 수좌 스님을 사미니 같이 숫저운 이가 어찌 견딜지 모르겠소!"

공양주 보살은 길안내를 하러 내려온 동자승에게 비밀스레 호리병을 내주면서도 못마땅한 기색을 숨기지 못했다. 하지만 본사의 주지 스님은 작별 인사를 드리는 자리에서 알 듯 말 듯 아리송한 말씀을 건네었다.

"어금지금한 일에도 분별이 있고, 그 분별을 넘어서야 깨달음이 있다. 윷놀이 판의 도와 개가 한 끗 차이이듯, 무참괴승(無慚愧僧)*과 선덕(禪德)**도 본디 백짓장 한 장 차이인지라!"

극과 극을 오가는 평가에 어리벙벙한 찰나에 동자승이 콧방귀를 뀌며 재깔였다.

"백 마디 말이 소용없어요. 직접 겪어보면 아실 거예요. 우리 스님은 세상이 다 알아주는 땡중이에요, 땡중!"

갓난쟁이 때부터 거둬 키운 동자승에게 땡중 소리를 듣는 운공이 그가 가져온 곡차를 마시며 낄낄거렸다. 동자승은 진절머리를 치며 도를 넘어선다 싶은 막말을 쏟아냈다.

* 계율을 깨뜨린 승려. 파계승
** 선리(禪理)에 밝아서 덕망이 높은 승려

"면벽참선을 한답시고 벽과 대작하니 어느 소사(小師)* 가 배겨낼 것이며, 정불언(定不言)** 따위는 가볍게 어기고 수다를 늘어놓으니 어느 운수납자가 머물 것이며, 선식 대신 육식을 하며 마구 먹고 마시니 어느 보살이 마땅히 섬기겠어요? 남은 사람이라곤 오갈 데가 없는 나 같은 꼬마 중과 꼽추 벙어리 모자 불목하니뿐이죠. 사미니께서도 어지간히 전생의 공덕이 없으신 모양이네요. 사승(師僧)으로 운공 스님 같은 분을 만나셨으니 말입니다."

누군가에게 사랑받거나 누군가를 사랑해 본 적 없는 존재는 강퍅하기 마련이었다. 태어나자마자 버림받은 애늙은이는 상늙은이처럼 시퉁하게 굴었다.

"바깥세상은 어떠하더냐? 나라가 망했다더냐? 우리도 망할 것이다. 새롭고 강대한 새 나라에서 우리는 더욱 망해갈 것이다. 망한 세상에선 먼저 망가지고 한껏 망가지는 것이 미덕일 터!"

예언인지 헛소리인지, 대낮부터 벌겋게 취한 채로 운공이 사타구니를 벅벅 긁으며 동문서답했다. 숲이 창살이 되고 바위가 자물쇠가 되었다. 맥맥한 산중의 시간이 고인 듯 흘렀다. 곡차로 양껏 목을 축인 후에야 운공은 윗목에 꿇어앉은 사미

---

* 제자를 스승이 되는 승려에 상대하여 이르는 말
** 참선할 때에 말을 하지 말라는 계율

니를 흘낏 쳐다보았다.

"오는 길이 험했더냐?"

"험했습니다."

"바위가 높더냐?"

"높았습니다."

"발밑이 아슬아슬 떨리더냐?"

"떨렸습니다."

깎은 머리통이 달걀처럼 뽀얀 사미니의 눈가도 파르르 떨렸다. 잔을 들어 올리던 운공의 손이 잠시 멈추었다.

"네 법명이 수경심(水鏡心)이라 했던가?"

"그렇습니다."

"그렇다면 네 거울에 비춰보아라. 암자까지의 길이 더 험한가, 네 마음이 더 험한가?"

운공이 던진 수수께끼 같은 화두를 잡고 사미니는 백팔 배를 했다. 백팔 번을 해도 알 수 없어 천팔십 배를 했다. 천팔십 배를 하고도 오로지 모르겠어서 삼천 배를 올렸다. 호리병 속의 곡차를 다 비운 운공은 코를 드르릉드르릉 골며 단잠에 빠졌다. 동자승은 끊임없이 무너졌다 다시 일어나는 사미니를 걱정스런 낯빛으로 바라보았다. 온 산을 불태울 듯 물들였던 단풍이 모두 질 때까지, 사미니의 무릎에는 새카만 멍이 가실

날이 없었다.

　수경심, 마음을 물결치게 하는 세 가지 독(毒)이 없는 물거울은 쉬이 얻기 어려웠다. 탐냄과 성냄과 어리석음의 독은 무릎의 피멍보다 진했다. 녹주는 좀처럼 수경심이 될 수 없었다. 낯선 이름으로 불릴 때마다 흠칫흠칫 놀랐다. 물멀기가 일렁이며 마음 벽에 부딪혔다.

　—그 많은 일들을 어떻게 잊을까? 그 시간을, 시간의 기억을……?

　바람이 불 때마다 잔물결로 떨렸다. 멀미증으로 헛된 욕지기를 했다. 떨림을 잠재우려 몸을 혹사했다. 한시도 편안히 앉아 있지 않았다. 절하지 않으면 노동을 했다. 꾀죄죄하던 암자 안팎이 반짝반짝 빛났다. 동자승의 땟국까지도 가셨다. 불목하니 모자는 게을러져서 양지바른 곳에서 이 잡기에나 바빴다. 하지만 온종일 노역에 시달려 너덜거리는 몸으로도 딴방에 홀로 누우면 잠이 오지 않았다.

　—난 잊었다. 기억을 지우는 데 익숙하니까. 이를 악물어보아라, 어금니가 시큰하도록. 눈을 꼭 감아라, 다시 뜨고 싶지 않을 정도로. 처음부터 캄캄한 세상이 전부였던 것처럼.

　잠시 잠깐은 수경심이 녹주를 설득하기도 하였다. 티끌세상과의 번거로운 인연을 모두 끊은 듯 고요해지기도 했다. 하지만 잔물결이 지나면 더 크고 높은 너울이 물밀었다.

─그래도, 난 안 된다! 너는 정말로 그게 된단 말이냐?

꿈속에서 머리칼을 쥐어뜯었다. 분명 삭발을 했다는 사실을 알고 있음에도 꿈속에서는 여전히 칠흑 같은 머리채가 치렁치렁했다. 불가에서 머리카락의 다른 이름은 망상초였다. 헛되고 망령된 상상은 칼로 베고 밀어내도 끊임없이 자라났다.

"아이고, 아기씨! 이렇게 떠나시네요. 어쩝니까? 불쌍한 우리 아기씨! 저승에 계신 노마님께서도 통탄하실 일입니다요."

행랑어멈이 녹주를 배웅하며 치마꼬리로 눈물을 찍어냈다. 행랑아범은 큼큼 어색한 군기침을 했다. 밥찌꺼기로 기르던 누렁이도 이별을 아는지 서글픈 꼬리질을 했다. 하지만 반드시 작별 인사를 나누어야 할 사람, 그는 끝내 나타나지 않았다.

"서로 도련님은 어딜 가셨을까? 서당은 벌써 파했을 텐데, 이대로 못 보고 가면 두고두고 섭섭하실 텐데……."

눈치가 용한 것인지 둔한 것인지, 행랑어멈이 끝내 서로의 이름을 입에 올리고야 말았다.

"다들 건강하세요. 한양에 가서도 잘 지내시고요."

미련을 끊으려 서둘러 뒤돌아섰다. 아무것도 두려워하지 않으려 했다. 그리하여 아무도 그리워하지 않으려 했다. 하지만 마을을 벗어나는 동안 섭섭한 마음은 무럭무럭 자랐다. 성문을 빠져나올 무렵에는 분노와 증오의 가지를 뻗쳤다.

"……미워!"

일곱 살 꼬마 계집아이처럼 소리치고 싶었다. 하지만 그 말은 꿈에서도 차마 입 밖으로 나오지 못하고 입안에서 뱅뱅 맴돌았다. 피리가 아쉬웠다. 새된 비명 대신 피리를 불고 싶었다. 하지만 출가를 하는 마당에 속기가 묻은 물건을 챙길 방도가 없었다. 고스란히 몸만 빠져나온 방에 남은 옷가지며 일용품은 행랑어멈이 알아서 처분하기로 했다. 귀한 옥피리였으니 팔면 쏠쏠한 용전이 될 테다.

그렇게 피리가 없는데도, 꿈속에선 피리 소리가 들렸다. 분기에 찬 빠른 곡조가 이어지다가, 곧 느려지며 슬프게 울렸다. 미워한다지만 미워할 수 없었다. 미워할수록 그리워졌다. 삭발을 하였지만 망상의 모근까지 사라지지는 않았다. 종내 무엇을 미워하는지조차 잊었다. 오직 그리움만이 돌올하였다.

딴방 문을 박차고 뛰어나갔다. 산중의 밤은 사철 서늘했다. 깨끗하게 닦인 하늘엔 별들이 쏟아질 듯했다. 비릿한 흙냄새가 싱그러웠다. 본당으로 달려가 흙부처 앞에 엎드렸다. 흙으로 만든 부처가 내를 건너듯, 무작정 모든 것을 잊게 해달라고 빌었다. 잊지 못한다면 차라리 지벌을 내려달라고 빌었다. 빌며 절하고 절하며 빌었다.

— 무슨 죄를 지었느냐?

온몸이 땀투성이가 되어 무너지고 쓰러질 때에, 문득 여래의 육성이 들리는 듯했다.

"나는 무슨 죄를 지었을까?"

혼미한 심혼의 끝자락을 간신히 그러쥐고, 수경심이 될 수 없는 녹주가 웅얼거렸다.

정작 그때는 몰랐다. 불의 꽃을 꺾는 순간, 다만 놀랐다. 뜨거움과 차가움은 한가지의 고통, 분별할 수 없기에 마냥 아팠다. 하지만 얼결에 꺾어 든 꽃가지가 남긴 화인은 선명했다. 온몸이 말라죽은 잠자리의 날개처럼 바스락거렸다. 영혼의 동통은 갈수록 쑤시고 욱신거렸다.

슬펐다. 더 이상 서로와 녹주는 하나일 수 없었다. 무턱대고 기쁘고 즐겁고 재미있었던 순간은 사라졌다. 함께 머리를 맞대고 바라보던 밤하늘의 별은 찾을 수 없다. 숨죽이고 지켜보았던 토끼장의 어린 새끼들, 그 고물거리던 설렘도 끝이다. 같은 대목에서 웃고 같은 대목에서 울었던 할머니의 옛날이야기는 가뭇없다. 아프고 슬프고 외로웠던 일까지도 끝이다. 기억의 창고가 텅 비었다.

하지만 천하의 사기꾼도 속이기 어려운 것이 자기 자신이었다. 텅 빈 자리에 새로이 깃든 기묘한 충만감이 있었다. 마침내 서로와 녹주는 온전한 하나였다. 오누이 같은 소꿉동무로 눈빛만 봐도 생각을 알고 표정만 봐도 기분을 알았지만 때로 아득히 낯설던 까닭을 이제야 알았다. 서로의 숨결이 녹주의 숨에 섞이고, 그의 열망이 그녀 속으로 뜨겁게 육박할 때, 녹주는 왈칵 울고 싶었다. 기뻐서, 벅차서였다.

불의 꽃을 꺾은 것이 죄였다. 꽃을 탐내고, 꽃을 잃어 노여워하고, 꽃에 홀린 어리석음이 죄였다. 슬픔도 기쁨도 죄였다. 녹주는 끝내 세 가지 독을 떨친 수경심이 될 수 없었다. 아무리 계율을 지키려 애써도 짓시늉일 뿐, 중독된 마음은 여전히 산 아래 있었다. 허망하디 허망한 상(相), 그 누군가의 곁에 있었다.

사미니가 절을 하다 말고 흐느껴 울었다. 알머리를 바닥에 쿵쿵 짓찧으며 통곡하였다. 부처님은 말이 없고 밤은 깊었다. 절망과 망상과 번뇌의 하루가 거듭 지나고 있었다.

불퉁거리며 막소리까지 하면서도 동자승은 다시 본사에 곡차 심부름을 갔다. 운공은 동안거 따위는 뉘 집 개소리인가 하며 여전히 곡차 타령이었다. 시월에 산중은 이미 한겨울이었다. 그럼에도 얼음길을 밟아 내려가는 동자승의 발걸음은 사뿟사뿟하였다. 그 모습을 보고서야 운공이 동자승을 정기적으로 본사에 내려 보내는 이유를 알 것 같았다. 등 떠밀어 보내지 않으면 진즉에 도망쳤을 터였다. 도망칠 기회를 활짝 열어주고서야 동자승은 투덜거리며 암자로 돌아왔다.

"아이고, 스님! 말씀대로 세상이 쫄딱 망했나봅니다."

호리병 몇을 꿰차고 돌아온 동자승의 낯빛이 푸르뎅뎅했다.

"너도 한 잔 주랴?"

"이 와중에 무슨 망발이십니까? 정말 세상이 망했다니까요!"

"그렇게 버쩍 얼어서 와들와들 떨 것 없다. 곡차 한 잔이면 세상이 다시 돈구멍만 해 보일 게다."

"됐습니다, 절 그만 놀리세요. 개성이 텅 비었다고 합니다. 임금이며 신하들이 모두 한양으로 떠나고 개성은 쑥밭이 되었답니다!"

귀동냥하던 사미니가 들고 있던 목탁을 놓쳤다. 텅, 빈 소리가 울려 퍼졌다.

"뿐만 아닙니다. 유생들이 하루가 멀다고 상소를 올려, 인륜을 끊고 허무괴탄의 설(說)로써 백성을 현혹하는 불교를 배척해야 한다고 주장한다 합니다. 떡을 달라는 데 돌을 주는 것이 인심이니, 성안에 들어갔다가 돌팔매를 당하고 돌아온 승려까지 있다고 합니다."

154

동자승이 침울한 얼굴로 중얼거렸다. 운공은 호리병 마개를 따며 먼산바라기를 하였다.

"돌은 맞으라고 던지는 건데, 던지면 맞는 수밖에 무슨 도리가 있느냐?"

"그래도 너무하지 않습니까? 한때 국교(國敎)로까지 섬겼으면서 허무괴탄의 설이라니요?"

"나고 죽고 흥하고 망하는 것이 덧없음은 변함없는 가르침이나, 국교니 국사니 허황한 껍데기를 들썼던 일이야말로 괴이하고 헛된 것이었으니…… 아주 틀린 말은 아니다!"

"아니, 스님, 그래도……."

"안이든 밖이든 따질 것 없다. 흙부처를 부수고 철불을 녹이고 목불을 태운다고 부처님이 사라지겠느냐? 그분은 애초에 거기 계시지 않았다. 차라리 이 향기로운 곡차 잔 안에 계시도다!"

운공과 동자승의 대거리가 이어지는 가운데 사미니는 말이 없었다. 핼쑥한 얼굴로 식은땀을 흘리며 곧이라도 쓰러질 듯 허청거렸다.

그가 떠났다. 결국엔 떠났다. 외딴 산중의 암자에 갇힌 신세지만 개성과 한양은 마음의 거리가 달랐다. 떠나기 전에 한 번 기별조차 하지 못했을까? 간절했다면 어떻게든 찾아올 방도가 없었을까? 결국 그만큼의 마음이 아니었던 게다. 장난이었다. 노리개 놀이였다. 참담함과 섭섭함과 미움과 원망이 악머구리처럼 끓었다. 멀쩡한 살가죽을 찢고 튀어나올 듯했다.

사미니는 차마 견디지 못해 벌떡 일어나 뛰쳐나왔다. 찬바람이 기다렸다는 듯 달아오른 양 뺨을 후려갈겼다. 사방이 어둠, 오로지 음산하고 험악한 어둠이었다. 사미니는, 수경심은, 여전히 그 낯선 이름을 견딜 수 없는 녹주는 실혼하여 쓰러졌다.

"아이고, 수경심 스님이 혼절하셨어요!"

꼽추 어미가 비명을 지르고, 벙어리 아들이 쿵쿵거리며 달려오고, 동자승이 악을 썼다. 운공이 들어 올리던 곡차 잔을 잠시 멈추고 물끄러미 어둠 속의 소란을 응시하다가, 다시 훌쩍 잔을 비웠다. 손석풍(孫石風)*이 모질었다. 긴 겨울이 시작되고 있었다.

* 음력 10월 20일경에 부는 몹시 매섭고 추운 바람

망석중 놀이

입을 맞추었다. 부드럽고 촉촉한 입술을 조심스레 열었다. 입술 사이로 옹달치 같은 혀가 매끄럽게 헤엄쳤다. 도망쳐 빠져나가는 그 작은 물고기를 낚아채 휘감았다. 비릿한 듯 달콤하고 시원한 감로수가 샘솟았다. 오랫동안 모래벌판을 헤매왔나 보다. 지난 생애로부터 물림한 갈증이 밀려왔다. 허겁지겁 감빨고 꿀꺽꿀꺽 마셨다.

두 팔로 감싸 품에 안았다. 온몸을 빈틈없이 붙이고 단단히 품었다. 몰캉한 배가 맞닿았다. 봉긋한 가슴이 느껴졌다. 가슴 우리 안의 심장이 쿵쿵 뛰고 있었다. 푸르도록 흰 가르마가 반듯했다. 수염 난 턱을 그에 대고 비볐다. 한품에 쏙 들어올 만큼 작은 몸이었다. 하지만 그를 향한 열망은 한가슴에 다 품기 어려울 만큼 벅찼다.

몸의 열기에 덴 꽃잎이 파르르 떨렸다. 그 꽃의 비밀 속으로 가만히 스몄다. 귓불을 간질이는 향긋한 숨결. 오소소 돋아난 소름과 지절지절 배어나는 땀. 그토록 높고 멀고 아득한 감각이 있었다. 그리하여 낮고 가깝고 살가운 세상이 있었다. 그 속에서 어린아이처럼 마음껏 뛰놀았다. 보채고 응석을 부리고 엄부럭을 떨며 천둥벌거숭이로 들놀았다.

온몸의 핏줄이 깨어났다. 숨구멍이 살아났다. 솜털이 일어났다. 그 모두가 단번에 활짝 피어났다. 그토록 찬란한 폭발, 아름다운 파탄.

하지만 눈을 뜨면 모두가 가뭇없었다. 남은 것은 오직 척척한 바짓가랑이와 끈끈한 사타구니뿐이었다. 또다시 몽정을 했다. 날카로운 입맞춤과 깊은 포옹이 사라진 자리에 굴우물 같은 공허만 남았다. 참담했다.

여자를 알고 소년은 남자로 태어났다. 탄생은 환희롭고도 고통스런 통과의례였다. 그는 불돌을 삼킨 듯 허둥지둥했다. 토하려도 목구멍에 걸려 나오지 않았고 도무지 삭여낼 방도 또한 없었다. 시도 때도 없이 뜨거운 정염이 솟구쳤다. 책을 펼치면 뽀얀 살갗이 아른거렸다. 길을 가다가도 아찔한 상상에 발걸음을 멈추었다. 멀리로 펼쳐진 산등성이가 도도록한 젖무덤 같았다. 비릿한 꽃냄새가 이슬땀에 젖은 몸내 같았다. 아찔했다.

글이 머리에 들어올 리 없었다. 조반의 일가가 한양으로 이거한 다다음해 오월 식년시가 치러졌다. 비록 어린 나이였지만 신동 소리를 듣던 서로는 처음으로 과거에 응시했다. 물론 결과는 낙방이었다. 그냥 합격자 삼십삼 명에 속하지 못한 게 아니라 시지(試紙)*에 단 한 글자도 써넣지 못했다.

"도대체 이게 무슨 짓이냐? 못 쓴 글은 납득하겠으나 백지를 어찌 용납할 수 있겠느냐? 머릿속에 무엇을 담았기에 점 하나 찍지 못하고 과장을 나왔다는 말이냐?"

사실을 알게 된 조반은 대노하여 펄펄 뛰었다. 한양으로 이거하던 해 늦둥이 서강을 출산한 이씨 부인은 육아에 바빠 맏아들을 간수하지 못했다며 자책했다. 하지만 공부와 과거 따위가 서로의 염두에 깃들 리 없었다.

생이별 후의 황망함을 욕정 때문이라고 생각했다. 지독한

* 과거 시험에 쓰던 종이

그리움은 뜨거운 몸을 견디지 못한 탓이리라 여겼다. 그때 비슷한 시기에 개성에서 이주해 온 김이가 구슬리며 꼬드겼다.

"추위는 첫 추위가 매섭고 사랑은 첫사랑이 뜨겁다더니, 글방도련님 조서로의 귀골이 반쪽이 되었구나! 상사병에는 약이 없다지. 그렇다면 약 대신 독을 쓸 수밖에. 이 형님께서 특별히 은혜를 베푸시어 공붓벌레 숙맥에게 새 세상을 보여 주지!"

일찍 자란 덩치만큼 쏠라닥질을 하는 데도 조숙했던 김이는 개성에서도 청교방의 색주가를 단골로 드나들곤 하였다. 새 나라에도 어김없이 새 창가(娼家)가 있었다. 유학자들은 몸을 혐오하여 육욕을 노래하는 옛 나라의 가요에 치를 떨었다. 새 나라의 법은 양반 중에 무반만이 기방에 드나들 수 있었고 문반의 출입을 엄금하였다. 하지만 노래며 연극에 음탕함의 딱지를 붙여 질시하는 유생들도 뒷구멍으로 기방을 찾고 종내는 기생첩을 들였다. 김이는 한양 생활보다 한양의 색주가에 더 빨리 적응했다. 그가 서로의 옷소매를 잡아 이끌었다.

질펀한 꽃밭이었다. 손끝만 까딱 해도 절로 꺾이는 꽃들이 만발했다. 마음 졸이지 않아도 꽃들은 간드러지게 웃었다. 무쇠라도 녹일 듯이 교태를 지었다. 번성하는 새 도읍지를 찾아 고을고을에서 모여든 그들은 예쁘고 멋들어졌다. 보드랍고 낭

창낭창했다.

비단 금침 위에서 그들은 더욱 능란했다. 어떤 감탕질이 사내를 흥분시킬지를 손바닥의 손금 들여다보듯 알았다. 갖가지 자세와 외잡스런 말을 눈썹 하나 까딱 않고 더운 숨과 함께 귓속에 불어넣었다. 서툴고 당황스러운 첫 경험과는 비교할 수도 없었다. 처음 마신 술에 취한 것인지 노류장화의 짙은 향기에 취한 것인지, 서로는 도식병(倒植病)*에 걸린 듯 어지러이 휘둘렸다.

충동적으로 시작되었던 농탕질이 하루 이틀로 끝나지 않자, 마침내 조반과 이씨 부인이 사실을 알게 되었다. 조반은 당장에라도 아들을 때려죽일 듯 길길이 날뛰었고, 이씨 부인은 분노만큼이나 큰 배신감에 치를 떨었다. 하지만 그 와중에 이씨 부인이 정신을 차리고 꾀를 냈다.

“당장이라도 내쳐버리고 싶은 마음이야 한가지지만 자식은 애물이니 어쩌겠습니까? 기방을 출입하는 건 몹쓸 난봉이지만 사지육신이 멀쩡한 사내가 음양화합을 꾀하는 것을 어찌 죄라 하겠습니까? 어서 짝을 찾아 혼사를 치르는 것이 좋겠습니다. 저도 일가를 꾸리면 책임감을 느끼고 학업에 열중하지

---

* 술을 지나치게 많이 마셔서 몹시 취하였을 때 사물이 뒤죽박죽 거꾸로 보이는 병

않겠습니까?”

곱새겨 보노라니 부인의 말이 틀리지 않아, 조반은 곧 혼처를 구하기 시작했다. 좋은 실혼처의 으뜸 조건은 가문의 내력이었다. 영일현 출신의 정홍은 부친이 옛 나라의 대제학이었으며 외조부가 예문관 직제학이었으니 내력으로는 누구에게도 처지지 않았다. 버금 조건인 집안의 위세 또한 반드시 따져 볼 일이었다. 정홍이 왕명의 출납을 맡아보는 중추원의 으뜸인 중추원사일뿐더러 그의 큰아들 정진은 열여덟 살에 대언으로 임명될 정도로 출중한 인물이었다. 또한 정진은 일등 개국공신으로 평양백에 임명된 조준의 사위이니 그 위세야말로 장구하고 창창할 것이었다.

조반과 이씨 부인은 영일 정씨 집안과 혼사를 성사시키기 위해 공을 들였다. 그 집안의 딸이라면 서로의 앞날을 열어주기에 충분할 터였다. 따로 내조지현을 말하지 않아도 존재 자체가 큰 뒷배이니 다른 것들은 따질 필요도 없었다.

“성혼을 하게 되면 더 이상 어린애처럼 밉둥을 부릴 수가 없다. 가장으로서의 체통을 잃지 않고 처자를 보살펴야 할지니, 품행을 단정히 하고 하루바삐 일산(日傘)*을 쓰도록 진력해야

* 벼슬아치들이 부임할 때 받치던 양산

하리라!"

하지만 사주단자를 보내고 택일을 하고 낭기마(郞騎馬)*를
탈 일이 코앞에 닥쳤어도 서로는 길 아래 돌부처인 양 태무심
했다. 부러 관심을 끊은 것은 아니었다. 그저 아무런 설렘도
기대도 생겨나지 않을 뿐이었다. 주위에서 대단한 혼사라고
치켜세우고 부러워하는 것을 보고서야 그런가 하였다.

"귀한 처자를 내자로 맞게 되었으니 앞으로는 절대 기방 따
위엔 발을 들이지 말고 화평하게 지내라."

이씨 부인의 권고에 서로가 뚝뚝하게 대꾸했다.

"무엇이 어찌 귀하다 하십니까?"

"능히 여감(女鑑)**이 될 만한 처자라 정승판서 댁에서도 욕
심내어 눈여겨봤다더라. 그 집안이 본디 문벌이 높고 부친과
오라버니의 문명(文名) 또한 자자하니 어찌 귀하다 하지 않을
수 있겠느냐?"

"문벌과 문명을 그 처자의 뜻으로 얻은 것도 아닐진대, 그래
도 귀하다 해야 합니까?"

"이게 무슨 얼토당토아니한 트레바리***냐? 그런 집안에서 나

* 혼인 때 신랑이 신부 집에 타고 가는 말
** 여자가 생활하거나 처신하는 데 본보기가 될 만한 표준
*** 이유 없이 남의 말에 반대하기를 좋아함. 또는 그런 성격을 지닌 사람

고 자란 귀공녀이니 당연히 보고 배운 것이 다르지 않겠느냐? 대 끝에서 대가 나고 싸리 끝에서 싸리가 나는 법인데 무엇을 의심하리오? 행여 불경지설이 사돈네 귀에 들어갈까 두렵다. 군소리 따위 하지 말고 네 몸가짐이나 조심해라. 팔난봉 같은 김이 놈과는 앞으로 절대 어울리지 말고!"

개성을 떠나온 후 서로는 많이 변했다. 늘 고개를 수굿하여 듣던 부모의 말씀에 뜻밖의 열방망이가 치밀어 오르는가 하면, 마땅히 옳은 일이라도 어깃장을 놓고픈 마음이 버글버글하였다. 그럼에도 여전히 머리는 무겁고 입술은 붙어 떨어지지 않았다. 자식이라면 당연히 기경기효(起敬起孝)*해야 한다는 가르침이 골수에 박힌 탓이었다. 위선과 견강부회에는 신물이 났다. 하지만 부모를 미워할 수는 없었다. 마음에도 없는 혼인을 하고 싶지 않았다. 그러나 감히 부모를 거스를 수 없었다.

아무도 마음껏 미워할 수 없었다. 그리하여 자신을 미워할 수밖에 없었다. 함부로 몸을 굴리고 마음을 학대했다. 종내는 스스로를 잊고 스스로를 잃는 지경에 이르렀다. 후일 서로는 이때의 짧은 방황을 또렷이 기억해 내지 못했다. 다만 뿌옇고

---

* 부모에게 공경과 효도를 다하다.

흐린 안개 속을 헤쳐 다닌 듯 먹먹했다. 생애 어느 한때 그처럼 자욱한 순간이 있다. 생각과 감각이 모두 마비되어 버린 망석중의 시간. 남은 것은 젖은 옷자락처럼 척척하게 들러붙는 환멸뿐이었다.

딸랑딸랑 방울 소리가 요란했다. 멋들어지게 치장한 낭기마를 타고 나선 혼행길이었다. 행차가 지나면 행인들은 일제히 마상의 신랑을 쳐다보았다. 옥골선풍(玉骨仙風)이네 선골도풍(仙骨道風)이네 외모에 대한 하마평이 오갔다. 행차의 규모와 종인(從人)들의 차림새를 힐끗거리며 혼주의 권세를 가늠했다.

모두가 그를 바라보고 있을 때, 그의 시선은 공허했다. 무엇을 바라보아야 할지, 바라보고 싶은지 알 수 없었다. 그리하여 정처를 잃은 막연한 시선이 문득 길섶의 꽃에 머물렀다. 하필이면 그 순간이었다. 운명의 장난질처럼 마비가 풀렸다. 전생의 기억처럼 꽃의 비밀에 탐닉했던 일이 떠올랐다. 아무리 흠빨고 감빨아도 마르지 않았던 꿀샘이 갈급했다. 담 밑의 노류장화가 아니었다. 말을 알아듣는 해어화가 아니었다. 깊은 산중에 숨은 꽃, 오직 그 한 꽃송이였다.

어머니의 분부로 시회에 나가 꿔다 놓은 보릿자루처럼 앉았다 돌아와 보니 녹주는 떠나고 없었다. 텅 빈 방을 보는 순간 쇠망치로 뒤통수를 얻어맞은 듯했다. 온몸의 피가 거꾸로 솟아 정신없이 사방팔방으로 내달렸다. 하지만 어디에서도 녹주를 찾을 수 없었다. 성거산의 암자가 어디쯤인지 간신히 알아냈을 때에는 한양으로의 이거가 코앞에 닥쳐 있었다.

─아니, 아니다……. 또 다시 내가 나를 속이려고 하는구나. 진정 소식을 알고 싶었다면 무슨 수라도 내지 못했으랴? 기어이 만나고자 했다면 촌음과 분음이라도 쪼개지 못했으랴?

다락같은 자책감으로 마상의 몸이 휘청거렸다. 사고인 듯 실수처럼 맞이한 처음이었지만 그것이 단순한 사고나 실수가 아니라는 것은 분명했다. 우연을 빌미 삼은 필연이었다. 오랫동안 잠복했던 불씨가 쏘시개를 만나 타오른 것이었다. 하지만 열망만큼 두려움이 컸다. 결코 청춘기의 한때를 스쳐가는 건들바람일 리 없었다. 집을 부수고 나무를 쓰러뜨리고 높은 파도를 일으켜 바다를 흰 거품으로 뒤덮는 노대바람일 것이었다. 위험을 직감했기에 도망치려 했다. 비겁했다. 지독하게 이기적이고 졸렬했다.

비로소 지금 벌어진 망석중놀이가 무엇인지 알았다. 자신을 휘감고 있는 사모와 관복이, 허리띠와 목화(木靴)가 우스꽝스러웠다. 팔다리에 매인 보이지 않는 줄에 조종당하는 꼴이 어이없었다.

"신부, 재배!"

낯선 여인이 절을 했다. 그녀는 누구를 향해 저리도 다소곳이 절을 할까?

"신랑, 일 배!"

줄이 당겨진 듯 얼결에 몸이 기울었다. 대체 저 여인은 누구일까?

"신부, 재배!"

다시 여인이 절을 했다. 용잠을 꽂고 주렴과 댕기를 드리운 머리가 무거워 보였다.

"신랑, 일 배!"

이것은 답례가 아니었다. 그렇다고 사죄도 될 수 없었다. 울음이 터질 것만 같아 입술을 깨물었다. 놀이판에 끌려 나간 나무 인형은 울 수가 없다. 당기고 늦추는 대로 꺽죽꺽죽 춤출 뿐이다.

신방에 들어 초야를 맞으니 기가 막혔다. 동방화촉은 기이한 열성으로 일렁이는데, 새신랑의 마음은 점점 무겁고 차가워졌다. 분위기를 눅이려 주안을 끌어당겼다. 빛깔이 곱고 맛이 좋은 보기 드문 미주(美酒)였다. 방 안을 둘러보니 화려하지는 않으나 기물이 정갈하여 우아한 기품이 느껴졌다. 과연 지체 높고 문벌 좋은 집안은 세목이 남달랐다. 내색은 하지 않았으나 마음속으로 놀라며 감탄하는 바가 없지 않았다.

하지만 그 와중에도 아무런 감흥을 불러일으키지 않는 한 가지가 있었다. 바로 오늘의 주인공이라는 신부였다. 서로보다 두 살이 많다는 그녀는 예쁘지도 밉지도 않았다. 살결은 희지도 검지도 않았고, 몸피는 실하지도 마르지도 않았다. 특별히 총명해 보이거나 아둔해 보이지도 않았으며, 대단히 순종적이거나 드세게 보이지도 않았다. 그래서 첫날밤을 맞는 신부라기에는 지나치게 침착하다 못해 지루해 보였다. 신랑이 어떻게 생겨먹은 작자인지조차 궁금치 않은지 다만 정물처럼 미동 없이 앉아 있었다. 삶이란 본래 어금니를 사리물고 견뎌야 하는 어떤 것인 듯.

"한 잔 받으시려오?"

미안하고 괴롭고 어색한 심사에 서로가 불쑥 술잔을 건네었다. 꼭 받으리라는 기대는 없었다. 그런데 의외로 신부가 숙였던 고개를 슬며시 들었다. 이제부터 서방이라는 자가 따라 준 술 한 잔을 훌쩍 마시는, 그 담담한 모습이 더욱 서글펐다. 그녀 역시 음전하고 점잖은 규중부녀의 역할을 다하기 위해 지독한 피로감을 참고 있는 것이었다.

"어린 날을 기억하시오?"

"여공(女工)인 침선을 익혔습니다."

목소리 또한 굵지도 가늘지도, 높지도 낮지도 않았다.

"숙행(淑行)*이 궁금한 것이 아니라……."

"어깨너머문장으로『천자』를 떼고『소학』을 읽었습니다."

현실에 대한 단호함, 흔들리지 않는 신뢰 때문에 그녀는 더욱 희미해 보였다. 아버지의 족적과 어머니의 배경과 오라비의 후광을 지우면 그녀에게는 무엇이 남을까? 그녀는 무엇으로 남을까?

"글속을 알고자 하는 게 아니라……."

"……?"

총명하고 요조한 건 사실일지나 민첩한 여인은 아니었다. 어쩌면 남의 눈치를 살필 만큼 부족함이 없었던 탓일 것이다. 그녀는 정답만을 말했다. 하지만 서로가 물은 것은 정답이 없는 이야기였다. 얼마나 재주를 익히고 덕행을 쌓았는지 시험하려던 게 아니었다. 어린 시절 그녀가 어떤 아이였는지 물으려 했다. 무엇을 하고 놀았으며, 어떤 때에 기쁘고 즐거웠으며, 가장 슬펐던 기억은 무엇인지.

하지만 짧은 대화 속에서 서로는 그녀가 정씨 가문의 여식

* 여자의 참한 행실

이라는 사실 외에는 아무것도 알아낼 수 없었다. 혹 피리를 불 줄 아는지, 체온에 덴 꽃잎의 비명 소리를 들을 수 있는지는 차마 물어볼 수조차 없었다. 어쩌면 신방을 나서는 순간 신부의 낯과 몸태를 까맣게 잊을지도 모른다. 수많은 여인들 중의 한 사람을 분별할 도리가 없을지도 모른다. 그 모르는 여인에게서 아이를 낳고, 모르는 여인과 동혈(同穴)*에 묻힐지도 모른다. 돌연한 공포로 머리끝이 쭈뼛했다.

"나에 대해 궁금한 것이 있으시오? 우리는 오늘 처음 만나지 않았소?"

"병자년 식년시에 응시하셨다 들었습니다."

"그랬었지요."

"약배(若輩)**에게는 경험이 재산이니 차회에는 반드시 좋은 성과가 있을 것입니다."

"고맙소……."

양처의 조언, 훌륭한 말씀이었다. 하지만 주고받는 말 한마디 한마디가 모래알처럼 서걱거렸다. 조금 나이 어린 어머니, 약간 부드러운 아버지를 만난 듯한 기분이었다. 그녀는 서로에 대해 자그마한 무언가도 묻지 않았다. 모두 다 알아서가 아

* 부부가 죽어 한 무덤에 묻힘. 또는 그 무덤
** 젊고 경험이 적은 사람

니라 아무것도 궁금하지 않아서일 터였다.

혼인은 위로 조상을 받들고 아래로 후사를 잇기 위해 하는 일이었다. 내외음양의 화합은 적장자인 아들을 낳기 위한 것이었다. 명문가의 귀공녀로 반듯이 자란 신부는 원앙금침에 누운 순간에도 반듯했다. 두려워 떨지도 않았고 교태를 부리는 일도 물론 없었다. 그조차 여사(女師)와 가내댁들로부터 들어 배운 바일 터였다.

면추한 얼굴에 비해 육덕이 좋았으나 좀처럼 숨결이 더워지지 않았다. 주고받은 말만큼이나 몸의 부대낌은 건조했다. 그럼에도 서로는 홀린 듯 낯선 여인의 품을 파고들었다. 육욕은 차라리 순정했다. 하지만 그 순간 서로를 강렬한 힘으로 빨아들인 것은 법도와 범절과 의식이었다. 벗어날 수 없는 위선과 기만의 유혹에 굴복한 채, 서로는 깊숙이 파정했다.

─녹주야……!

쾌락의 탄성, 환희의 신음 대신 엉뚱한 이름이 터져 나왔다. 비록 입 밖으로 나오지 않은 소리였으나 서로는 사나운 죄악감에 휩싸인 채 나동그라졌다. 잊었다고 스스로를 속여 넘길 수 있을 줄 알았다. 인연이 다했기에 포기하며 체념할 수 있을 줄 알았다. 하지만 그 모두가 자신이 지은 거짓의 농간이었다.

파는 몸을 사서 안을 때는 미처 몰랐다. 일말의 마음을 꺼

묻지 않았기에 누구에게라도 미안할 일이 없었다. 책임지지 않는 욕망은 뻔뻔스러웠다. 하지만 혼인의 예를 치른다는 것은 유다른 일이었다. 이제야 남의 것인 양 함부로 져버린 삶이 복수를 해왔다. 돌이킬 수 없는 올무로 조여왔다.

죄는 간단했다. 그는 다른 어느 여인도 사랑할 수 없었다. 죄는 명료했다. 그의 마음속에는 꼭 한 사람에게 맞춤한 작은 방밖에 없었다. 하지만 인정하고 자복하지 못한 죄는 스스로 살아 꿈틀거리며 몸피를 불렸다. 더 두렵고 끔찍한 것은, 어디까지 죄를 지어야 할지 알 수 없다는 것이었다.

마군의 속삭임

산골짜기로 흐르던 물이 선바위에 부딪혀 담소에 고였다. 소용돌이치던 못은 벽바위 돌비알로 떨어져 폭포가 되었다. 우르릉 꽝꽝 우레 같은 굉음이 요란했다. 물기둥이 우뚝 서고 물안개가 자욱했다. 사방을 둘러싼 층암절벽이 우쭐우쭐 환호했다. 물줄기는 살아 있는 듯 빙빙 돌다가, 솟구쳐 날아올랐다가, 거꾸로 쏟아져 내렸다. 놀랍고도 기이한 풍광이었다.

골짜기가 험한 만큼 폭포는 장대했다. 헤아릴 수 없는 자연의 신비 앞에서 사람들은 전설을 떠올렸다. 폭포 밑 못 속에 용녀(龍女)가 산다. 호박 주춧돌을 딛고 백옥 층계를 올라 산

호기둥 난간에 기대어 황금기와를 바라본다. 포도주 천일주를 앵무배 가득 부어 마시고 연꽃 같은 미희들의 춤사위에 취해 있다. 매일이 향기롭고 화려한 축제로 이어지니, 용녀는 오늘을 어제이거나 내일처럼 거듭해 산다……

때때로 폭포에 스스로 몸을 던지는 사람들이 나타났다. 똑같이 물에 빠져 죽어도 이생이 고단한 겁보는 접시 물에 빠져 죽을지언정 감히 폭포로 뛰어들지 못한다. 금강초 불로불사약을 마실 궁리에 들뜬 몽상가들만이 초대장도 없이 용녀의 수궁을 방문하려 한다. 실로 용궁을 찾아 용녀를 만났는지는 알 수 없지만, 어쩌다 하류의 개천에서 건져낸 익사체의 표정은 불사약이 수북이 쌓인 유리상을 받은 듯 기묘하게 황홀하다 하였다.

— 불탐즉불사(不貪則不死)*라 했거늘, 헛된 욕심으로 아까운 목숨을 잃는구나! 영원한 삶을 탐내는 것조차 죽어 마땅한 욕심이니, 한낱 머리 검은 짐승이 아무것도 탐내지 않기란 얼마나 어려운 일인가……?

수경심으로 살아낸 지 일곱 해, 동안의 사미니는 어느덧 홍안의 비구니가 되었다. 낯설기만 하던 법식이 몸에 익었다. 검박한 생활이 편편해졌다. 절 살림 두량에도 이골이 났다. 수좌

* 탐내지 않으면 죽지 않음. 『법구경』 제2장 방일품의 1절

스님 운공의 괴팍한 기행에마저 응연 익숙해졌다. 더 이상 놀라고 두렵고 괴로울 일이 없었다.

산중의 시간은 폭포수가 아니라 공중(空中)물*이었다. 암자에 드는 순간 속세로부터의 절연이 지극히 당연했다. 세상의 변화는 반복되는 일상에 의미를 잃었다. 세상을 떠도는 분노는 절해고도(絶海孤島)** 같은 암자에서 메아리보다 공허했다. 고인 물도 밟으면 솟구친다지만, 심심산속의 이 빠진 주발은 실수로라도 밟는 이가 없었다. 하루하루는 느리게 갔지만 일곱 해는 촌음처럼 지났다. 꽃이 몇 번 피었다 지고, 눈 위에 노루 발자국 몇 개가 찍혔다 녹아버리곤 그만이었다.

하지만 마음에 고인 물은 그대로 썩어갔다. 흐를 수 없는 번민은 제자리에서 맴돌았다. 잠시잠깐 잊히는 듯했으나 물때의 켜에 가린 것뿐이었다. 수경심의 허울을 쓴 녹주는 희부연 물보라를 망연히 바라보았다. 용녀를 만나고픈 바람이 있는 건 아니었다. 영원한 삶 따위를 꿈꾸는 것은 더더욱 아니었다. 하지만 무서운 기세로 떨어지는 폭포수에 넋을 놓고 있노라면 절로 몸이 움찔거렸다. 허욕에 받친 물귀신이 발목을 낚아채려 흥건히 젖은 손을 뻗었다. 포악한 비웃음을 으르렁으르렁

* 밖에 내어놓은 그릇 따위에 비가 와서 고인 물
** 육지에서 아주 멀리 떨어져 있는 외딴섬

날리며 달려들었다.

—먹물 옷에 중머리를 했다고 무욕한 척 하려느냐? 네 마음에 들끓는 탐심을 내가 모를 줄 아느냐?

이대로 못이기는 체 끌려가면 모든 게 끝날 테다. 설령 하나의 악업을 지우기 위해 더 큰 악업을 지을지라도, 순간의 고통에 사로잡힌 이에게 영원한 끝은 매혹이었다.

"죽으면 해결될 것 같으냐? 그러면 죽어라!"

그때 등 뒤에서 칼칼한 일갈이 들려왔다.

"사업(死業)*도 아무 때 아무에게나 주어지는 게 아니다. 죽는 것이 업보라면 살아남은 것도 업보요, 죽어 업이 소멸될 수 있다면 살아 업을 감당할 방도 또한 있을진대, 대체 어디로 도망치려 하느냐?"

평소의 게슴츠레한 눈매와 달리 호랑이 같은 눈을 번쩍이며 운공이 호령했다.

"그럼 살라는 말씀입니까, 죽으라는 말씀입니까?"

다리가 풀려 주저앉으니 가슴을 찢는 울음이 터졌다.

"도망칠 곳조차 없다면 어디로 가야 한단 말입니까?"

꽝꽝 내리꽂히는 폭포와 펄펄 흐르는 물소리가 있어주어 다

---

* 전세의 업보로서 죽는 일. 또는 죽을 업보

176

행이었다. 절규도 통곡도 거대한 소리에 묻혔다. 굉음 속에 세
상이 고요하였다. 울음도 웃음도 하나로 지워졌다. 포말 속에
천지간이 적막하였다.

"청화당 노마님 댁에 초상이 났구나."

운공이 웅얼대는 말을 들었을 때 녹주는 자기 귀를 의심하였다.

"반자지명(半子之名)*이 적멸하니, 극락에서 장모와 사위가
상봉을 하시겠구면. 나무 관세음보살!"

"아저씨께서 돌아가셨단 말입니까?"

엉겁결에 외마디 비명이 터져 나왔다.

"아저씨라니? 누구를 가리키는 말이냐?"

고개를 돌린 운공의 눈길이 흐리멍덩했다. 그 눈을 보노라
니 조금 전에 들은 말은 주정질의 허튼소리인 듯도 하였다.

"한양으로 이거하신 배주의 조부사 어른 말씀입니다."

"그이를 네가 아느냐?"

"한때 그분의 처마 아래서 군밥을 얻어먹었습니다."

옛일이 울컥하니 되살아나 목소리가 떨렸다.

"바깥일이 총망하시어 자주 뵙지는 못했지만, 소녀를 불쌍

* 아들이나 다름없이 여긴다는 뜻으로, 사위를 이르는 말

히 여겨 많은 은덕을 베풀어주셨습니다."

"그래? 그처럼 자비심이 남달랐다면 응당 부처님이 헤아리시리라."

운공이 수긍이 가는 듯 고개를 끄덕였다. 그렇게 한참을 주억거리다 말고, 대뜸 생소리를 볼쏙하였다.

"그런데, 너는 누구냐?"

"네……?"

"그리도 놀라며 슬퍼하는 너는 대체 누구냐?"

"……."

"왜 대답하지 못하느냐? 네가 구족계를 받고 출속한 비구니 수경심이냐, 부모를 잃고 두려움에 바들바들 떨고 있는 꼬마 계집아이냐?"

운공의 말이 비수가 되어 가슴골에 꽂혔다. 수경심일 수도 녹주일 수도 없는 혼돈한 넋이 출렁 흔들렸다.

"하긴, 수경심의 계랍(戒臘)*이나 계집아이의 나이나 같은 일곱 살이니 철없기로는 매한가지라. 헷갈릴 만하다!"

운공은 혼잣말하듯 중얼거리며 껄껄 웃었다. 하지만 여전히 녹주일 수밖에 없음을 자복한 수경심은 부끄러움과 괴로움에

* 비구나 비구니가 계(戒)를 받은 때부터 세는 나이

차마 따라 웃지 못했다.

"산을 내려가 장례에 참석하고 싶으냐?"

"아, 아닙니다."

"그건 세속의 인연을 끊은 수경심의 말이렷다? 그럼 일곱 살짜리 계집애는 뭐라 하는지 보자. 혈혈단신 천애고아를 거둬준 은인의 마지막 길에 인사를 바치고 싶으냐?"

"……할 수 있다면 그리하고 싶습니다."

"네가 둘이니 답도 둘이구나. 그나마 일곱 살이라 솔직하여 다행이다."

운공은 죄라도 지은 듯 고개를 떨어뜨린 비구니를 한동안 말없이 바라보았다. 그동안 더러운 빨래를 안겨주고 돌밭의 김을 매게 했다. 그리하여 손은 거칠어지고 얼굴은 그을었다. 하지만 숱한 노역에도 보드랍고 뽀얀 마음의 속살은 끝내 훼손되지 않았다. 천진하여 무서웠다. 정직하여 위험했다. 외곬이라 더욱 안타까웠다.

"가보아라!"

"네?"

"본사의 원주(院主)*가 병중인 주지 스님을 대신해 한양에

* 사찰의 사무와 살림살이를 주재하는 승려

조문을 간다더라. 그 발행에 한 자리를 비워놓으라고 말을 넣어 두었다. 서둘러 길채비를 하여라.”

“스님······!”

난마로 얽힌 가슴을 꿰뚫어보는 운공의 공력이 두려웠다. 파계승, 무참괴승, 땡중이라 불리는 그의 취한 눈은 대관절 무엇을 보고 있는 것일까?

꼬박 일곱 해 만에 얼음길을 밟아 세간으로 나아갔다. 그 사이 세상은 굽이치다 못해 격랑에 뒤집혀 흐르고 있었다. 스스로 왕이 되었던 젊은 장군은 아들에 의해 쫓겨났다. 많은 자식들 중 그를 가장 많이 닮은 아들이었다. 힘을 숭배하는 자들이 아는 것은 오로지 빼앗거나 빼앗기는 것뿐이었다. 아들은 아비에게 배운 바에 지극히 충실했다.

한양은 개성과 견줄 수 없는 큰물이었다. 물비린내와 피비린내가 섞여 훅훅했다. 매끈매끈한 도시에는 악취와 생기가 기묘하게 뒤엉켜 있었다. 질서정연한 거리에는 교활한 친절과 당당한 의심이 넘실댔다. 새 왕도에서 새 삶을 일구는 사람들의 눈에는 긴장과 공포가 번들거렸다. 바야흐로 새 시대가 시작된 것이었다.

“유마 거사와 같은 실천행을 하셨던 어르신의 열반에 삼가 조의를 표합니다. 부디 극락왕생하시길 부처님 전에 발원합니다.”

원주 스님의 한 걸음 뒷전에서 합장하며 머리를 조아렸다. 파르라니 깎은 뒤통수가 뜨끈했다. 서서히 고개를 들자 그가 신은 미투리가 보였다. 그가 짚은 오동나무 지팡이가 보였다. 머리끝부터 발끝까지 굴건제복(屈巾祭服)을 갖춘 상주가 화등잔 같은 눈을 뜨고 바라보고 있었다. 그의 눈동자도 한양의 거리에서 만난 사람들의 그것처럼 빛나고 있었다. 이대로 밀려날 수 없다는 긴장과 자칫하면 밀려날지도 모른다는 공포. 슬픔 대신 견고한 경계로 가득 찬 눈이었다. 그는 어느덧 새 나라의 충실한 신민이 되어 있었다.

서로도 훗날까지 그때를 문뜩문뜩 기억해 냈다. 그보다 낯설고 기묘한 순간은 전으로도 후로도 없었기 때문이다. 슬펐다. 기뻤다. 화났다. 설레었다. 두려웠다. 정수리로 차가운 물벼락을 맞는 듯했다. 뜨거운 불구덩이에 알몸으로 뛰어든 것 같았다. 배신감과 죄책감이 동시에 밀려들었다. 어느 하나가 아니면서 그 모두였다. 무서운 혼돈이었다.

"사문들께서 멀리까지 어려운 걸음을 해주시니 은덕이 무극합니다. 망부(亡父)께서도 흔열하게 여기실 것입니다."

상주의 예로 공손히 머리를 낮추었다. 고개를 들자 그녀가 신은 검은 승혜가 보였다. 장삼 위에 드리운 가사와 목에 걸린 백팔 염주가 보였다. 그 모두가 너무 크고 무거워 보이도록 깡

마른 비구니가 퀭한 눈으로 망연히 그를 바라보고 있었다. 그녀의 눈동자는 사냥을 나갔다 발견한 동굴 속의 새끼 고라니의 그것 같았다. 난생처음 본 낯선 짐승에 저 또한 놀라, 경계와 호기심으로 반짝이는 눈이었다. 그녀는 어느새 사람보다 멧짐승이 친숙한 산중의 수행자가 되어 있었다. 쓰라렸다. 거친 베옷에 든 몸뿐 아니라 마음까지도 서걱거렸다.

열네 살의 그들은 몰랐다. 스무 살에 이런 곳에서 이런 모습으로 다시 만나리라고는 꿈조차 꾸어본 적이 없었다. 상주와 비구니로 대면해 어떤 재회의 감상을 나눠야 할지 알 수 없었다. 그래서 그들은 당황했다. 너무 당황해 지극히 냉정하게 보였다. 차분히 조문을 했다. 정중히 답례를 했다. 격식과 의례에 일호의 어긋남이 없었다. 다만 몸도 맘도 아닌 아주 깊은 곳이 아팠다. 후비는 듯 교묘히 아팠다. 그리하여 짧은 순간 선명하게 깨달았다. 그것이 어리고 어설픈 풋사랑만은 아니었음을. 지울 수 없는 얼룩, 새기듯 찍힌 낙인임을.

"네가…… 여기 웬일이냐?"

그때 돌연한 소리가 등 뒤에서 들려왔다. 계집아이를 비구니로 만든 장본인, 이씨 부인의 목소리는 여전히 까랑까랑했다.

"아, 아주머니……!"

하지만 모습은 목소리만큼 세월을 속이지 못했다. 고개를 빳빳이 세우고 눈을 흘근번쩍거리던 안방마님 대신 굽은 어깨에 머리가 희끗희끗한 노파가 눈앞에 서 있었다. 이씨는 한양으로 천도하던 해 서로의 띠동갑 동생인 서강을 낳은 데 이어 이태 전 막내 서안을 낳았다. 조반은 이순을 눈앞에 두고도 영원히 살 듯 강강했다. 그러나 아무리 철인이라도 달음질쳐오는 저승말을 막아 세울 수는 없었다. 갑작스레 남편을 잃고 어린 자식들을 조랑조랑 매단 이씨 부인은 슬픔보다 두려움으로 늙었다. 삼종지도(三從之道)를 내세우지 않아도, 이제 이씨 부인의 의지처는 맏아들 서로뿐이었다. 이씨는 아들의 눈치를 보며 빠르게 속삭였다.

"문상을 마쳤으면 안방으로 건너오너라. 비록 상중이나마 멀리서 온 손님에게 다담대접이라도 해야 하지 않겠는가?"

탈속한 사문을 옛날의 어린 계집아이 취급하는 것이 켕겼다. 그래도 어른의 부름이니 따를 수밖에 없었다. 돌이키기엔 너무 오랜 시간이 흘렀다. 미움도 사랑도 사라졌다고 믿었다. 어색하나마 화해의 몸짓이리라 여겼다. 마음에 맺힌 분한과 설움이 그렇게 풀리는가 하였다. 하지만, 사람의 천성이란 대문으로 쫓아내면 창문으로 기어들어오는 것이라 했던가.

"이 아이가 서로의 아들이다."

차와 과자가 나오기 전에 한 여인이 방 안에 들어왔다. 여인의 모습은 사람들이 흔히 머릿속에 그리는 요조숙녀 현모양처 그대로였다. 그녀의 품에는 고물거리는 갓난아기가 안겨 있었다. 이씨 부인은 과거의 일을 헤집어 해묵은 감정을 들춰낼 작정이 없었다. 단지 녹주가 사라진 세상에서 서로가 어떻게 살고 있는지를 확인시켰다. 한낱 감정의 유희에 다름 아닌 사랑이 터럭 하나 건드릴 수 없는 견고한 현실을.

"인사 올려라. 이 스님은 원희 아범이 어렸을 때 잠시 한집에 살았던 분이다. 지금은 개성 성거산에서 수행 정진하고 계시다."

이씨 부인의 소개에 여인이 눈을 내리깐 채 가만히 머리를 숙였다.

—저 여인이 서로의 각시라고? 저 얼뚱아기가 서로가 혼인해 낳은 아이라고?

질투나 분심 대신 허탈한 웃음이 새어 나왔다. 이씨 부인은 늙숙해지는 대신 교활해졌다. 일말의 헛된 기대조차 뿌리 뽑으려 잔인한 대못을 쾅쾅 박았다. 미움도 사랑도 떠나야 집착이 사라진다 했거늘, 그 집요한 미움이 시간에 묻혀 썩어가던 과거마저 되살렸다.

"녹주야!"

결국 그 이름을 떨치지 못했다. 세상에서 처음으로 그 이름을 불러준 목소리가 발길을 막았다. 여전히 미움과 사랑에 꺼둘리는, 녹주는 수경심이 될 수 없었다.

어떻게 빈소를 빠져나왔는지 알 수 없었다. 잠시 측간에 간다는 구린 핑계라도 대었을 테다. 동행한 원주가 배불(排佛)의 분위기를 탐지하기 위해 한양에 남는 바람에 홀로 돌아가게 된 것을 어찌 알았는지 몰랐다. 경황없는 상중에도 마음 한 자락은 외곳으로 이끌리고 있었을 테다. 어쨌거나 상주가 할 행동이 아니었다. 누가 알기라도 하면 큰 흠결이 되다 못해 패륜을 문책당할 만한 일이었다. 위험을 무릅쓴 무모함이 수경심의 장삼 자락을 붙잡았다. 차마 뿌리치지 못해 멈추어 섰다.

"녹주야! 나를 미워해라. 마음껏 원망해라!"

말하지 않아도 같은 한때를 기억하고 있었다. 일곱 해 전 인사도 없이 헤어졌던 그때의 원망과 상심, 절망과 고통이 고스란했다. 서로는 삭발위승의 뒤통수를 향해 용서를 빌었다.

녹주는 발걸음을 멈추었으나, 수경심은 고개를 돌리지 않았다. 어서 이 지독한 악인연으로부터 도망치라고 수경심이 밤길을 재촉했다. 어쩌면 마지막일지도 모르니 한 번만 고개를 돌려보라고 녹주가 졸라댔다.

"그렇지만…… 아주 잊지는 말아다오. 내가 기억하는 백의 하나 만큼이라도, 날 아주 지워버리지만 말아다오!"

천 근의 추처럼 무거운 발을 간신히 떼었다. 돌아보지 말고 내처 가라는 수경심이 이긴 것이 아니었다. 고개를 돌리는 순간 달걀을 쌓아올린 듯 위태로운 그리움이 풀썩 무너져 내릴까 봐, 녹주가 입술을 깨물며 용을 쓴 것이었다. 하지만 그때까지도 그녀는 무엇이 자신을 움직이는지 까맣게 몰랐다. 오직 모르기만 하였다.

"여전히 슬프더냐? 그런 너는 대체 누구냐?"

운공이 짓무른 눈을 슴벅거리는 비구니에게 물었다.

"누가 폭포 속으로 뛰어들라 하더냐? 그러면 모든 게 끝이라고 꼬드기더냐?"

"……녹주입니다."

"그래, 결국 녹주가 수경심을 이겼구나."

"아닙니다. 꼭 그런 것은 아닙니다. 잠시 무서운 생각을 했던 건 사실이지만, 맹귀우목(盲龜遇木)*으로 사람이 되어 태어난 이상 어찌 스스로 업을 짓겠습니까? 오늘부터 참회의 삼천 배를 바치겠습니다. 암송하여 삼백사십팔 비구니계를 다시금 새기겠습니다."

* 눈먼 거북이 우연히 뜬 나무를 붙잡았다는 뜻으로, 어려운 형편에 우연히 행운을 얻게 됨을 이르는 말

운공의 말이 질책인 줄만 알고 머리를 조아렸다. 하지만 운공의 얼굴에는 화난 빛이 전혀 없었다.

"삼천 배와 암송 따윈 필요 없다. 무릎과 목만 아플 뿐이다. 절하고 경을 외워 씻어낼 죄라면 일곱 해가 부족지 않았을 것이다."

운공이 흐린 눈을 허공에 던졌다.

"눈이 오려나 보다. 구름이 무겁구나."

그로부터 운공의 이야기가 시작되었다. 일곱 해 만에 처음 듣는 낯선 목소리였다. 취기가 깨끗이 가신 그것은 울림이 깊은 미성이었다.

"한때 참된 깨달음을 구하며 해탈도를 따라 좇던 젊은 승려가 있었지……."

비구는 출가 후 삼 년 동안 묵언수행하고 다시 삼 년을 면벽참선했다. 오직 진리만을 추구했던 그는 물질인 육신을 싫어했고 물질에 대한 일체의 욕망을 경계했다. 다만 크게 이루리라 했다. 깨달음의 위대한 승리자가 되리라 했다. 젊은 수행자의 용맹정진에 대화상(大和尙)*은 기뻐하며 기대했고 불자들은 경외하며 우러렀다. 비구는 젊은 날을 온통 불살랐다. 화

* 새로이 입문한 승려의 스승이 되는 큰스님

택(火宅)*을 견디기 위해 스스로 불타 재가 되고자 했다. 그처럼 뜨겁고 바싹했던 시절의 일이었다.

꼭 이맘때였다. 잔걸음으로 지칫지칫 지나던 가을이 일순 멈추었다. 수북이 쌓인 낙엽과 겨울을 채비하던 숨탄것의 숨결마저 낮아졌다. 그런 일이 있으리라곤 예감하지 못했다. 비구는 죽은 남편의 불공을 드리러 찾아온 청상과부에게 한눈에 반해버렸다. 그럴 수도 있다는 걸 상상조차 못했다. 무애(无涯)**의 세계에 들기를 한결같이 염원하던 비구가 욕망에 붙들려 쩔쩔매었다. 물기 없는 삭정이였기에 불땀이 셀 수밖에 없었다. 눈이 끓고 콧김이 지피고 목구멍에서 불덩이가 토해지는 듯했다. 그동안 단호히 물리쳐온 애욕과 정념이 살갗 밑에서 자글자글 끓었다.

놀란 비구는 허둥지둥 기도했다. 무릎에 피멍이 들도록 절하고 목이 쉬도록 경을 외웠다.

"너는 어떠하냐? 괴로움에서 벗어나고자 열심히 기도해 보았더냐?"

운공이 지그시 감았던 눈을 잠시 뜨고 물었다. 젖은 눈을 마주하니 목이 메었다.

* 불타고 있는 집. 불교에서 번뇌와 고통이 가득한 이 세상을 이르는 말
** 막히거나 거치는 것이 없음

“해보았습니다.”

“해보니 어떠하더냐? 기도가 과연 마군(魔軍)*을 쫓아낼 만하더냐?”

“신심이 부족하여, 마군을 물리칠 수 없었습니다.”

신심이라면 남부럽잖던 비구는 기도할수록 거세지는 마군의 속삭임에 갱신 못했다. 악마는 녹을 듯 부드러운 속살을 가지고 있었다. 악마의 몸내는 농익은 꽃향기처럼 진했다. 물리치고자 할수록 들러붙었다. 믿음에 의지할수록 육신은 가파르게 기울어갔다.

백일기도가 끝나던 밤, 비구는 끝내 여인의 방에 몰래 스며들었다. 청상은 젊은 비구의 뜨거운 눈길을 낌새채고 있었다. 그녀는 반항 없이 그를 맞았다. 허겁지겁 옷고름을 풀었다. 우두둑 옷솔기가 뜯어지는 소리가 났다. 마군이 승리의 깃발을 올리고 우우우 말달려왔다. 그런데 어찌 된 일이었을까? 급하게 저고리를 벗기다 불쑥 헐벗은 한쪽 어깨가 드러났을 때, 비구의 손길이 갑자기 멈추었다. 부끄러움인지 체념인지 잠자코 웅크려 있던 여인이 문득 고개를 들고 쳐다보았다. 눈과 눈이 마주쳤다. 여인의 눈에는 의구심과 불안이 깃들어 있었다. 그

* 석가모니의 득도를 방해한 악마의 군사. 불도를 방해하는 온갖 악한 일을 비유적으로 이르는 말

리고 비구의 눈에는, 분노와 혐오가 있었다. 여인은 그것을 보았다. 비구는 그것을 눈치 채고 절망하는 여인을 보았다. 비구는 불현듯 방을 박차고 뛰쳐나갔다. 여인은 그를 잡을 수 없었다. 소리쳐 부를 수도 없었다.

"스님은 결국 이기셨군요. 신심으로 마군의 유혹을 물리치지 않으셨습니까?"

"정녕 그러하다고 생각하느냐?"

그때 결단했어야 했다. 애당초 옷을 벗기려 하지 말았거나, 아예 옷을 벗겨버렸어야 마땅했다. 그때 선택했어야 했다. 성(聖)이나 속(俗)이냐, 떠날 것인가 머물 것인가. 결단하고 선택하지 못했기에 옴짝달싹못하게 되었다. 벗길 수도 벗기지 않을 수도, 입을 수도 벗을 수도 없는 번민의 덫에 완전히 사로잡혔다.

기이한 인연을 맺은 청상과부의 사정은 더 나빴다. 영문을 모르는 채로 말문이 막힌 여인은 치욕을 견디지 못해 우물에 몸을 던져 죽었다.

"나는 이미 십악(十惡)의 으뜸인 살생을 저질렀다. 영원히 여인의 입을 막았다. 그런데도 나를 승리자라 하겠느냐?"

살이 사라지면서 삶이 사라졌다. 살아가지 못하고 다만 살아냈다. 여인이 자진하고 추문이 퍼지면서 비구는 산문에서 쫓겨났다. 광인의 몰골로 걸식하며 정처 없이 유랑했다. 하지만 알머리가 봉두난발이 되고 먹장삼이 누더기가 되어도 끝내 속인으로 돌아갈 수 없었다. 장래가 촉망되는 젊은 승려로 지닐 때의 공염불보다 더 뜨겁고 애탄 신심이 솟구쳤다. 그때 개성의 시전거리에서 청화당을 만났다. 청화당은 작은 암자를 조사하고 운공에게 돌아가기를 청했다.

"그때 네 할머님이 내게 딱 하나를 물으시더구나."

─지금 스님의 손안에는 무엇이 있습니까?

운공이 바르쥐었던 주먹을 폈다. 그곳에 마지막으로 그러쥐고 끝내 놓지 못한 옷고름 하나가 들어 있었다. 그 옷고름을 풀 것인가 다시 묶을 것인가, 그것이 운공의 화두가 되었다. 계율의 허울과, 욕망하지 않을 것을 욕망하는 도저한 욕망을 끊는 비검이 되었다.

"떠나라!"

"스님……!"

그때 문 밖에서 며칠 동안 산속을 헤매다 돌아온 동자승이 소란을 피우는 소리가 들렸다. 그새 아이에서 소년으로 자라난 동자승은 부쩍 산중 생활을 견디지 못해 몸부림하는 터였다.

"아무리 발광해도 저것은 오갈 데 없는 중 팔자다. 방황하는 만큼 단련되어 큰스님 소리를 듣게 될 것이다. 하지만 너는,

수경심이 될 수 없다."

수경심이 눈물을 흘렸다. 흐린 물거울에 비친 세상이 일렁였다.

"마군의 속삭임을 듣지 않으려 귀를 틀어막지 마라. 그것이 네 마음의 소리다."

녹주가 하염없이 눈물을 흘렸다. 머무를 수 없다는 걸 알고 있었다. 하지만 떠난다 해도 갈 곳이 없었다. 운공처럼 살 수도, 살지 않을 수도 없었다.

"네 운명이 이곳에 있지 않다면 언제고 새로운 인연이 시작되리라. 그것이 선연일지 악연일지는 모르겠지만……."

그런 녹주의 마음을 들여다본 듯 운공이 알쏭달쏭한 한마디를 던졌다. 그리고 방문을 벌컥 열어젖히고는 벽력같이 소리쳤다.

"네 이놈! 어린 중놈이 어디를 빨빨거리다 기어들어와서 포악질이냐? 얼른 가서 묻어둔 곡차나 받아오지 못할까?"

"에이, 스님은 또 그 타령이십니까? 소승만 보면 저절로 곡차가 궁금하십니까?"

"그렇다, 이놈아! 너만 보면 목이 탄다. 한잔하면서 산중의 운수납자 말씀이나 들어야겠다!"

돼지 잠에 개꿈을 꾸고 깨어난 듯 모든 것이 고스란했다. 운공은 몽롱한 눈으로 막소리를 하고 동자승은 도끼눈을 뜨고 소용없이 뻗대었다. 다만 그 사이로 눈꽃이 송이송이 날리기 시작했다. 검은 하늘이 흰 빛으로 내리고 있었다.

인연과
기연(奇緣)

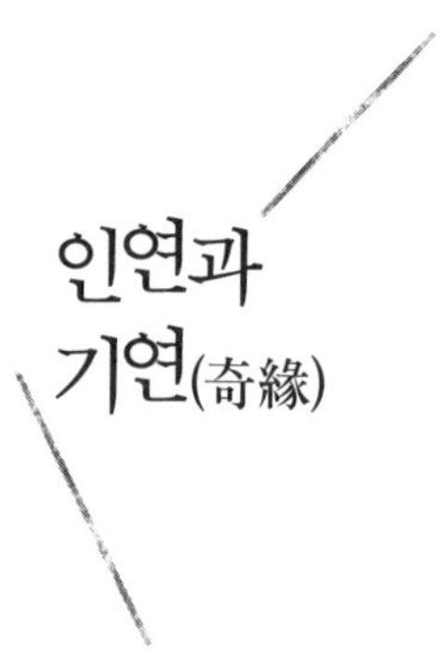

두 밤 세 날 꼬박 내린 눈이 그치고 모처럼의 청천이 펼쳐진 아침, 운공이 입적했다. 여느 때처럼 데운 술 한 대접을 단숨에 마신 뒤였다. 비스듬히 벽에 기대어 좌탈(坐脫)*한 그의 모습은 까무룩 여윈잠에 빠진 듯만 하였다.

"안주는 필요 없다."

검버섯이 돋은 손에 들린 술잔 하나가 유품이고, 농 같은 한마디가 유언이었다. 실로 찾아올 조문객도 얼마 없었지만 폭설

---

* 좌선하는 자세로 앉아서 입적을 맞이함

로 산길이 끊겨 다비식의 참례자는 암자 식구들이 전부였다.

"스님은 참 복도 많으세요. 한겨울엔 곁불도 감지덕진데, 불 한가운데 계시니 얼마나 따뜻하시겠어요?"

늠름한 비구가 된 동자승이 청청한 염불을 하다가 문득 중얼거렸다. 정갈하게 삭발한 그의 머리와 맑은 눈이 파르께했다. 운공의 예언대로 동자승은 잘 자랐다. 방황한 만큼 단단해지고 번뇌한 만큼 웅숭깊어져, 가히 운공의 빈자리를 대신할 만했다. 운공이 지어준 그의 법명은 혜심(慧心), 가히 있는 것과 없는 것의 경계를 넘어서는 지혜로운 마음이자 도(道)의 근원이었다.

돌연히 닥친 일임에도 침착하게 다비식을 준비하는 혜심은 슬픈 듯 보였다. 기쁜 듯도 보였다. 아무런 마음이 생겨나지 않는 듯해 보였다. 평생을 풀 수 없는 옷고름의 화두에 붙매여 자학하듯 기행(奇行)을 거듭하던 운공과 가장 적절한 방식으로 이별하고 있었다.

"사숙(師叔)*도 작별의 말씀을 고하시지요. 곧 있으면 우리 스님은 호통도 못 치고 구시렁대지도 않는 한 줌의 재가 되십니다."

* 스님의 형제 되는 승려

혜심은 아직도 그녀를 사숙이라 불렀다. 더 이상 수경심을 짓시늉할 수 없어 녹주로 돌아온 지 어언 십 년이었다. 머리카락은 맹렬하게 자라나 운발(雲髮)*을 이루었지만 아직 먹옷은 벗지 못했다. 운공은 떠나라 하였으나 기다리는 이도 갈 곳도 없었다. 녹주를 다른 곳으로 이끌어갈 새로운 인연은 종내 나타나지 않은 채, 그렇게 맥없이 세월이 흘렀다.

"스님……!"

불더미 앞에 주저앉은 채 녹주는 말을 잇지 못했다. 운공은 이제 자유로워졌을까? 삶을 비끄러매고 목을 죄던 옷고름을 풀고 무량하고 무애한 그곳으로 갔을까? 환속하여 속인으로 돌아오고도 여전히 마음의 소리에 흔연히 몸을 맡길 수 없어, 녹주는 속울음을 삼켰다.

살이 사라졌다. 뼈를 뒤집었다. 잿더미를 뒤적였다. 뼈를 부수었다. 사랑과 미움과 욕망과 속박이 모두 가려진 은세계 속으로 뼛가루가 흩어졌다.

한번 뒤집으니 허망한 몸뚱이가 마음대로 구르며 찬바람을 일으킨다.

* 구름 같은 머리. 숱이 많은 탐스러운 머리

취해도 얻지 못하고 버려도 얻지 못하니 이것이 무엇인가!

혜심의 법문을 따라 환속한 중과 꼽추 어미와 벙어리 아들이 들리는, 혹은 들리지 않는 진언을 외었다.

옴 바자나 사다모,
옴 바자나 사다모,
옴 바자나 사다모……!

사리 따윈 찾지 않았고 신비도 없었다. 소리 내어 우는 사람이나 안타까운 몸부림도 없었다. 다만 투명한 침묵과 차가운 산바람이 있었다. 그것들이 운공의 마지막 흔적을 지상에 흩뿌려 영원히 지웠다.

"반야야! 반야야!"
나뭇가지에 돋기 시작한 연둣빛 새순들이 돌연한 외침에 쫑긋했다.
"반야야! 어디 있니? 저녁 공양 바칠 시간이다!"
덤불 속에 숨었던 솔새들이 놀라 포르릉 날아올랐다. 그 참에 새순과 솔새를 닮은 계집아이가 불쑥 수풀에서 기어 나왔다. 도도록한 뺨이 달아올라 붉었다. 활짝 펼친 미소가 싱그럽고 달음질하는 몸짓이 가벼웠다.

"보살님, 저 여기 있어요!"

"거기서 혼자 뭐하고 있었어? 할머니가 걱정하신다. 어머니 아버지도 기다리시고."

"솔새 둥지를 찾고 있었어요."

"둥지를 찾아서 무엇하려고? 에구머니, 혹시 새알을 탐내는 게 아니냐?"

"아니에요. 할머니께서 부처님을 따르는 사람은 그런 작패를 하면 안 된다고 하셨어요. 그냥 솔새가 어디에 사는지 궁금해서요. 이리로 나와서 이리로 들어가니까 둥지도 분명 여기 있겠지요?"

여섯 살짜리 반야는 남달리 영민하고 의젓했다. 운공이 입적한 뒤 썰렁했던 암자에 생기와 온기를 불어넣은 아이였다.

인연은 신비하였다. 꼽추 어머니의 벙어리 아들은 장거리에서 구걸하던 앉은뱅이를 새 식구로 데려왔다. 무거운 혹을 등에 진 시어미와 말을 하지 못하는 남편과 무릎걸음을 치는 며느리가 같이한 모습을 보노라면 세상의 모든 불행이 한데 모인 듯하였다. 하지만 시어미는 손이 여물었다. 남편은 바지런했다. 며느리는 재바르고 눈치가 빨랐다. 그들은 한 치의 모자

람도 없이 암자의 조촐한 살림을 척척 꾸려나갔다. 악괄한 떠버리들이 말하는 병신들의 집합소인 땡추절이 실로 아미타불의 칠보정토였다.

"사숙! 대관절 불행은 어디에 있답디까?"

혜심이 뒤뚱거리고 더듬대고 비척대는 그들을 바라보며 말했다.

"한때 내가 세상에서 가장 불행하다고 생각한 적이 있었지요. 부모도 모르는 채 버려져 원치도 않는 동자승이 되어 산중에 갇혀 사는 일이 끔찍하게 비참했지요. 그래서 아버지와 다름없는 운공 스님을 괴롭히려고 끝없이 쏠라닥질을 했답니다. 가지 말라는 데를 가고 먹지 말라는 것을 먹고 하지 말라는 일만 골라서 했지요. 그런데 언젠가 도망쳐 나가 며칠을 동굴에 숨어 지내다 돌아온 날, 스님이 저를 불러 그러시더군요."

운공이 말했다.

"불행을 경쟁하지 마라!"

한창 배알티*로 발광하던 혜심에게 그 말은 호된 죽비 같았다. 말을 못할망정 어미가 있는 벙어리보다 고아인 제 신세가 더 불행하다고 생각했다. 같은 빡빡머리일지라도 부모의 은애

* 반항하는 마음. 반항심

를 기억하는 수경심보다 제가 더 불행하다고 믿었다. 파계승 소리를 들을망정 스스로 좋아 중질을 하는 운공보다 제가 훨씬 불행하다고 투덜댔다. 그렇게 남의 불행과 자기의 불행을 끊임없이 저울질했다.

"불행을 경쟁하노라면, 너도 모르게 이기고 싶어질 것이다. 설령 그 승리의 조건이 더 큰 불행일지라도."

아아…… 녹주는 혜심이 전한 운공의 말을 들으며 나지막이 신음했다. 그녀 역시 불행의 경쟁으로부터 자유롭지 않았다. 경쟁하다보니 저절로 이기고 싶었나 보다. 세상의 모든 불행을 모아놓은 듯한 불목하니 가족을 보면서, 녹주는 그들이 자신보다 더 불행하다는 사실에 안도했다. 때로는 그들보다 자신이 더 불행하다 싶어 상심했다. 사랑하고 사랑받지 못하기 때문이었다. 사랑을 잃고 사랑 없이 살아가기 때문이었다.

"스님이 말씀하셨지요. 남의 작은 불행, 너보다 못한 불행을 연민하라고. 그제야 비로소 나만이 알고 나만이 느끼는, 세상에서 가장 큰 불행을 견딜 수가 있답니다."

누구에게나 명명백백하게 보이는 불행을 짊어지고도 자기들이 세상에서 가장 불행하다고 주장하지 않았기에, 꼽추와 벙어리와 앉은뱅이 가족은 선물을 받았다. 그 선물이 바로 반야, 꼿꼿한 등과 튼튼한 다리와 고운 목소리를 가진 아이였다. 하지만 만약에 그 아이가 등이 굽고 다리가 고부라지고 듣거나 말하지 못했을지라도, 그들은 변함없이 아이를 사랑했을 것이다.

"보살님! 피리 불어주세요. 피리 소리가 듣고 싶어요!"

반야는 한시도 쉬지 않고 뛰놀았다. 산과 들을 놀이터로 삼아 끊임없이 새로운 놀이를 만들어냈다. 잡사에 바쁜 할머니와 어머니 아버지를 대신해 주로 반야의 놀이 상대가 되어주는 사람은 녹주였다. 반야는 다정하고 살뜰한 녹주를 좋아했다. 녹주는 할머니 대신 반야를 업어주었다. 아버지 대신 노래를 불러주고, 어머니 대신 함께 달음질했다. 총명하고 조숙한 반야는 할머니와 아버지와 어머니가 업고 노래하고 달리지 못한다는 사실을 이해했다. 더불어 반야가 조금의 결핍감도 갖지 않고 자랄 수 있었던 데는 그들을 대신한 녹주의 보살핌이 있었다.

하지만 녹주는 반야에게 준 것보다 훨씬 더 많은 것을 돌려받았다. 아이를 부르노라면 목소리가 절로 높아졌다. 아이를 어르노라니 몸짓이 커졌다. 찌그러지는 얼굴과 짜부라지는 세상을 편평히 하기 위해, 아이가 왔다. 녹주는 반야를 통해 잊어버린 어린 시절을 다시금 살았다.

"여기, 어제 만든 피리를 간직해 두었어요!"

반야가 까치발을 하고 시렁에 놓아두었던 풀피리를 찾았다.

하지만 피리를 가져오는 반야의 얼굴이 곧 울음이라도 터뜨릴 듯 구겨져 있었다.

"보살님, 어떡하죠? 그런데 피리가 시들어버렸어요. 피리가 시들었으니 소리도 시들어버렸겠지요?"

말라버린 풀피리를 들고 울상을 짓는 어린 시인이 너무도 사랑옵아, 녹주는 반야를 와락 끌어안았다.

"소리는 시들지 않는단다. 세상에는 아무리 시간이 지나도 시들 수 없는 게 있지……."

콩닥거리는 아이의 심장이 녹주의 밍근한 가슴을 흔들었다. 평온은 다만 체념의 다른 이름, 망각과 비겁의 속임수에 불과할는지도 모른다.

"새 풀잎을 따오렴."

품 안의 작은 새가 포르릉 빠져나갔다. 빈틈없이 충만하다 믿었던 가슴이 일순 허구렁이 되었다.

"이 풀은 시들지 않았어요. 이걸로 소리를 다시 데려와주세요!"

하지만 반야의 손에 쥐뜯겨온 것은 산중의 습지에 무리지어 돋은 박새 새순이었다.

"이건 안 돼. 박새 풀에는 무서운 독이 있어서 먹으면 뱃병에 걸린단다."

"그럼 피리를 만들 수 없나요? 독풀로 피리를 만들면 소리에도 독이 있나요?”

“독풀로도 피리를 만들 수는 있지. 하지만 잘못하면 피리를 불다가 독을 마셔서 정신을 잃을 수도 있단다.”

“아, 보살님! 그래서 피리 소리가 아름다운 거죠? 시들지도 않고 독도 없으니, 어제 듣고 오늘 또 듣고 싶은 거죠?”

세상 모든 곳에 순서가 있다. 봄꽃이 피는 순서, 봄의 순서[春序]는 매화에서 앵두로, 앵두에서 살구로, 살구에서 복숭아로 이어진다. 천진하게 눈을 빛내는 반야의 머리 위로 일찍 꽃을 피운 뒤 잎을 돋우는 복숭아나무가 있었다. 그 이파리 하나를 가만히 따서 물었다. 쌉쌀한 풀내가 입속 가득 번졌다.

삘리리!

빗질 자국이 선명한 암자 앞마당에 햇발이 넘실댔다.

삘리리삘리리!

다사한 바람에 반야의 자분치가 나팔댔다. 방싯대는 아이의 숨결에서 이미 져버린 복숭아꽃내음, 이내 맺힐 복숭아 향기가 났다. 믿을 수 없는 그 아름다움 때문에, 녹주는 다시 코끝이 찡했다.

“이제 피리 만드는 법을 확실히 알았어요. 다음번엔 제가 만든 피리를 불어주세요!”

반야가 소맷자락을 잡고 졸랐다.

─내가 피리 만들어줄까?

그때 말없이 고개를 저었던 게 미안해, 녹주는 반야를 향해 크게 머리를 주억거렸다.

"어젯밤 꿈에서도 피리 소리를 들었어요. 보살님이 제 꿈속에 찾아오셨던 거죠?"

─내 꿈엔 언제나 네가 나오는데, 넌 내 꿈을 안 꾼단 말이냐?

돌이킴만으로 붉게 달아오른 뺨을 들킬세라, 녹주는 황급히 고개를 떨어뜨렸다.

"보살님, 오래오래 우리랑 같이 살아요. 보살님이 내 하나뿐인 동무예요!"

─내게는…… 너뿐이다!

추억은 가시를 품은 꽃과 같았다. 숨 막히도록 향기로우면서 찌르듯 아팠다.

─안 된다. 우린, 헤어질 수 없다. 안 된다. 우린, 헤어질 수 없다……!

하지만 꿈은 현실이 아니었다. 추억은 과거에 붙매여 옴짝달싹하지 못했다. 피리를 문 입술이 바르르 떨렸다.

"왜 멈추세요? 보살님, 어디 아프세요?"

"아니야. 괜찮아. 갑자기 좀 어지러워서 그래."

"그러니까 공양을 많이 드셔야 해요. 할머니도 맨날 걱정하시잖아요? 보살님 얼굴이 하얘요. 낮달처럼 하얘요."

"그래, 명심하마. 앞으론 할머니랑 반야랑 걱정하지 않도록 바지런히 공양할게."

그렇게 꾸역꾸역 먹은 밥으로 열다섯 해가 무연히 흘렀다. 팽팽했던 젊음과 강강했던 원기도 무너졌다. 그럼에도 마음만은 쉽사리 흐너지지 않았다. 그 마음이 다만 한 덩어리였다면 걷어내어 치워버릴 수 있었을 게다. 하지만 알알샅샅이 흩어져 스민 기억은 아무리 쓸고 닦아도 사라지지 않았다. 조금만 흔들려도 보풀이 일고 먼지가 날렸다. 스스로 몸피를 불리며 우쭉우쭉 자라났다.

그리움은 원망이 되었다. 열망은 회한이 되었다. 그리하여 할 수 있었던, 할 수밖에 없었던 최선은 그 모두를 침묵 속에 가둬버리는 것뿐이었다. 토해낼 수 없는 깊디깊은 괴로움과 슬픔을 숨기려 입을 다물고 마음을 가뒀다. 침묵은 교활하고 단호했다. 하지만 속절없는 세월을 보내기에 가장 적합한 수단이었다.

조선의 척불 정책은 태조가 승하하고 정안대군 방원이 왕위

에 오르면서 본격화되었다. 상전벽해에 화옥산구(華屋山丘)*
가 따로 없었다. 무수한 사찰이 없어졌다. 승려들은 강제로 환
속되었다. 노비의 수는 대폭 줄어들었다. 사원전은 나라에 몰
수되었다. 승려 수백이 신문고를 치며 항의했으나 소용없었다.
마침내 도첩제를 강화해 승과(僧科)에 합격한 경우가 아니라
면 출가할 길을 막아버렸다.

　절이 싫지 않아도 중들은 떠나야 했다. 나라의 금령이 엄격
했으려니와 당장에 목구멍이 포도청이었기 때문이다. 슬금슬
금 불공과 시주가 줄었다. 장례와 삼재풀이에 승려를 부르는
일도 사라졌다. 살터를 잃은 중들은 꽹과리를 치며 걸립을 하
는 거지나 다름없는 신세가 되거나 거칠기로 소문이 자자한
수군에 입영했다. 종내는 갈 곳을 잃고 할 일을 찾지 못한 승
려가 거사가 되고 계집종이 사당이 되어, 거사가 사당을 업고
다니며 몸을 팔아 밥을 먹는 참상마저 빚어졌다.

　"언젠가 운공 스님께서 말씀하셨지요. 옛 나라가 무너져갈
무렵 백련사의 고승 운묵(雲默)이 권력에 결탁해 거드럭대던
불가를 향해 곧 말법(末法)**의 시대가 오리라고 경고했지만,
아무도 귀 기울이지 않고 미친 중놈 취급만 했더라고요. 호의

* 화려했던 집이 산과 구릉으로 변하다.
** 불교의 역사관에서, 불법이 쇠퇴하고 세상이 어지러워지는 시기

호식하다 못해 에테하기까지 했던 빡빡머리 야랑(冶郞)*들에게는 선견자가 광인으로 보일 수밖에요. 그런 지경에 운공 스님은 파계승이니 땡중이니 온갖 손가락질을 당하면서도 옷고름 하나를 꼭 움켜쥐고 버티셨지요. 위선을 부리기보다 위악을 과장하며 그저 곡차 한 대접만큼의 업을 지으셨지요……."

숭유(崇儒)의 기치를 들고 척불의 기세를 드높이는 세태에 소위 명찰(名刹)이요 이른바 대가람이라던 절들이 맥없이 무너졌다. 대사(大師)니 종사(宗師)니 부풀었던 이름도 시르죽었다.

"걱정입니다. 그토록 큰 사찰들도 한순간에 인왕문을 닫는데 우리 같은 작은 암자가 버텨낼 수 있겠습니까?"

근심어린 속내를 내비친 녹주 앞에 혜심은 엉뚱한 수수께끼를 내놓았다.

"사숙! 이 문제를 한 번 풀어보십시오. 가난뱅이와 부자 중에서, 누가 더 가난을 무서워하겠습니까?"

"아무래도 가난에 질리고 물린 가난뱅이가 가난을 무서워하지 않겠습니까?"

"과연 그럴까요? 그렇다면 노비보다 권력가가 몰락을 두려워하는 까닭은 무엇입니까? 부자는 포만감을 알고 권력가는

* 주색잡기에 빠진 사람

권세를 압니다. 가난뱅이는 굶주림을 알고 노비는 굴욕에 익
숙합니다. 그런데 가난뱅이와 노비는 포만감과 권세를 부러워
하지만, 부자와 권력가는 굶주림과 굴욕을 두려워합니다. 경
험하지 못한 일에 대한 상상이 공포를 부풀려 한 끼만 못 먹
어도 굶어죽고 단 한 번의 모욕에도 견디지 못합니다.”

혜심이 천진하고도 잔인한 얼굴로 씩 웃었다.

“거품은 꺼지고 허상은 사라졌습니다. 이제 다 같은 절이요
중일뿐입니다. 변한 것도, 변할 것도 없습니다.”

믿음도 유행을 탔다. 유학자들이 불교의 혹세무민을 맹비난
하자 돈독한 신심을 자랑하던 이들이 앞다투어 등을 돌렸다.
하지만 현세의 불편은 끝내 내세의 불안을 이기지 못했다. 남
의 눈에 띄기 쉬운 큰 사찰 대신 산중의 작은 암자를 찾는 신
도들이 늘어났다. 억압당한 믿음은 더욱 은밀해졌다. 금지된
기도는 한층 간절해졌다. 위험한 도박의 판돈이 커지듯, 전에
없던 큰 시주가 늘었다. 얼굴 없는 공양주들은 마음의 위로와
함께 비밀을 원했다. 그를 동시에 만족시키는 혜심의 수완이
놀라웠다. 그는 시절의 격동과 파란 속에 표류하는 사람들의
마음을 헤아렸고, 운공이 그러했듯 허허실실로 세상을 속이
는 법을 알고 있었다.

녹주와 불목하니 가족은 졸지에 바빠졌다. 몰래 불공을 드

리러 온 신도들을 이바지하는 일도 분주하려니와, 시시때때
로 찾아드는 떠돌이 승려들을 공양하기에 눈코 뜰 새가 없었
다. 암자는 도리와 명분을 강조하는 세상에 마음 붙이지 못하
는 쓸쓸한 영혼들의 도피처였다. 집도 절도 없는 운수납자 아
닌 운수납자들의 피난처였다. 혜심은 그들 모두를 인연이라
불렀다. 하지만 온종일 공양간에 갇혀 지내는 녹주는 미처 눈
치 채지 못하고 있었다. 떠나왔다 떠나가는 수많은 인연들 속
에서 자신을 향해 기이한 인연이 다가오고 있음을.

꿈결에 들었나 하였다. 애절한 새 울음소리가 귓전에 아른
거렸다. 숨죽여 흐느끼듯 가만한 그것이 산중의 적막을 흔들
었다. 새가 날아간 자리에 비 맞은 꽃송이가 후드득 떨어졌
다. 결 고운 비단이 찢기는 소리에 마음의 솔기마저 타졌다. 격
(格)과 법(法)으로 휘갑쳐두었던 슬픔이 꾸역꾸역 밀려나왔다.

번쩍, 이귀산은 눈을 떴다. 노독에 때아닌 낮잠에 빠졌었나
보다. 짧은 순간 깊게도 잤다. 꿈속에서 흘린 눈물에 목침이
젖고, 황망중의 손사랫짓에 동곳이 빠져 산발이었다.

"낡은 가죽 주머니를 끌고 원행(遠行)에 산행을 했더니 노망
기까지 뵈는구나……."

망건을 고쳐 쓰고 의관을 정제하는 이귀산의 얼굴이 허허

로웠다. 열다섯에 틀어 올려 사십 년을 넘게 만져온 두발이지만 남의 것인 양 낯설었다. 손재주가 투미한 이귀산은 번번이 푸상투를 매기 일쑤였다. 그러면서도 항시 두루미처럼 정갈하고 때깔이 좋다는 평판을 들었다. 정애 어린 지청구와 함께 매무새를 회매히 고쳐주는 사람이 곁에 있었기 때문이었다.

―에구머니나! 머리 모양새가 그게 뭐랍니까? 제대로 솖지 않고 마구잡이로 틀어 올리니 볼품없는 주먹상투가 나올 수밖에요.

―내 손은 조막손이라 어쩔 수 없소. 임자가 좀 해주시오!

―이리 가까이 와보세요.

―옳지, 이렇게?

―아이, 이렇게 바싹 붙어서야 어떻게 머리를 만져 드려요? 저리로 좀 떨어져 앉으세요. 남의 눈에라도 띄면 어쩌려고 이러십니까?

―흥, 그럼 할 수 없지. 우리도 이제부터 부부유별 해봅시다!

―정말 이러시기예요? 고개를 숙이셔야 상투를 틀지요.

―남편은 하늘이요 아내는 땅이라 했거늘, 하늘이 어찌 땅에게 고개를 숙이오?

―하지만 이렇게 고개를 꼿꼿이 세우고 계시면 제가 상투를 틀어드릴 도리가 없지 않습니까?

—어라, 임자는 꼿꼿해야 더 좋은 게 아니었소? 내가 지금 까지 잘못 알고 있었나?

—이 양반이 정말……. 제발 목소리 좀 낮추세요. 누가 들을 까 겁납니다.

—아니, 늙은 서방과 마누라가 오순도순 상투를 세우는데 누가 흉을 잡는단 말이오?

껄껄껄, 이귀산의 웃음소리가 높아질수록 김씨 부인의 낯빛 이 붉어졌다. 초례상에서 처음 만났을 때에도 오래전부터 알 았던 사이처럼 친숙했다. 삼십여 년 동안 한 이불 속에 자고도 첫날밤처럼 바스댔다. 부잣집 막내아들로 자란 이귀산은 어리 광이 유난했다. 가법이 엄한 고령 김씨가의 맏딸로 자란 부인 은 점잖고 듬쑥했다. 그들의 금슬은 젊은 날부터 늘그막까지 한결같이 유별나 부인네들에겐 부럼 섞인 시샘을, 남정들에겐 의심 어린 핀잔을 종종 받았다. 그런데…….

"은동곳, 산호 동곳을 꽂아보아도 임자가 틀어준 상투처럼 맵시롭지 않구려. 이제 누가 늙은이의 소소백발을 그리 정성 스레 빗겨주겠소?"

김씨 부인이 세상을 떠난 지 여섯 달이 지났다. 생일상에 오 른 저육구이를 먹고 체하여 사흘을 앓은 뒤끝이었다. 비명에 당한 횡사에 모두가 놀라고 당황했다. 하지만 세상의 모든 놀라움과 당황스러움을 합쳐도 이귀산의 그것에는 미치지 못할 터였다. 장례를 치르는 동안 이귀산은 마치 넋이 나간 사람 같았다. 먹지도 않고 말도 못하고 좀처럼 잠을 이루지 못했다. 이러다가는 줄초상을 치를세라 먹고 자기를 권한 자식들은 난생처음 아비에게서 상욕을 들었다. 장례가 끝난 뒤에는 내처 미친증을 의심케 하는 일들이 이어졌다. 저 육구이를 요리한 찬모를 내쫓다 못해 고기를 끊어 판 푸줏간에 불을 지르려 했다. 말리던 아들은 얼빰을 얻어맞았고 며느리는 발길질을 당했다.

"아무래도 아버님이……."

며느리가 먼저 서방의 눈치를 보며 입을 옴쭉거렸다.

"아무리 그래도 아버님이……."

처음엔 역정을 내던 아들도 점차 진력이 나는지 고개를 갸웃대기 시작했다.

그대로 집에 머물러 있다가는 고스란히 망령 든 노인네가 될 판국이었다. 이귀산은 허둥지둥 도피를 채비했다. 실로 황망함에서 빚어진 실행(失行)에 가장 부끄럽고 괴로운 것은 이귀산 자신이었다.

"잠시 산천을 유람하며 마음을 가다듬고 돌아오겠으니, 번잡스레 소식을 구하지 마라!"

때마침 이귀산은 임금이 동쪽으로 순행하였을 때 도내 고을에 호피(虎皮)와 납촉(蠟燭)*을 내게 한 일이 문제되어 탄핵을 당한 터였다. 요직에 있는 자들이 뇌물을 원하니 범법임을 알면서도 무리하게 행하였으나, 임금은 선왕(先王)과의 인연을 감안해 사임의 뜻을 받아들이는 것으로 사건을 정리했다. 그러한 난리 와중에 처의 상을 당하니, 병조와 형조의 아우성도 이윽고 잦아들었다.

그런데 막상 떠나려니 갈 곳이 막막했다. 전라도와 경상도를 거쳐 강원도 관찰사로 봉직한지라 연고가 있는 데로는 갈 수 없었고 가기도 싫었다. 그때 문득 떠오른 곳이 바로 김씨 부인이 생전에 재물을 연보하던 개성의 암자였다. 불심이 깊은 김씨는 수수한 성정에 걸맞게 부유하고 유명한 대가람보다는 말사(末寺)**나 암자를 지원하기를 즐겨하였다.

"어쩌면 마음 씀씀이 하나하나가 그리도 고왔을꼬? 이러한 지경에 내 비록 나라의 녹을 받아먹던 신하이자 유자(儒者)이지만, 어찌 망처를 수복(修福)***하는 일을 꺼릴 수 있겠는가?"

김씨 부인이 말사와 암자를 지원한 것은 겸손한 덕성에서

* 밀랍으로 만든 초
** 본사(本寺)의 관리를 받는 작은 절. 또는 본사에서 갈라져 나온 절
*** 죽은 사람의 명복을 빌어 불공을 드림

비롯된 일인지 모르지만, 아무튼 척불의 목소리가 앙앙한 시절에 불공을 드리러 나선 이귀산의 부담을 덜어주었다. 본디 상사가 나면 크게 불사를 벌이는 것이 예부터 전해온 풍습이었다. 빈소에서 법문을 펴며 한바탕 법석을 할 수는 없어도 조촐히 재를 올리는 것쯤은 흠이 아닐 테다. 아들도 그런 계산이 있었기에 나귀바리에 상품의 곡식과 포목을 넉넉히 얹어 실어주었을 것이다.

어쨌거나 여행은 고단하지만 뜻있었다. 이귀산은 자신이 왜 미쳐가고 있는지, 구종 별배를 뜨르르 거느린 가마 속에서가 아니라 말구종 하나 달랑 앞세운 나귀 등에서 깨달았다. 부인을 잃은 슬픔은 컸다. 사랑한 만큼 컸다. 영원을 믿은 만큼 컸다. 하지만 무릇 사람들은 슬픔 그 자체로 미치지 않는다. 슬픔은 가슴을 갈가리 찢고 영혼을 너덜너덜하게 헤집지만, 그것이 터져 나와 흘러넘치는 순간 독성은 사라진다.

그러나 이귀산의 슬픔은 가슴골 깊숙이 갇혀 있었다. 비틀거리며 헤쳐온 먼짓길에서 티끌이 들어간 눈을 비비다가, 문득 자신이 여섯 달 동안 단 한 번도 눈물을 흘리지 않았다는 사실을 깨달았다. 이전에도 눈물 흘렸던 일이 언제인가 아득하였다. 슬픔을 몰라 울지 않았던 것이 슬픔을 알고도 울지 못하게 했다. 불행을 모르고 살아온 평생이 말로에 이르러 어이없는 복수를 하고 있었다.

"미안하오. 미안하오……."

그런데 꿈결에 들은 새 울음소리와 꽃 지는 소리에, 마침내 이귀산은 울고 말았다. 누구에겐가 무어랄 것도 없이 사과를 하며 기어이 꾸역꾸역 슬픔을 밀어내었다. 이제야 비로소 영이별이 실감났다. 아무리 부정하고 분노해도 돌이킬 수 없는 일이었다. 죽음의 먹먹함과 막막함조차 살아 있기에 느끼는 사치였다. 삶과 죽음의 간극은 그토록 바특하고도 깊디깊었다.

늦은 오후의 햇살이 새들새들 마루 끝으로 기어올랐다. 눈물로 씻긴 세상이 말갰다. 갑작스럽게 배가 고팠다. 아주 오랜만에 느낀 허기였다.

"저녁 공양은 언제쯤인고……?"

탕건은커녕 망건조차 두르지 않은 채 방문을 열었다. 간들, 봄바람 한 줄기가 이귀산의 머리를 파고들어 갈퀴질했다. 이귀산은 들었다. 꿈결에 그를 울렸던 소리가 복숭아나무 그늘에서 번져 나오고 있었다. 이귀산은 보았다. 흐느끼는 새 한 마리, 떨어지는 꽃 한 송이, 그토록 그림자만으로 괜스레 찡한 한 여인을. 기이한 인연의 시작이었다.

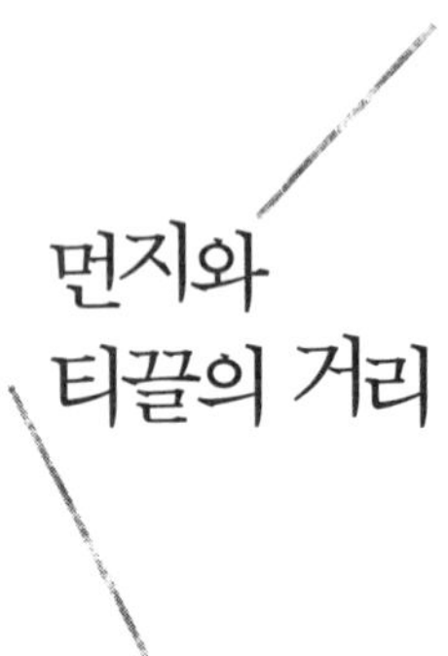

먼지와 티끌의 거리

모두가 우연이라 불러도 당자가 필연으로 믿는다면 그 인연은 쉽게 끊을 수 없는 법이다. 죽은 부인의 수복을 위해 암자를 찾았던 이귀산은 녹주에게 한눈에 반했다. 막힌 눈물샘이 뚫림과 동시에 숨통까지 터진 듯했다. 이귀산은 기쁨을 감추지 못하고 녹주의 은혜를 과장해 치하했다.

"망처(亡妻)의 혼령이 나를 심심산중까지 이끈 까닭을 알았소. 보살이 아니었다면 어찌 다시 기운을 차리고 일어날 수 있었겠소? 그 피리 소리가 나를 살렸소. 모두가 보살의 은덕과 부처님의 축복이리오!"

말만 휘황한 것이 아니라 보시도 후했다. 운공이 본래 눈에
보이는 것을 중히 여기지 않았던지라 풍우에 시달린 암자는
기둥이 썩고 기와가 무너져 있었다. 하지만 숱한 사찰이 중수
는커녕 맥없이 헐려 나가는 지경에 차마 암자를 보수할 엄두
조차 낼 수 없었다. 그런데 이귀산이 암자를 수리하는 비용으
로 큰돈을 내놓았다. 게다가 시비 구설에 오를세라 개성부 유
후(留後)에게 비밀한 서간을 보내 곡비하기까지 하였다.

"후의는 감사하오나 행여 처사님의 입장이 곤란해지실까 저
어됩니다."

혜심의 조심스런 사양에도 이귀산은 호기롭게 응대했다.

"애초에 몰랐다면 할 수 없으나 어찌 알면서 모르는 체 할
수 있겠습니까?"

이귀산은 예정보다 열흘 더 암자에 머물다 갔다. 그동안 이
귀산은 예불을 한 번도 거르지 않고 공양도 한 번 건너뛰지
않았다. 반백 년이 넘도록 한 번도 보인 적이 없던 바지런이었
다. 같이 자라 같이 늙은 시종이 주인을 낯설어할 정도였다.
하지만 이귀산의 행동이 순수한 불심에서 비롯된 것만은 아
니라는 것을 녹주가 가장 먼저 느꼈다. 예불을 드리고 공양을
할 때마다 달라붙는 눈길에 뒤통수가 뜨끔거렸다.

나머지 시간에 이귀산은 반야와 함께 있었다. 반야와 함께

녹주의 피리 소리를 조르고, 반야와 함께 우물질하는 녹주 곁을 서성대고, 반야와 함께 나물하는 녹주를 좇았다. 반야와 같이 웃고 투정부리고 뛰어놀았다. 그 모습이 영락없는 할아버지와 손녀이니 타박하거나 흉볼 수도 없었다. 그러는 사이에 이귀산은 전보다 훨씬 혈색이 좋아지고 온몸에 생기가 돌았다. 이귀산의 봄은 아닌 때 아닌 곳에서 돌아오고 있었다.

올바람은 잡아도 늦바람은 못 잡으니, 그것이야말로 초가집 지붕마루에 얹은 용마름을 벗길 듯 매섭다고 했다. 이귀산은 하산한 지 한 달 만에 다시 암자를 찾았다. 그동안 수리해 산뜻해진 암자는 둘러보는 둥 마는 둥 하더니, 그는 곧장 녹주 앞에 보따리를 풀어놓았다.

"이게 무엇입니까?"

"보면 모르시겠소? 보살이 입을 옷이오."

"제가 왜 이걸 입어야 합니까?"

"나와 함께 한양에 가려면 먹옷은 갈아입어야 할 게 아니오?"

"한양에…… 어르신과 함께……요?"

"그렇소. 이게 보살의, 아니 당신의 첫날옷이오."

너무 당황해 말문이 막힌 녹주 앞에 이귀산이 펼쳐놓은 것은 홍치마에 유록 저고리였다. 세상의 모든 빛깔을 부정하는 잿빛 옷에 갇혀 살았던 몸과 마음이 움찔할 정도로, 최고급 비단으로 지은 그것은 산뜻하고 자르르했다.

"뜻밖의 말씀에 무어라 답해야 좋을지 모르겠습니다. 하지만……."

하지만, 거절의 말 또한 궁했다. 녹주는 퍼뜩 운공과 주고받았던 인연에 대한 문답을 떠올렸다. 운공은 녹주의 운명이 산중의 암자에 있지 않다고 했다. 언젠가는 새로운 인연을 따라 떠나리라 했다. 결국 그 인연의 붉은 실 한 끝을 이귀산이 쥐고 있었던 걸까? 갑자기 울컥하니 까닭 모를 설움이 치밀었다.

"늙은이의 분수에 넘치는 욕심이라 생각해도 할 수 없소. 당신과 내 나이 차가 존시간(尊侍間)*을 넘어서니, 나 또한 부끄럽고 미안하기 한량없소. 그럼에도 나는 감히 당신에게 망년(忘年)**하기를 호소하오. 얼마일지 알 수 없는 남은 시간을 당신과 동고동락할 수 있다면 찰나일지라도 영겁과 같을 것이오."

정열은 늙지 않는다. 청혼하는 이귀산의 모습은 누구의 눈에도 이순을 목전에 둔 노인처럼 뵈지 않을 터였다. 진정한 사

---

* 나이가 많은 사람과 나이가 적은 사람과의 사이. 주로 20세 정도의 차이가 있을 때를 말함
** 나이의 차이를 잊음

랑을 갈구하는 사내는 언제나 청춘이었다. 녹주는 짐짓 감동하였으나 여전히 의구심을 누르지 못한 채 물었다.

"그렇지만 어르신께서는 저를 얼마나 알고 계십니까? 어린 나이에 출가했다 환속하기까지 어떤 내력이 있는지 모르시지 않습니까?"

"삼생연분(三生緣分)*은 세상의 모든 경계와 벽견을 뛰어넘으니, 당신의 과거는 내게 아무런 문젯거리가 아니오. 궁금하지 않고, 알아도 달라질 게 없소."

이귀산의 단호한 태도에 녹주는 물론 혜심도 곤혹스러워했다. 혜심은 이귀산의 나이보다 녹주가 맞닥뜨려야 할 세속의 이치를 더 걱정했다.

"운공 스님이 내게 아버지 같았다면 사숙은 내게 누이 같은 분입니다. 나는 사숙과 같은 혈혈단신 천애고아로 거죽에 드러나지 않는 심장의 공허를 절절히 이해합니다. 나는 부처와 불법과 승가에 귀의해 진여평등(眞如平等)을 향한 기쁜 길을 가고 있지만, 사숙의 길은 이곳에 있지 아니합니다. 그러니 기쁘게 보내드려야지요. 허나 사숙은 세법을 따르기에 지나치게 여리고도 지극히 강하니, 휘기보다 꺾일까 봐 두려울 뿐

* 삼생을 두고 끊어지지 않을 깊은 인연. 부부간의 인연

입니다.”

혜심은 녹주의 외로움을 알았다. 녹주의 그것은 아무러한 신앙과 수행으로도 채울 수 없는, 인간의 것이었다. 오직 사람의 온기와 숨결만이 뼛속 깊이 박힌 외로움의 얼음을 녹일 수 있을 터였다.

마침내 마음의 결정을 내리고 이귀산이 지어온 홍치마에 유록 저고리를 입었을 때, 녹주는 자신을 괴롭혀온 목마름증의 정체를 깨달았다. 붉은 치마를 걸치자 피돌기가 빨라졌다. 초록 저고리를 꿰어 입자 팔다리가 애채인 양 기운차졌다. 녹주가 느꼈던 끈질긴 갈증은 먹옷에 갇힐 수 없는 붉고 푸르고 오색영롱한 세상에 대한 것이었다. 먹옷을 들썼을 때 체념하는 듯 침착하고 온순했던 표정이 채복을 입는 순간 엄숙하고 오연해졌다. 출산의 경험 없이 중년에 막 들어선 여인의 눈빛은 사그라지는 열정에 대한 초조감으로 깊고 뜨거웠다.

“아, 보살님! 정말 보살님 맞으세요? 하늘에서 선녀가 내려온 것 같아요!”

암자에는 거울이 없었다. 반야가 놀라 터뜨린 탄성이 아직 사라지지 않은 아름다움을 비추었다. 허허, 이귀산이 벌어진 입을 다물지 못하고 웃었다. 그의 눈동자 속에 새롭게 피어난

꽃이 보였다. 포르릉, 조롱을 벗어나 하늘로 날아오르는 새가
보였다.

이귀산이 마련해 놓은 녹주의 처소는 장식과 가구를 새로
이 단장한 내실이었다.

"어찌 이러실 수가 있습니까? 그 방은 여섯 달 전만 해도 어
머님이 머무르시던 곳입니다. 삼상(三喪) 후 재취야 무리한 법
도라 치더라도, 붉은 뫼가 푸르러지기도 전에 어찌 이러실 수
있단 말입니까?"

이귀산의 장남인 이속의 아내 단양 이씨가 이지러진 얼굴
로 분통을 터뜨렸다.

"언지무익(言之無益)*이니 앙천자실(仰天自失)**이오!"

이씨 부인이 차마 드러내지 못한 속내를 대신 발설하자 이
속은 재빨리 맞장구쳤다.

새것을 보고 욕지기가 난 건 처음이었다. 이속은 귀골로 태
어나 귀공자로 자라나며 우아한 오만을 피부처럼 덧입은 인물
이었다. 그보다 나으면 나았지 빠지는 데 없는 명문 출신의 부
인 이씨도 마찬가지였다. 그들 부부는 죽은 어머니의 낡은 기

* 말해 보아야 소용이 없음
** 하도 기가 막혀 하늘을 쳐다보며 멍하니 있음

물들이 돈으로 살 수 없는 품격을 집요하게 주장하고 있었음을 뒤늦게 깨달았다. 사람들이 골동품에 대해 가지는 선망이란 흘러간 시간에 대한 이러한 독점욕이었다. 게다가 낡은 품격을 대체한 새 기물들은 턱없이 호사스러웠다. 구두쇠는 아니었으나 검박한 생활을 고수하던 아버지가 벌인 일이라고는 믿기지 않았다. 아들은 배신감을 느꼈고 며느리는 불안감에 덧붙여 돈이 아까웠다.

— 어디서 근본도 알 수 없는 인사를……!

출신에 대한 혐오와 함께 의심이 솟구쳤다.

— 이러다 혹 회임이라도 하면……?

금슬 좋은 것도 물림이요 내력이라, 이귀산과 김씨 부인이 그랬던 것처럼 이속과 이씨 부인도 척하면 착이었다. 그들은 일심동체로 떨리는 눈빛을 주고받았다.

이귀산은 몸이 약한 김씨 부인이 산후더침으로 고생하자 단호히 아들 하나 딸 하나로 자식욕을 접었다. 하지만 알 수 없는 일이었다. 안방에 새로 들어앉은 계처의 나이는 이속보다도 예닐곱은 어려 보였다. 이속은 이제 막 사십 줄에 들어선 터였다. 늙어 사랑은 꺼풀사랑이라지만 여자 쪽이 젊고 건강하니 고목나무에 꽃이 피지 말라는 법이 없었다.

"형님께서는 뭐라 하십니까?"

"누님이야 냉가슴을 앓는대도 출가외인이니 어쩔 도리 있겠소? 시가 어른들께 뵐 낯이 없다고 통악해 하시더이다."

"소문은 잘된 일보다 못된 것이 빠르다더니, 성중에 벌써 숙덕공론이 짜한 모양입니다."

"처가에도 면구스럽기 이를 데 없소. 여태껏 소실은커녕 화초기생에게도 눈길 한 번 준 적 없던 분이니 구저분한 서출 소동 따윈 남의 집 일이라 조소하였소. 그런데 그토록 점잖고 조쌀했던 양반이 뒤늦게 웬 노추란 말이오?"

하지만 자식들이 아무리 울울불락해도 이귀산은 희색이 만면하였다. 그는 다시 맞은 봄을 찬란히 즐겼다. 녹주의 전전긍긍에 아랑곳없이 상하 권솔에게 안방마님 대접을 엄히 명하고, 스스로 새파란 계처에게 말을 낮추지 않았다. 젊은 부인이 앞일을 불안해할까 봐 체련에도 열심이었고, 도회지에서 녹주가 답답해할세라 자주 원족 행차를 꾸몄다. 녹주가 기침 한 번 콩 하면 소문난 의원을 찾아 보내고, 조석 침식을 직접 챙기며 젓가락 한 번 더 간 반찬은 기억했다가 다시 올리도록 하였다. 그 모두가 죽은 김씨 부인을 보살필 때와 같았고 때때로 그보다 더했다.

"장옷 쓰고 엿을 먹는다더니, 곱살스런 얼굴을 하고서 뒷길로 꿍꿍이수라도 쓰는 모양입니다. 어쩌면 체중하던 아버님께서 저리 경망스럽게 구신단 말입니까?"

이씨 부인의 말이 점차로 거칠어졌다. 시아버지의 채신없는 모습을 볼 때마다 이씨는 배알이 뒤틀리고 홍두깨가 치밀었다. 죽은 시어머니의 귀신이라도 씌인 듯 질투가 나기도 하고, 신방처럼 원앙금침을 차려놓은 꼴을 보면 낯이 후끈 달아올랐다. 기실 이속과 부인은 몇 해 전부터 임석(衽席)*을 파한 터였다. 워낙에 고지식한 이속은 젊은 날부터도 보정(保精)**에 철저하였고, 이씨 부인 역시 친정 모친의 가르침대로 귀숙일(貴宿日)***이 아니면 안채를 기웃거리지 않는 남편을 당연시하였다. 그러니 겉으로 아무리 예의를 차려도 내심으론 혐오의 감정을 제어하기 어려웠다.

"어쨌거나 아버님이 흔열해하시는 일이니 자식 된 도리로 막을 수 있겠소? 이러다 변사가 생기지 않기만을 바라는 수밖에……."

이속이 말하는 변사, 괴이한 일이란 결국 녹주의 회임이었다. 문벌과 적통을 끔찍이 중요하게 여기는 이속은 근본도 알

* 부부가 동침하는 잠자리
** 절도 있는 몸가짐의 성생활을 강조하는 생리철학
*** 씨내리는 날. 이날 합방하면 1년 중 귀하게 될 남아를 임신할 가능성이 가장 크다고 믿었다.

수 없는 아우에게 같은 성씨를 물려주고 싶지 않았다.

"무슨 수를 내야지요. 이렇게 손을 놓고 있을 수는 없지요."

이씨 부인이 입술을 깨물었다. 장성한 자식들이 출가해 곧 손자를 볼 마당에 갓난쟁이 시숙이라니, 생각만 해도 진저리가 쳐졌다.

이렇듯 옹치(雍齒)*들로 가득한 집안에서는 아무리 부드러운 잠자리도 바늘방석이요, 아무리 맛있는 음식도 비짓국이었다. 녹주는 시나브로 표정을 잃어갔다. 물론 이귀산의 정성은 놀랍고 눈물겨웠다. 그가 녹주를 아끼는 진심만은 부정할 수 없을 만큼 올찼다. 하지만 아들며느리가 걱정할 만한 일은 벌어질 수가 없었다. 이귀산이 아무리 백발홍안으로 생기에 넘쳐도 오래전 꺼진 불씨까지 살려내지는 못했다.

"미안하오. 이렇게 젊고 어여쁜 임자를 데려와서 세상의 모든 열락과 행복을 안겨주지 못하니……."

이귀산은 몇 번의 헛된 시도 끝에 눈물을 흘리며 사과했다. 봄빛에 가득 찬 마음을 따라가지 못하는 겨울나무 같은 몸이 야속할 뿐이었다.

"그런 말씀 거두세요. 세속의 기대로 암자를 떠났던 것은

---

* 늘 싫어하고 미워하는 사람 또는 그런 관계를 비유적으로 이르는 말. 중국 한(漢)나라의 고조가 미워하던 사람의 이름이 옹치(雍齒)였던 데에서 유래했다.

아닙니다. 다만 인연을 따랐던 것입니다."

늙은 남편의 헐벗은 등에 뺨을 대고 녹주는 가만가만히 속삭였다. 아쉬움에 미안해하는 이귀산과 달리 녹주는 아무것도 아쉽지 않다는 사실에 미안했다. 그에 더하여 차라리 다행이라는 생각이 불티처럼 풀썩 튀어 올라 내심 당황스러웠다.

"늙은이의 헛된 욕심을 이해해 보듬어주니 고마운 마음을 어찌 말로 다하리오? 임자는 허망한 말년의 마지막 행운이요, 은혜로운 관음보살이시오!"

그러나 정작 녹주를 혼란스럽게 하는 것은 이귀산의 노쇠한 몸이 아니라 강철 같기를 장담하는 마음이었다. 그것이 흔들리지 않는 진심이라는 것을 알면 알수록 의심 아닌 의심이 싹텄다. 이귀산은 단 한 번도 녹주 앞에서 죽은 김씨 부인에 대해 이야기하지 않았다. 노부부의 금슬이 얼마나 대단했던지는 언뜻번뜻 지나가는 하인들의 말을 통해서도 알 수 있었다. 그런데 이귀산은 그 모두를 잊은 듯, 아예 처음부터 없었던 듯하였다.

─ 어르신은 나라는 사람을 사랑하시는 게 아니구나. 노마님을 사랑했을 때 그러했듯, 어느 여인에게라도 지성을 바칠 준비가 되어 있던 분이구나!

녹주는 마침내 깨달았다. 이귀산은 녹주를 몰랐다. 알 필요가 없었다. 자기가 쏟는 정성과 헌신에 스스로 감읍해, 누구라도 마땅히 사랑하지만 아무도 사랑하지 않았다. 그것은 아무나 눈치 챌 수 없는 무엇이었다. 오직 사랑의 희열과 고통으로 천국과 지옥을 모두 본 사람만이 알 수 있는 진실이었다.

처음엔 몸엣것인가 하였다. 예전에도 심신이 고단하거나 쇠약하면 이따금 경조(經早)*를 겪곤 했으니 큰 걱정은 하지 않았다. 하지만 흐르는 것이 달포를 넘겨도 멎지 않자 상태가 심상치 않음을 느끼게 되었다. 낯빛이 창백해지며 누렇게 떴다. 메마른 손톱과 발톱이 힘을 잃고 뚝뚝 부러져 나갔다. 입맛이 떨어져 산해진미가 소용없었다.

"부인의 안색이 왜 그러오? 대체 어디가 어떻게 불편하시오?"

이귀산은 안절부절못하고 녹주의 주위를 맴돌았다.

"의원이라는 것들이 하나같이 돌팔이인 모양이오. 비싼 약재를 썼다고 약값 올릴 궁리나 하지 제대로 병명조차 짚어내지 못하잖소?"

하지만 녹주는 이귀산과 의원들에게 하혈이 계속되고 있다

---

* 월경 주기가 짧아져 정상보다 일주일 이상 빨라지거나, 심하면 한 달에 두 번 오는 일

고 말하지 못했다. 한동안은 괜찮아지려니 방심하였고, 나중에는 시기를 놓쳐 새삼스레 말을 꺼내기 부끄러웠다. 차마 입에 올릴 수 없는 이유는 또 있었다. 언제부터인가 스멀스멀 주변을 맴도는 불온한 기미에 대해, 근거는 없으나 점차로 선명해지는 의심을 밝힐 수가 없었다.

"혹시 근간에 혈증(血症)이 있진 않으셨습니까? 토혈이라든가 객혈이라든가 하혈 같은……?"

젊어서 궁중의 내약방에서 일했다는 의원이 결국 봉인된 비밀의 상자를 열었다. 늙은 의원의 우묵한 눈에서 날카로운 빛이 번쩍하였다. 녹주는 저도 모르게 고개를 끄덕였다.

"정확한 것은 용변을 살펴보아야 알겠지만,"

겹겹이 문으로 막은 내밀한 궁궐에서 잔뼈가 굵은 의원은 침착하고 드레졌다.

"독물이 작용한 기미가 보입니다."

낮고 빠르게 덧붙인 말은 가는귀가 어두운 이귀산이 듣기 어려운 정도였다. 녹주의 겁먹은 눈이 호소하는 것을 낌새챘음이 분명했다.

"용변을 살펴야 한다고? 무슨 큰 병에라도 걸린 것이오?"

이귀산이 새파래진 얼굴로 소리쳤다.

"민간의 의원들이 보통 쓰는 진맥으로는 병의 원인을 밝히는

데 한계가 있습니다. 그래서 궁중의 내의들은 매화틀을 수거해 옥체의 균안함을 판별하곤 합니다. 위중한 병이 있어서가 아니라 눈으로 볼 수 없는 오장육부의 상태를 아는 데는 그로부터 나온 것들을 살피는 것이 가장 정확하기 때문입니다.”

늙은 의원은 용변을 수거해간 지 닷새 후, 약재와 함께 밀서(密書)를 전해왔다. 갑작스런 하혈은 자초(紫草) 혹은 도인(桃仁)을 장복한 데서 비롯된 것으로 보인다는 견해였다. 그리고 단정하고도 단호한 서체로 쓰인 서한의 말미에는 약성에 대한 설명이 적혀 있었다.

―민간에서 지치라고도 부르는 자초는 혈뇨나 홍역에 쓰이며 열상과 종기에도 효력이 있는 것으로 알려져 있습니다. 도인은 복숭아씨의 알맹이를 가리키는데, 기침, 변비, 어혈 따위에 두루 쓰입니다. 그런데 자초와 도인의 공통적인 속성 중 하나는 장복하면 그 독성 때문에 수태가 어렵고, 만약 꽃을 피운다 해도 끝내 열매를 맺기 힘들다는 것입니다.

녹주는 순간 극심한 충격을 받았다. 돌이켜 보니 이제야 삐걱거리던 일들의 아귀가 맞았다. 이씨 부인이 털이 부숭부숭한 탐스러운 유월도(六月桃)를 수레 가득 사들인 것이 지난여름이었다. 아이들이 복숭아를 즐겨 먹기에 작은 골짜기 하나를 다 털었다고 하였다. 더위가 유난스러웠던 염천의 날에 다

담상에는 항시 붉은 빛이 고운 냉차가 올랐다. 쌉싸래하고도 짭짤하며 들큼한 그 맛이 낯설었지만 오미자차에 특별한 약재를 쓴 모양이라고 무심히 생각하였다. 굵직한 자초의 뿌리는 진한 보랏빛이었다.

그 사달이 있은 후 몸은 곧 회복되었다. 하지만 마음은 종내 돌아오지 않았다. 한결같은 언동으로 속내를 숨기는 이속이 두려웠다. 언제나 미소를 지으며 문안 인사를 바치는 이씨 부인이 무서웠다. 이귀산은 여전히 아무것도 몰랐다. 그의 단순하고 지순한 세계에는 증오와 분노, 음모와 흉계가 자리할 곳이 없었다. 협박이 아닌 침묵, 그들의 압박은 참으로 우아하였다. 녹주는 처절한 외로움으로 사들사들 시들어갔다.

영문을 알 리 없는 이귀산은 녹주의 기운을 북돋울 생각에 안달하였다. 여느 여인들과 달리 값진 패물과 화려한 비단옷에도 기뻐하지 않으니 복장이 타고 마음이 달았다. 그는 별궁리 끝에 암자에서 피리를 불던 녹주를 기억해 냈다. 보잘것없는 풀피리로 여린 소리를 자아내면서도 한없이 화사해 보이던 모습을 떠올리며 무릎을 쳤다.

"허허, 바로 그것이구나! 부인의 마음을 위로할 방도는 그뿐이로다!"

이귀산은 좋은 악기를 찾으려 했다. 전설 속의 만파식적까지는 아닐지라도 전악서(典樂署)*의 악공들이 쓰는 정도만큼은 구하고 싶었다. 온 나라의 악기 만드는 장인들을 수소문하는 한편, 풍류객으로 알려진 사서인(士庶人)**들에게도 연통을 넣었다. 그리하여 몇 개의 대피리와 뿔피리를 선보았으나 마음에 흡족한 것은 구할 수 없었다. 기왕이면 더 귀하고 더 아름다운 것을 구하고픈 욕심 속에 계절이 거듭 바뀌었다.

그날의 하늘은 회백색이었다. 대기는 차고 바람은 높았다. 여느 날과 다름없는 권태와 적막 속으로, 성큼, 운명이 예고 없이 방문했다.

"부인! 내가 무엇을 가져왔는지 알겠소?"

이귀산이 뺑글뺑글 벌어지는 입귀를 다물지 못한 채 다가왔다.

"얼마나 심혈을 쏟아 찾았는지 모르오. 당신에게 꼭 어울리는 것을 구하려고 팔도를 샅샅이 뒤졌소."

영문을 몰라 어리둥절한 녹주에게 이귀산이 불쑥 무언가를 내밀었다.

"아니, 이건……?"

"그렇소. 부인이 이쁘둥이 시절에 즐겨 불었던 바로 그 옥적

---

* 예조(禮曹)에 속하여 궁중 음악을 관장하던 관아
** 사대부와 서인을 아울러 이르는 말

이오!"

옥적을 받아드는 녹주의 손이 떨렸다. 봄이거나 여름이거나 가을이 아니면 겨울이었던, 그 계절의 비밀이 다시 손아귀에 들어와 있었다.

"그런데 귀물은 과연 영물인지, 무망지복(毋望之福)*을 불러오지 않았겠소? 보시오! 부인 앞에 누가 서 있는지!"

시간이 흘렀지만 청옥의 미묘한 푸른빛은 고스란했다. 그 소리까지도 여전한지, 변치 않은 신비로 싹을 틔우고 꽃을 피우고 열매를 맺을지.

"오랜만이다, 녹주야……!"

훤칠한 키에 높은 갓이 아찔한 헌헌장부가 낮은 하늘을 지고 서 있었다. 너무나 낯설고도 너무나 낯익은 모습에, 녹주는 잠시 비틀거렸다. 이귀산이 달려와 어깨를 끌어안았다. 조서로의 얼굴이 설핏 일그러졌다. 얼어붙은 하늘이 부르르 떨었다. 잔비늘 같은 눈발이 날리기 시작했다. 그해 첫눈이었다.

* 뜻하지 않게 얻는 복

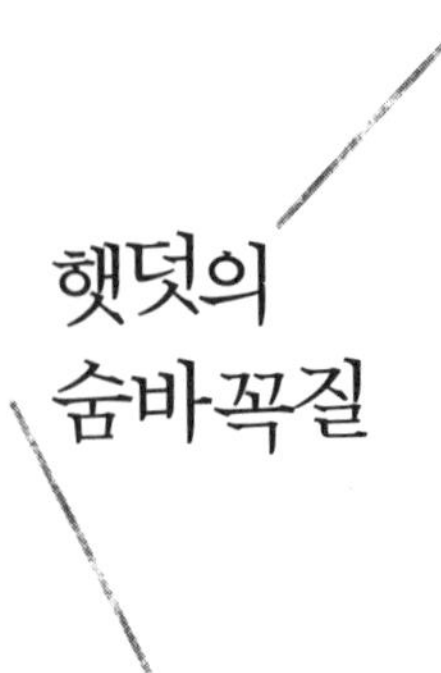

햇덧의
숨바꼭질

시회가 끝나고 여흥을 즐기는 자리에서 우연히 그 소문을 들었다.

"고목생화(枯木生花)라더니, 어쩐지 요즘 그 어른 행색이 예사롭지 않다 하였네!"

"떡도 고기도 먹어본 사람이 먹는다고, 천하에 금슬지락을 자랑했던 이가 재취도 빠르군! 그나저나 그 집 장자는 자기보다 어린 새어머니 봉양에 속깨나 끓이겠어."

"그래도 효자가 불여악처라는 말이 있지 않은가? 늙으나 젊으나 사내에겐 자식보다 마누라가 낫지!"

선비들의 수다가 시를 읊을 때보다 진진했다. 그런데 실답지 않은 뒷공론에 끼기 싫어 물러앉았던 조서로의 귀에 문득 한마디가 파고들었다.

"게다가 그 후실의 용모가 예사롭지 않다지 않은가? 산중의 암자에 꼭꼭 숨어 있던 아리따운 비구니를 데려와 안방에 들어앉히다니, 그 어른 재주를 다시 봐야겠는걸?"

시를 읊으며 점잔을 빼던 선비들의 뒷자리에 음탕스러운 킬킬거림이 질펀했다. 산중의 암자, 비구니라는 말을 듣는 순간 서로의 머릿속이 새하얘졌다. 들고 있던 술잔이 툭 떨어졌다. 후들거리는 무릎이 척척했다.

─녹주다!

그녀가 돌아왔다. 전혀 예상할 수 없었던 방식으로, 절대 원치 않았던 모습으로. 직접적인 교유는 없었으나 삼 년 전 이귀산이 호조의 제조로 있을 때 서로는 전사부령으로 봉직하며 궐내에서 몇 번인가 스쳐 지난 적이 있었다. 그때 이미 이귀산은 백발의 노신이었다. 그런데 녹주가 아버지뻘이나 다름없는 늙은이의 후처가 되었다니, 놀랍기 전에 어이가 없고 분노 이전에 모욕감마저 들었다.

십오 년은 만만찮은 세월이었다. 산천이 변해도 한 번에 다시 반절을 변할 시간이며, 스무 살의 앳된 청춘을 완숙한 장년으로 만든 시간이었다. 그 사이 서로는 식년시에서 장원급제하여 벼슬길에 올랐고, 원희에 이어 아들 원지를 얻었으며, 갑작스럽게 중풍을 맞아 반신불수가 된 어머니의 구완에 경황없는 이태를 보냈다. 그리하여 이제 벼슬자리도 자식들의 양육과 병수발도 어느덧 익숙해졌다. 관직에서 능력을 인정받았고, 아이들은 현모의 슬하에서 반듯하게 자라고, 대소변 수발까지 들어야 했던 이씨는 독한 노력으로 지팡이를 짚고 일어설 수 있게 되었다.

대개의 행복은 평범했다. 불행하지만 않아도 행복하리라 하였다. 그러나 진정 행복하지 않기에 잊을 수 없는지, 잊지 못하기에 행복하지 않은지 알 수 없었다. 분명한 것은 한시도 그녀를 잊지 못한다는 사실이었다. 익숙한 삶 속에서 여전히 낯설고 당황스러운 그것이 돌올하였다. 짙은 권태의 안개 속에 반짝이는 한 점 푸르른 빛.

그럼에도 징그럽게 시간이 가고 삶은 이러구러 살아졌다. 이미 가진 것이 더 많은 것을 가져와 나날이 윤택하고 지루해졌다. 서로는 그 속에서 비명을 지르지도 도망치지도 않고 살아내는 스스로를 용서할 수 없었다. 징벌하기 위해 술을 마셨다. 자신이 지어낸 마음의 감옥에 갇힌 채 가혹한 간수가 되어 스스로를 닦달했다. 인사불성이 될 때까지 마시고 토하고 또 마셨다. 정신을 잃어서야 잠시나마 치 떨리는 치욕을 잊을 수 있기에.

그런데 뜻밖의 소식을 흘려듣는 순간, 술꾼이 술잔을 놓쳤다. 술맛과 물맛을 구별할 수 없었다.

"이보게, 내 말을 듣고 있나? 한 잔 더 하고 가자니까, 무슨 생각에 그리 넋을 놓고 있는 건가? 엊그제 수청 들었던 기생이라도 생각하나?"

글벗을 시늉하는 난봉의 짝패 김이가 어깨를 쳤다. 서로는 오물을 들쓴 듯 소스라치며 몸을 움츠렸다. 가슴속에서 팽팽했던 무언가가 툭 끊겼다. 소매를 붙잡는 김이를 뿌리치고 돌아선 길에 서로의 발걸음은 나는 듯 가벼웠다. 뒤통수를 후려친 충격과 분노와 모욕감까지 까무룩 잊었다. 기뻤다. 과거에 어떠했고 미래에 어떠할지를 까맣게 잊고 그저 한없이 기뻤다. 어찌 되었든 어떤 모습으로든, 녹주를 다시 만날 수 있는 것이다!

이귀산이 성안을 뒤져 좋은 피리를 구하고 있다는 소식을 들었을 때는 불돌을 삼킨 듯 명치가 뜨거워졌다. 녹주가 떠난 빈 방에서 옥적을 챙겨둔 것이 천만다행이었다. 이귀산의 집으로 가기 전날, 서로는 반주 한 잔 입에 대지 않고 일찍 잠자리에 들었다. 맑은 정신이 낯설어 잠은 올 듯 말 듯하였다. 온몸에서 미미한 열이 끓었다. 언젠가 열병 중에 희미하게 듣던 피리 소리가 환청으로 다가왔다. 그 소리에 취한 듯 홀린 듯 아주 오랜만에 꿈도 없이 깊이 잤다.

"너는 대체 어디를 그리 쏘다니느냐? 동방(同榜)*들은 대유(大儒)의 사랑방에서 식견을 얻기에 드바쁜데, 무뢰배와 어울려 술이나 먹고 다니며 허투루 시간을 허비해서야 되겠느냐?"

어머니 이씨가 아침부터 외출 채비를 하는 서로를 꾸짖었다. 몸이 마비되고 입이 삐뚤어져도 이씨의 말은 여전히 반듯하고 날카로웠다. 그 칼날 같은 혀에 베일세라 자라목에 눈치꾸러기로 살아온 세월이 삼십여 년이었다. 주눅 들고 상처받은 그 모습을 사람들은 효자에 골선비라 불렀다. 하지만 남의 눈은 속여도 자기까지 속일 수는 없었다.

어머니, 그 작은 세상의 절대 권력자는 잦은 변덕과 지속적인 짜증으로 아이의 내면을 허약하고 파리하게 만들었다. 늙어 병들면서 얼마간 시르죽기는 했으나 이씨 부인의 화증은 여전히 뻣셌다. 별안간 역정을 내거나 큰소리치는 일은 줄었지만 끊임없이 반복되는 잔소리로 존재감을 과시했다. 서로는 아직도 안채에 들어설 때면 어깨가 구부러들고 뒷목이 뻣뻣했다. 그런 지경에 큰아이가 할머니 방을 지나며 까치발을 딛고 옴짝거리는 모습을 보고야 말았다. 가슴 밑바닥에서 뜨거운

---

* 같은 때에 과거에 급제하여 방목(榜目)에 함께 적히던 일 또는 그런 사람

무언가가 울컥 솟구쳤다.

"그 대단한 환심과 신임을 얻고자 세도가를 풀 방구리에 쥐 드나들 듯하는 아첨꾼들을 본받으라는 말씀이십니까? 소자의 주변머리로는 그렇게 하고 싶어도 못 합니다!"

난생처음 어머니 앞에서 눈을 부릅뜨고 맞섰다. 그의 소년이 울부짖었다. 이제 그만 내버려두라고, 한시라도 자유롭게 살고 싶다고!

"너, 네가 감히……?"

이씨 부인이 비틀거렸다. 노여움으로 창백해진 어머니의 모습을 보자 더럭 겁이 났다. 그래도 용기를 내어 뛰쳐나왔다. 그때도 그랬어야 했다. 녹주에게 함부로 굴지 말라고, 남의 운명을 멋대로 주무르고 뒤틀지 말라고!

─나의 용기, 나의 비겁, 나의 빛, 나의 어둠, 처음이자 끝인 나의 모든 기억!

남몰래 눈물을 훔치며, 서로는 뛰었다. 녹주를 향해, 더 이상은 물러서지 않을 것이다.

"부인, 반가운 사람을 보았는데 왜 이러시오? 그래, 너무 오랜만이라 얼떨떨해서 그런 모양이지. 내가 잘못했소. 부인이 이렇게 충격을 받을 줄 알았다면 미리 귀띔을 했어야 했는데,

깜짝 놀라게 해주려고 아무 말도 하지 않았소. 우둔한 나를 용서해 주시오.”

이귀산의 너스레가 귀에 들어오지 않았다. 시간이 멈춘 듯 하염없었다.

“처남! 너무 섭섭해 마시오. 나 또한 처남을 처음 만났을 때 놀라 믿지 못하는 지경이 아니었소? 하긴 출가 후 이십여 년 만에 재회라니, 죽은 이가 살아 돌아온 듯한 기분이겠구려.”

“네, 그러합니다. 매제의 말씀처럼 실로 여진여몽(如眞如夢)* 입니다.”

스무 살의 일별에는 감쪽같이 모르쇠를 놓았다. 서로는 정말 이십 년 만에 헤어졌던 누이를 다시 만난 듯 야단스럽게 굴었다.

“지난 사연이 어찌 되었든 경사스러운 일이오. 하루아침에 옥골의 준모(俊髦)**를 처남으로 얻었으니 어찌 기쁘고 즐겁지 않겠소? 부인, 이제 그만 우부(愚夫)에 대한 화를 푸시고 뭐라 한마디라도 해보시오.”

일시에 치밀어 오른 백만언에 말문이 막혔다. 하지만 이대로 아무 말도 하지 않으면 괴이하고 야릇해 보일 것이다. 녹주

* 꿈인지 생시인지 모를 지경임
** 재주와 덕망이 뛰어난 젊은 선비

240

는 겨우겨우 입을 떼었다.

"오랜만입니다…… 오라버니."

"그래, 누이도 오랜만이오. 속세와 절연한 후 행업에 힘쓰느라 서자(書字) 한 통 보내지 않으시더니, 이렇게 새로운 인연을 만나 다시 세간에 돌아오셨구려."

입은 웃고 있었으나 눈은 차갑게 빛나고 있었다. 조롱하는 듯도 하였고 원망하는 듯도 하였다. 무엇을? 환속하여 파파늙은이의 후처가 된 것을 비웃는가? 짧고 허망했던 풋사랑을 배신했다고 비난하는가? 설움과 반감이 동시에 물밀어들었다.

"티끌세상의 인연을 모두 끊겠다던 약속을 저버려 부끄럽습니다. 합연기연(合緣奇緣)*은 삼생을 두고 끊어지지 않는다더니, 심심산중에 꼭꼭 숨어도 어떻게든 이어지더이다."

조용한 목소리였지만 뼈 있는 말이었다. 입으로만 웃던 얼굴이 언뜻 굳었다. 녹주와 서로의 눈길이 비로소 마주쳤다. 백마디의 말을 대신한 눈빛이 찰나에 오갔다.

"아무래도 내가 있어 두 분이 편치 않으신 모양이오. 적년회포를 풀려면 밤을 새워도 모자랄 터, 내가 자리를 비켜드리겠으니 무람없는 오누이의 정을 나누시오."

* 이상하게 결합하는 인연이라는 뜻으로, 부부가 되는 인연을 이르는 말

이귀산이 허둥지둥 도포 자락을 걷고 일어섰다. 맥없이 펄럭이는 그것을 서로가 잡았다.

"처남, 가시기 전에 들어야 할 것이 있지요."

녹주의 가슴이 철렁 내려앉았다.

"오랜만에 주인을 찾은 귀물의 일성호가(一聲胡笳)*를 들어야지 않겠습니까?"

서로는 변했다. 세사에 닳아 유들유들 넉살스러웠다. 서로는 변하지 않았다. 불안하고 초조할수록 발랄해지는 입심과 장난기가 예전 같았다.

"그럴까요? 저도 옥적을 보니 잊었던 흥취가 되살아나는 듯합니다."

녹주는 변했다. 시련 속에 고단했던 세월이 골수에 맺혀 부대꼈다. 녹주는 변하지 않았다. 낯선 때 낯선 데에 홀로 남아서도 흔들리지 않던 낯빛이 고스란했다.

삘리리!

한 꽃송이가 툭 떨어졌다.

삘리리삘리리!

새 한 마리가 날갯짓하며 솟구쳤다. 그렇게 저저마다 잊고

* 한 곡조의 피리 소리

잃었던 한생이 갔다.

"어떻게 알았니?"

마침내 방 안에 단둘이 남았을 때, 녹주가 먼저 말문을 열었다.

"내가 영영 모르리라고 생각했느냐?"

"한양이 드넓다더니 그도 허풍이었나 보다. 머무른 지 일 년도 채 지나지 않아 일개 천녀(賤女)의 소문이 청운지사의 귀에까지 닿다니!"

"네 마음은 알겠으나 비아냥거리지 마라. 섭섭하기로 치자면 너나없지 아니하냐?"

"내 마음을 네가 안다고? 그렇다면 네가 섭섭할 일은 무어냐? 네가 어찌 그런 눈빛으로 나를 바라볼 수 있느냐? 내 잘못이 대체 무엇이더냐?"

행여 장지문을 넘어 바깥으로 샐세라 억누른 목소리가 무겁고 아팠다. 기어이 녹주의 눈에서 분한 눈물이 삐져나왔다. 마른 눈물샘이 부끄럼과 설움에 젖었다.

"그래, 너에 비기면 나는 섭섭할 수도 원망할 수도 없겠지. 세상의 눈을 속이며 거짓 행복을 시늉해 왔으니 어느 누가 내 심중에 첩첩이 쌓인 울증을 이해하겠는가? 미안하다. 입이 열 개라도 할 말이 없다. 하지만 다른 사람의 아내가 되어 내 앞에 나타난 너를 보는 순간, 어쩔 수가 없었다. 염치없고 뻔뻔하여 스스로가 혐오스러운 지경에도 치솟는 울분을 참을 수 없었다……."

서로도 끝내 눈물을 참지 못했다. 얽히고설켜 도무지 가리사니를 잡을 수 없는 인연이 다만 원통하였다.

"앞으로 어찌할 작정이냐?"

벌겋게 충혈된 눈으로 서로가 물었다.

"뭘 어찌한단 말이냐?"

"지금처럼 늙은이의 후처로 등긁이 노릇이나 하며 살 생각이냐?"

"함부로 말하지 마라. 어르신은 좋은 분이다."

"좋은 분이겠지. 화려한 병풍을 친 방에 젊은 후처댁을 화초처럼 모셔두고, 금패물과 노리개로 가지가지 장식하며, 쥐면 꺼질까 불면 날까 정성을 다하시겠지!"

"그만해라! 벼슬자리는 높아졌을지 모르지만 성품은 천격스레 변했구나. 실답지 않은 악담패설을 늘어놓을 바에야 어서 돌아가라. 점잖은 어르신을 모욕하지 말고."

그리움이든 외로움이든 한꺼번에 무너지면 그 무게는 분노로 돈한다. 녹주와 서로는 알 수 없는 격정에 휩싸여 으르렁댔다. 그 순간만큼은 죽도록 미웠다. 그리워한 만큼, 미웠다.

"그래서, 정말……."

서로가 광인처럼 눈을 희번덕이며 물었다.

"그를 사랑하느냐? 그의 사랑에 만족하느냐?"

목구멍을 솜으로 틀어막은 듯 숨을 쉴 수가 없었다. 녹주는 컥컥, 대답을 토해내려 했다. 그러나 아무것도 나오지 않았다. 애초에 나올 것이 없었다.

"나는 너를 사랑한다! 기억하는 모든 순간에, 일각도 너를 사랑하지 않은 적이 없었다!"

서로가 녹주의 손을 홈켜잡았다. 뿌리치려 했다. 뿌리쳐야 한다고 생각했다. 하지만 손을 뺄 수 없을 만큼 뻣센 것은 서로의 주먹손이 아니라 운명의 손아귀였다. 그 고통스러운 순간에마저 서로의 손은 따뜻했다.

"그래서…… 무얼 어쩌겠다는 말이냐?"

사랑이 무력함에, 사랑의 무력함에 다시 눈물이 흘렀다. 이리로도 저리로도 옴치고 뛸 수 없었다. 서로 역시 대답을 찾지 못한 채 주르르 눈물만 흘렸다.

"오누이의 정다운 시간에 내가 방해꾼이 되었군요. 피는 물보다 진하다더니, 이렇게 한순간에 이십여 년의 세월이 지워지지 않았습니까? 이제 처남께서 자주 들러 말벗이 되어주십시오. 내자가 한양에 아는 사람이 없어 무료하고 울적해하는

데, 처남과 왕래하노라면 큰 의지가 될 것입니다."

오직 자신의 사랑만을 믿는 자는 오만했다. 이귀산은 일말의 의심도 없이 서로에게 무상출입을 허락했다. 녹주는 죄악감으로 마음이 무지근한 가운데서도 일말의 안도감이 깃드는 것을 어쩔 수 없었다. 문득 마주친 서로의 눈빛 또한 그러하였다.

가을볕은 짧다. 해가 지는 햇덧의 시간은 돌차간이다. 순간이기에 노을은 더욱 황홀해진다. 어둠의 발자국소리는 점점 빨라진다. 달음질하는 마음이 헐떡거린다. 숨차다.

거자일소(去者日疎)*일지니, 그것이 평범한 열정이었다면 십오 년은 싸늘히 식기에 충분한 시간이었을 것이다. 하지만 크고 넓고 깊은 심연의 사랑은 눈에 보이지 않을수록 불타오르는 법이었다. 촛불이 아니라 들불이기 때문이다. 바람은 그들을 다른 방식으로 다스린다. 그들이 바람에 다른 방식으로 저항한다. 바람받이에 선 촛불인 줄만 알았던 사랑은 다시 만나자마자 바람을 타고 순식간에 번져나갔다.

서로는 하루가 멀다 하고 이귀산의 집을 드나들었다. 용건

* 죽은 사람에 대한 생각은 날이 갈수록 잊게 된다는 뜻으로, 서로 멀리 떨어져 있으면 점점 사이가 멀어짐을 이르는 말

없는 방문이었다면 아무리 친척지간임을 내세워도 미타미타
했을 것이나 용케 구실이 생겨나주었다. 헤어져 지내는 사이
녹주의 바둑과 장기 실력은 일취월장했다. 무료해하는 동자승
에게 그나마 무해한 잡기를 가르치다가 운공의 눈에 띄어 이
따금 마주앉아 각승하였다. 운공의 수는 허술한 듯 절묘하였
다. 질 것을 두려워 않고 이기자고 덤비지 않으니 지는 듯 종
내 이기고야 말았다. 녹주는 그 허허실실의 바둑과 장기를 삶
과 하나로 배웠다.

벼슬길에서 물러나 한거하며 바둑과 장기에 취미를 붙인 이
귀산은 녹주가 뜻밖의 재주를 가졌음을 알고 금을 얻은 듯 기
뻐하였다.

"미운 사람 고운 데 없고 고운 사람 미운 데 없다더니, 당신
이 바로 먹서리를 씌워도 곱디고운 사람이구려!"

하루에도 서너 판. 이귀산은 장기짝과 바둑알을 잡고 젊은
아내와 마주앉아 곰곰궁리 하기를 즐겼다. 그러나 그는 녹주
의 상대가 되지 못했다. 서너 점을 접어주었다. 차포를 떼어주
었다. 그럼에도 가뭄에 콩씨 나기로 어쩌다 한 번 이길까 말까
하였다. 그러니 녹주와 어금버금한 맞상대가 되고, 자기와 술
상대가 되고, 해박한 지식과 재치로 말상대가 되는 서로를 반
기지 않을 수 없었다. 녹주와 서로가 바둑과 장기를 둘 때에

이귀산은 서울 안 가본 놈이 서울 가본 놈을 이기듯 요란한 훈수를 두었다. 녹주는 민망하여 어쩔 줄 몰랐다. 하지만 서로는 시끄러운 훈수꾼은 아랑곳 않고 오직 녹주와 마주앉아 있다는 사실에 만족하였다.

"그동안 실력이 정말 많이 늘었구나!"

서로가 감탄하자 이귀산이 난딱 끼어들었다.

"그럼 처남은 이십 년 전에도 이 사람과 바둑을 두셨소?"

"물론이지요. 제가 바로 누이에게 바둑과 장기를 가르쳐준 사람인걸요?"

"오, 그게 사실이라면 처남께서 더욱 난처하시겠소. 이제 스승과 제자가 뒤바뀐 형국이 되지 않았소?"

"글쎄 말입니다. 그때는 다섯 번을 두면 서너 번은 헐후히 이겼는데, 이젠 한 판 이겨보려고 용을 쓰고 덤벼야 하니까요."

"어허, 그러니 처남과 이 사람이 바로 청출어람의 산증인이구려!"

이귀산은 박장대소하며 즐거워하고 서로는 빙그레 미소를 지었다. 하지만 무심히 따라 웃던 녹주의 얼굴에 이윽고 무거운 먹장구름이 끼었다. 아무리 애써도 돌이킬 수 없는 시절이었다. 세월을 따라 손끝에 익은 재주마저 서러웠다.

"매번 싱겁게 승부만 겨루자니 아무래도 재미가 덜한 것 같소이다. 이번엔 내기를 걸고 한 판 두어보는 게 어떻겠소?”

“좋습니다! 승부는 역시 내기 시합을 할 때 흥미진진해지지요. 저는 선친께서 뇌거(賚去)*하셨을 때 대국의 관리에게 선물로 받아오신 비자나무로 만든 바둑판을 내놓습지요.”

“아니, 그 귀한 비자판을 말이오?”

“어째, 구미가 좀 당기십니까?”

“구미가 당기다마다! 바둑 좀 둔다는 사람치고 향과 빛깔에서 으뜸인 비자판을 탐내지 않을 사람이 어디 있겠소? 그런데 고민이구려. 처남께서 그런 귀물을 내기에 거셨으니 응당 그에 걸맞은 물건을 내어놓아야 할 텐데……”

이귀산이 흰 눈썹을 찡긋거리며 고민에 빠졌다. 그 모습에 녹주는 저도 모르게 더럭 솟구치는 염오감을 느꼈다. 개 발에 주석 편자라더니, 법식도 모르는 보리바둑을 두는 주제에 겉치레 욕심은 대단하였다. 알짬이 빈약할수록 허세는 커졌다. 보이지 않는 것을 가꿀 줄 모르기에 보이는 모든 것을 치장하였다. 이귀산은 진정이 없는 냉혈한이 아니었다. 다만 보이는 것이 전부였을 뿐이다. 그는 아무런 비밀이 없는 단순하고 명쾌한 세계에 살았다. 남들이 충성을 하면 충성을 하고, 횡령을

* 중국에 사신으로 감

하면 횡령을 하며 육십 평생을 무탈하게 살았다. 모두가 부러워하고 바라는, 그 세계에 녹주는 구역질이 났다.

그러는 동안 서로는 웬일인지 낯빛이 변한 녹주를 하염없이 바라보고 있었다.

"내기에서 반드시 이겨 매부께 얻어내고픈 한 가지가 있습니다! 지난 세월 오매불망 그것만을 얻고 그것만을 지니기를 소망했으나 머줍고 아둔하여 번번이 놓쳤습니다. 이제 더 이상 그것 없이 살 수 없습니다. 그 육신을, 마음을, 오래토록 열망했던 푸른 구슬을 내어주십시오!"

하지만 서로의 마음은 말이 되어 입 밖으로 나오지 못했다. 이글거리는 눈으로 목전에 두고도 손에 넣을 수 없는 보배를 뚫어져라 응시할 뿐이었다. 녹주가 차마 그 눈빛을 맞받지 못해 슬며시 고개를 돌렸다.

"아, 그게 좋겠구먼!"

이귀산이 무릎을 치며 탄성을 올렸다.

"때마침 제주 목사로 내려간 오(吳)에게서 좋은 말 한 마리를 얻었소. 상사말을 길들여 준마를 만든 것이라 야취(野趣)가 색다를 것이오. 그걸 내기로 걸겠으니 한 판 멋지게 두어보시오. 부인, 숨겨둔 기예를 마음껏 발휘해 내게 비자나무 바둑판을 선물해 주오!"

녹주가 돌을 잡았다. 서로가 먼저 한 점을 놓았다. 한 점 다시 한 점, 대국은 점차로 무르익어 가는데 서로는 좀처럼 승부에 집중할 수 없었다. 바둑판 위의 형세보다는 녹주의 하얀 손목과 가느다란 손끝에 눈길이 끌렸다.

딱, 녹주의 한 수가 서로의 가슴을 때렸다.

그 손목을 낚아채고 싶었다. 그때처럼 따뜻하고 그때처럼 부드러울까? 입맞춤은 독을 마시듯 아찔할까? 볕이 내리쬐던 그 나무 아래서 쳐다본 하늘처럼 여전한 갈망이 눈부셔, 아팠다. 볼수록 보고 싶었다. 다가갈수록 바투 다가가고 싶었다. 보지 않으면 심장이 쥐뜯기는 듯하였다. 다가가 손을 내밀어 뺨을 어루만지고 싶어 문득문득 어뜩하였다.

딱, 서로의 한 수가 녹주의 마음을 흔들었다.

세상에 하나뿐인 동무로 상처를 엇기대었던 시절, 서로는 늘 이기다가도 한 번을 지면 심통을 냈다. 그럴 때 보로통히 부어오른 얼굴이 밉살맞기보다 귀여웠다. 그래서 슬그머니 다 이겨가는 판을 양보했다. 하지만 이제 그 얼굴은 또 다른 승부를 앞둔 흥분으로 이글거리고 있었다. 서로가 원하는 것이 무엇인지 짐작할 수 있었다. 적어도 말 한 마리는 아니라는 걸 알았다. 하지만 도무지 그것을 내어줄 방도를 알 수 없어, 앙가슴이 떠다박질린 듯 얼얼했다.

"아이고, 이게 웬일이오? 어쩌다 부인이 이런 헛수를 두었단 말이오?"

이귀산이 비명을 지르다시피 통탄했다. 평소 사석(捨石)*과 요석(要石)**의 운영이 절묘하다 못해 신묘한 녹주가 어쩌자고 이 중요한 판세에 천만부당한 수를 던졌는지, 이귀산은 도무지 이해할 수 없었다.

"원숭이도 나무에서 떨어지는 날이 있다더니, 귀신이 곡할 노릇이구려!"

그 헛수가 승패의 결정적인 요인이 되었다. 졸지에 준마 한 필을 잃게 된 이귀산은 아깝고 아쉬워 환장할 지경이었으나 짐짓 대범한 모습을 보이려 큰소리쳤다.

"내기를 걸고 승부를 겨루니 긴장하여 실수한 모양이오. 부인의 성품이 워낙에 섬섬하지 아니하오? 괜찮소. 처가댁을 찾지 못해 선채(先綵)***를 못 보내고 혼례를 치른 것이 내내 걸렸는데, 이렇게나마 처남께 선물을 드리게 되어 마음의 짐이 덜어진 것 같소."

이귀산의 말에 서로가 껄껄 웃으며 대꾸했다.

* 바둑에서 버릴 셈 치고 작전상 놓은 돌
** 바둑에서 형세에 커다란 영향을 미치기 때문에 버려서는 안 되는 중요한 돌
*** 혼례를 치르기 전에 신랑 집에서 신부 집으로 보내는 채단

"선채를 못 받긴 했으나 예단을 못 드린 것도 사실이니 말을 받고 바둑판을 드리겠습니다. 이건 내기와 상관없는 일입니다."

서로의 협협함으로 명분과 실리를 모두 챙기게 된 이귀산은 기분이 좋아 어쩔 줄 몰랐다.

"과연 처남은 보기 드문 호협한이시오! 곱고 재주 많은 아내를 얻은 것도 큰 복이지만 도량 넓은 풍류남아를 처가속으로 얻은 것은 더욱 큰 행운이오!"

흥분한 이귀산이 하인을 불러 당장 주안상을 내올 것을 하명했다.

"육십 평생을 살아오면서 오늘보다 더 즐거운 때가 없었소. 가히 말년에 찾아온 늦복을 축하해야 마땅하리오. 처남, 준마는 마구간에 잘 매어두었으니 걱정하지 마시고 오늘은 허리띠를 풀고 밤새워 마셔봅시다!"

그리고 술자리가 펼쳐지기 전에 일어서려는 녹주를 굳이 잡아 앉혔다.

"부인이 내기에서 진 덕분에 마련된 자리이니 떠나지 말고 함께하오. 아, 기왕이면 내 술잔을 채워주고 처남께도 한 잔 따라드리는 게 좋겠소."

"허나……."

돌연한 말에 녹주가 당황해 얼굴빛을 잃었다. 하지만 남의 속을 모르는 이귀산은 속없이 태연하였다.

"남녀유별을 따지기 전에 승패에는 엄연히 법식이 있으니, 패자가 승자에게 술을 바치는 건 당연한 일이오. 게다가 누이가 오라비에게 권하는 술잔인데 무슨 흉이 되겠소?"

손을 뻗으면 닿는 거리에 마주앉은 서로의 표정은 황홀감으로 망망하였다.

"한 잔 따라보아라. 네게서 술을 받는 것은 처음이구나."

술병을 잡은 녹주의 손이 가늘게 떨렸다. 이글거리던 서로의 눈에 처연한 빛이 깃들었다. 너무도 간절히 원했던 일이었다. 향기로운 술, 맛있는 안주, 그리고 사랑하는 사람……. 그러나 그들을 둘러싸고 있는 것은 원치 않던 고통의 상황이었다.

─일부러 헛수를 두었더냐? 나를 위해 스스로 지려 한 것이냐?

빈 술잔에 소리 내어 말하지 못한 질문을 담아 건네었다.

─네가 원하는 것을 내어줄 수 없음에, 내가 줄 수 있는 것이 그뿐임을 어쩌랴?

맑은 술이 졸졸졸 대답처럼 채워졌다. 대답할 수 없는 질문, 애초에 질문일 수 없는 질문을 한숨에 훌쩍 들이켰다. 찌르르한 가슴이 옥여 죄었다.

그날의 술자리는 삼경(三更)을 넘어서까지 이어졌다. 마른

안주로 내온 어포와 육포가 말라 굳고 여러 번 덥힌 진안주가 졸아 짜졌다. 녹주가 안채에 물러갔다 건너와보니 이귀산은 코를 골며 곯아떨어져 있었고 서로는 고개를 떨어뜨린 채 벽에 기대어 있었다.

"어르신, 어르신……."

나직이 이귀산을 불러보았으나 대취해 군드러져 깨어나지 못했다. 하는 수 없이 하인을 불러 자리를 수습하고자 가만히 일어나던 순간이었다.

"녹주야!"

벽에 기대어 잠든 줄로만 알았던 서로가 번쩍 눈을 떴다. 놀라 고개를 돌리는 동시에 몸이 홱 쏠렸다. 사나운 아귀힘이 녹주의 손목을 낚아채 끌어당겼다. 어쩔 수 없었다. 어쩔 수 없다……. 그 짧은 입맞춤이 뜨겁고 깊었다. 간신히 정신을 차려 가슴팍을 밀어내고 떨어져 앉았다. 긴장과 흥분으로 온몸이 와들와들 떨렸다.

"왜 이러느냐? 이제 와서…… 어쩌려고 그러느냐?"

행여 이귀산이 들을세라 한껏 목소리를 낮춰 말했다. 하지만 서로는 위험한 상황 따윈 아랑곳없다는 듯 태평스러웠다. 술기운 때문이거나 체념 탓이었다.

"관상감에서 일하는 이들이 그러더라. 별보다 그 별을 찾아

검은 밤하늘을 하염없이 바라보는 시간이 더 많다고……. 그러니 사랑하는 사람을 만나는 시간보다 그를 그리워하는 시간이 더 긴 것은 어쩔 수 없는 일이리라! 그래도 나는 너를 사랑한다. 아무리 시간이 지나도, 어디에 어떤 모습으로 있어도…… 사랑한다!"

더 이상 견딜 수 없었다. 한마디 한마디가 심장을 갈가리 찢는 것만 같았다. 문을 박차고 나와 마루 끝에 서자 칠흑빛 밤하늘이 와락 달려들었다. 애초에 손바닥으로 가릴 수 없는 하늘이었다. 움켜쥘 수 없는 물이었다. 일생에 단 한 번뿐인 사랑은 부정하고 도망친대도 벗어날 수 없었다. 늪이었다. 덫이었다. 아픈 환희, 거룩한 질곡이었다.

몸과
그림자

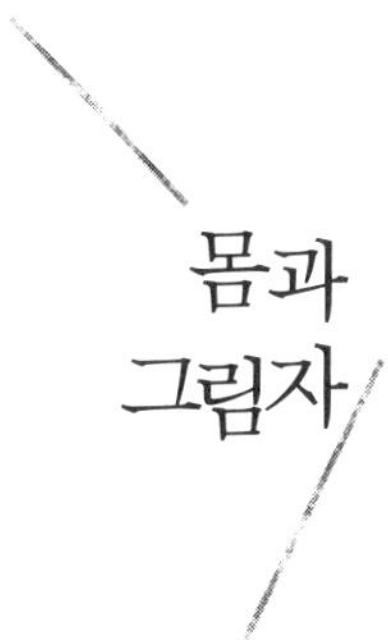

아무리 기억 속의 봄날이 고스란해도 그들은 더 이상 아이가 아니었다. 저마다의 몽근짐을 떠멘 어른이었다. 어른이 되면 어린아이가 할 수 없는 많은 일을 할 수 있고, 풀리지 않던 문제가 절로 풀릴 줄 알았다. 그러나 어른도 어쩔 수 없는 문제가 있고, 어떤 사람에겐 그것이 죽는 날까지 풀리지 않으리라는 것도 어른이 된 후에야 알았다. 별을 기다리며 오랫동안 깜깜하늘을 바라보듯, 빛나는 것을 얻기 위해서는 막막하고 먹먹한 어둠을 견뎌야 한다는 사실을.

이귀산이 재취한 이듬해, 이씨 집안에 돌연한 날벼락이 떨어졌다. 사건은 어느 날 이귀산의 집에 맹인 점쟁이가 찾아오면서 시작되었다. 점쟁이는 사랑방에서 친구와 함께 바둑을 두고 있던 이속에게 대뜸 물었다.

"이 댁의 자제께서 혹 정해년(丁亥年)에 나시지 않았소?"

"그렇소이다만, 왜 갑자기 그걸 물으시오?"

이속의 얼굴이 불길한 예감으로 어두워졌다. 맹인 점쟁이는 지화라는 이름을 가진 자로, 사주팔자를 잘 읽는다 하여 궐 문깨나 드나든다는 소문이 자자하였다.

"왕명을 받들고 왔소이다."

지화가 희어멀뚱한 먼눈에 힘을 주고 말하자 이속이 답했다.

"왕가의 길례는 이미 끝난 것으로 아는데, 또 궁주(宮主)가 있단 말이오?"

이속이 말한 길례는 왕후 민씨가 나이 마흔에 낳은 정선공주의 혼사를 가리키는 것이었다. 임금은 정실인 민씨 외에도 아홉 명의 후궁을 두어 열두 명의 아들과 열일곱 명의 딸을 보았다. 아홉 명의 후궁 중에 둘은 봉작조차 받지 못한 궁녀 출신이었다. 그러니 딸이라도 다 같은 딸이 아니고 옹주더라도 모두가 다 같은 옹주가 아니었다. 정선공주의 길례를 치른 지 얼마 되지도 않은 마당에 택서(擇壻)*를 위해 점쟁이가 돌아치는 지경이라면, 건정건정 해치울 애물이지 사랑옵은 금딸은 아닐 것이었다.

"어쨌거나 왕명이니 어서 자사의 팔자(八字)**를 내어놓으시오."

지화가 지근거리며 으름장을 놓았다. 눈에 뵈는 것이 없어 당당하고 당돌한 자였다. 이속의 뱃속에서 발끈 반발심이 치솟았다.

"권궁주의 딸이 결혼한다면 자식이 있지마는, 만일 궁인의 딸을 작배하려 한다면 내 자식은 죽었소이다! 무릇 짚신을 삼는 데는 제날***을 써야 마땅치 않겠소?"

권궁주는 안동 권씨 권홍의 딸로, 임금이 후궁 제도를 법제화하여 맞아들인 첫 번째 후궁이었다. 사대부가 출신인 만큼 왕비나 세자빈에 준하는 가례를 준비해 맞아들이려 했으나, 사실을 안 민왕후가 식음을 전폐하고 통곡하는 바람에 가례를 취소한 내력이 있었다. 그만큼 권궁주는 왕상의 자총을 담뿍이 받았고 그 외딸 역시 마찬가지였다. 열 손가락 깨물어 안 아픈 손가락이 없다지만 어떤 손가락은 살살 깨물고 어떤

* 사윗감을 고름
** 출생한 연·월·일·시에 해당되는 간지(干支) 여덟 글자. 이것으로 사람의 화·복·생·사를 판단함
*** 짚신이나 미투리에서 그것을 삼는 재료와 같은 재료로 댄 날

손가락은 힘껏 깨문다면 그 아픔의 크기는 다를 수밖에 없다.
그러하기에 이속은 권궁주의 딸이라면 옹주라도 혼인시킬 생
각이 있으나 내력 모를 궁녀의 딸이라면 생때같은 아들을 죽
은 셈 치겠다는 것이었다.

"가, 감히 왕명에 그리 응대하다니…… 지금이라도 늦지 않았
소. 잘 생각해 보시오."

지화가 당황하여 말을 더듬었다. 하지만 젊은 계모의 회임
을 막고자 비방을 쓸 만큼 문벌과 적통에 끔찍스러운 이속은
불쾌한 기색을 감추지 않고 대꾸했다.

"다시 말하지만 내 아들은 이미 죽었소. 만일 권궁주의 소
생이라면 내 자식은 살아날 수 있을 것이오."

이속은 위험한 줄다리기를 했다. 천출 옹주와의 혼사를 거
절하는 한편 내폐(內嬖)*의 여식을 은근히 탐냈다. 그러나 아
무리 오만한 동시에 속된 이속이라도 왕실의 혼담을 거절한
데는 아직 열 살밖에 되지 않은 아들에 대한 아비의 정이 밑
바닥에 깔려 있었다. 부마가 된다는 것은 명예라기보다 굴레
였다. 가문의 영광을 위한 일개인의 희생이었다. 공주나 옹주
를 부인으로 맞으면 사내는 졸지에 허깨비가 되었다. 일거수일

* 임금의 사랑을 받는 여자

투족이 조심스러울뿐더러 첩을 얻을 수 없는 것은 물론 사별을 해도 재혼할 수 없었다. 설령 재혼을 해도 그 상대는 첩이요 자식은 서자 취급을 받으니, 부마라는 이름이 평생의 차꼬였다.

하지만 이속의 오만 혹은 사랑은 무서운 결과를 가져왔다.

"정녕 이속이 그렇게 말했단 말인가?"

점쟁이로부터 말을 전해들은 임금의 눈이 번쩍였다. 피바람 속에서 스스로 왕좌에 오른 십여 년 전의 그때처럼 분노의 눈빛만은 늙지 않았다.

"예이, 그러하옵니다."

보지도 못한 그 사나운 눈빛에 지화가 몸을 옹송그리고 벌벌 떨며 답했다.

"잘되었다! 이속의 가문이 본래 바르지 못하니, 나도 연혼하고 싶지 않다!"

임금의 말인즉 미리 이속의 집안을 뒷조사한 결과, 이씨 부인의 출가한 친정 조카가 당숙과 사통했다는 사실이 밝혀졌던 것이었다. 뒤를 캐면 삼거웃*이 안 나오는 집안이 없는 법인데, 뜻밖의 거절을 당함에 처조카의 일을 빌미삼아 그처럼 분

---

* 삼 껍질의 끝을 다듬을 때에 긁히어 떨어진 검불. 허물을 비유적으로 이르는 말

풀이하였다.

하루아침에 난리가 났다. 이속은 배짱 한 번 잘못 퉝긴 죄로 잡혀가 전옥에 갇혔다. 임금의 역린을 눈치 챈 신하들은 당장 이속을 죽이라는 상소를 올려댔다. 왕명을 어긴 것은 엄연한 대역죄에 해당하니 삼족(三族)을 멸하라며 거품을 물었다. 이러한 충성 경쟁이 이어지는 가운데 임금의 화가 조금씩 눅었다. 임금은 느긋하게 하명하였다.

"경들의 말이 그러하나, 아이들의 일을 가지고 사람을 베는 것이 어찌 내가 하고자 하는 일이겠는가? 다시 사리에 합당한 것으로 의논하여 아뢰라."

결국 이속은 장(杖) 일백 대를 맞고 가산을 적몰당한 채 창원부의 관노로 보내졌다. 일이 이 지경에 이르니 삼족이 멸해지는 형벌은 면했으나 집안은 쑥대밭이었다. 이귀산은 늙었기에 처벌의 대상에서 벗어난 덕인지 탓인지 삽시간에 폭삭 늙었다. 그래도 원체 자식보다는 배필에 정애를 쏟는 사람인지라 녹주에 대한 태도만은 변함이 없었다.

이 모두를 지켜보는 녹주의 마음은 기묘하였다. 계모에게 독물을 먹이면서까지 혈통을 지키려던 이속과 이씨 부인은 결국 노비가 되었다. 그들에 대한 원망이 없지는 않았으나 이처럼 자닝한 몰락을 기대한 적은 없었다. 그저 제도와 도덕과 격식에 붙매여 사는 일이 허망했다. 엄하고 정결한 가풍을 자랑하던 이씨 부인의 집안에도 어김없이 어두운 비밀이 있었다. 살면 살수록 인간사의 이치를 알 수 없었다. 자식 손자들이 노비가 된 지경에도 행여 녹주가 근심할까 두려워하며 정성을 쏟는 이귀산 역시 낯설기는 매한가지였다. 모두가 속고 속이고 있었다. 사람이 아니라 제도를 위해 살며 거짓의 꼬리잡기를 했다. 타래타래 뱅뱅, 어지러웠다.

올칵 토해진 사랑이라는 한마디에 모든 것이 새로이 시작되었다. 그것은 깜깜밤중에 문득 만난 샛별이었다. 하지만 운명의 장난질은 공교로웠다. 잠시 눈부셨던 그들 앞에 다시 깊은 어둠의 장막이 드리웠다. 이속의 사건으로 녹주가 경황없이 지내는 동안 서로에게도 큰일이 닥쳤다. 풍병을 앓던 어머니 이씨가 마침내 세상을 떠난 것이었다.

마지막 순간은 느닷없이 찾아왔다. 삼십여 년을 끊임없었던 잔소리에 대한 회오인 듯, 이씨 부인은 유언조차 남기지 않았다. 그저 외마디 비명과 함께 임종하던 서로의 팔목을 힘껏 훔켜쥐었다. 마주친 눈길이 사나웠다. 핏발 선 눈심지는 어린 아들의 사소한 잘못에도 가차 없이 뱃성을 내던 젊은 어미의 그것이었다. 서로는 저도 모르게 이씨 부인의 손을 뿌리쳤다.

"어머니, 단 한 번이라도 진심으로 소자를 어엿비 여긴 적이 있으셨습니까?"

이씨 부인은 낯설지 않은 그 말을 과연 어디서 들었던가 골똘히 생각하는 표정으로 죽었다. 해결하지 못한, 미루거나 잘못 푼 문제들은 언젠가 어떻게든 삶에 복수하기 마련이었다.

서로는 열심히 삼년상을 치렀다. 아는 이들 모두와 모르는 이들까지 입 모아 효심을 칭송했다. 하지만 아는 이들과 모르는 이들 모두가 모르는 그 속내는 미묘하였다. 서로는 묘소 근방에 움집을 짓고 기거한다는 명분으로 집에서 벗어났다.

"효는 인륜의 근본이요 덕의 으뜸이니, 부디 해상(解喪)의 날까지 지성을 다하시길 바라나이다. 죄첩(罪妾)*은 집안을 지키며 정심(貞心)을 다하겠나이다."

부인 정씨는 언제나처럼 법도에 맞는 정중한 언행으로 서로를 배웅했다. 사실 이씨의 살아생전에 며느리 정씨와 시어머니 이씨는 견묘(犬猫)처럼 앙숙으로 지냈다. 이씨 부인은 명문가 출신의 며느리를 함부로 부리지 못해 화증이 더했고, 정씨는 병중인 시어머니의 수발을 여종들에게 떠맡겼다. 그래도 정씨가 한 수 위였다. 시모상에 즈음해 정씨는 다시금 효부(孝

* 죄를 지은 아내라는 뜻으로, 상중(喪中)에 있거나 근신하고 있는 부인이 자기를 가리키던 말

婦)의 모습으로 말끔히 탈바꿈했다. 법도와 예식을 말하는 데 있어 일체의 어긋남과 부족함이 없었다.

서로는 그 모습에 놀라지 않았다. 냉심한 성격이 아니었다면 정씨는 강퍅한 시어머니와 무심한 남편을 견디지 못했을지도 모른다. 항상 그만큼의 어색하고 낯선 거리가 있었기에 나름의 삶을 견뎌낸 것이다. 정씨는 서로의 일을 궁금해하지 않았다. 바깥일에 관심을 갖는 것은 부인의 도리가 아니었다. 정씨는 서로에게 사랑을 요구한 적이 없었다. 정숙한 부인은 남편 앞에서 웃음을 흘리며 교태를 부리지 않았다. 그것을 유학에서는 정시지도(正始之道)*라 불렀다.

아침저녁 궤연 앞에 상식을 바쳤다. 아무리 새로 지어 올려도 줄어들지 않는 귀신의 밥그릇을 보며 천륜이라는 이름으로 옭매었던 어머니와의 애증을 풀었다. 명백한 영이별을 확인하며 두려움에 떨던 소년의 기억에서 차차로 벗어났다. 가끔은 웃고 가끔은 울었다. 오로지 혼자였기에 양껏 힘껏 맘껏 그리하였다. 어린 동생들이 찾아오면 서로는 그들을 쫓아 보냈다.

"너희의 지극한 마음은 안다만 어머니가 원하시던 게 무엇

---

* 인류의 시초인 부부 관계를 올바르게 하는 도리

이었는지 생각해 보아라!"

둘째 서강은 사간원의 정언(正言)으로 있다가 내분에 휩싸여 파직당해 근신하는 중이었고, 막내 서안은 과거를 앞두고 있었다. 그들은 얼마간 풀이 죽고 얼마간 안도의 빛을 띤 채 산을 내려갔다. 동생들은 어머니를 고통스럽게 추억하지 않았다. 늦둥이인 그들이 기억하는 이씨 부인은 안쓰러운 늙은 어미일 뿐이었다. 서로는 그런 동생들이 부러웠다.

숲에는 거친 바람이 몰아쳤다. 밤은 음험한 아가리를 벌리고 우우우 어둠의 노래를 불렀다. 죽은 넋들의 귀곡(鬼哭)이었다. 하지만 서로는 무섭지 않았다. 단지 외로울 따름이었다. 바람은 마음속에서 더욱 맹렬히 불었다. 어둠은 마음의 바닥을 짚고 깊어졌다. 잠은 얕았고 꿈은 산란하였다. 죽은 자와 보내는 삶의 시간은 더디게 흘렀다. 현실은 점차로 묘연해졌다. 벼슬을 잊었다. 집을 잊었다. 아내라는 이름의 여인과 자식들마저 잊었다. 허무하게도 뜻밖으로 너무 잘 잊혀졌다.

듬성드뭇하나마 흰머리가 돋아 오를 즈음이었다. 세상의 이치에 어마만큼 익숙해졌다고 믿었다. 고개를 숙이고 시선을 피하고 머리를 조아릴 줄도 알았다. 편짝을 이루고 적을 피해가는 눈치도 익혔다. 앞으로는 이제껏 배우고 익힌 대로만 살아가면 무탈할 터였다. 불혹(不惑)이란 결국 그런 비겁과 타협의 소산이었다. 더 이상 홀리지 않기에 설렐 것이 없다. 헷갈 릴 일이 없기에 지루하고 권태롭다. 흔들리며 헤매지 않기에 아무 데로도 가지 못한다. 그저 이대로, 그냥 이대로……

하지만 꿈결에 서로는 여전히 미혹에서 허우적댔다. 살아온 모든 날들이 허구렁처럼 느껴졌다. 무엇이 선이고 무엇이 악인 지, 어떻게 옳고 어떻게 그른지 알 수 없었다. 그리고 그 미몽 의 끝에는·어김없이 한 사람이 있었다. 한 마음이 있었다.

친구이자 누이인 녹주 앞에서 서로는 어린아이이자 광대였 다. 가장 거룩하고도 위험한 비밀을 알고 있는 유일한 상대였 다. 그래서 필사적으로 그것을 들키고자 하였다. 하지만 코끝 에 맴도는 살내와 손끝에 느껴지는 살결을 향해 더듬거리노 라면 아직 썩지 못한 무덤 속의 어머니가 나타났다.

―위험하다! 썩 비켜나라! 그 계집아이는 네게 독을 마시 게 하지 않았더냐?

―강제로 권하여 억지로 마신 것이 아닙니다. 그 지경을 눈 앞에 두고 어찌 망연히 지켜볼 수 있었겠습니까?

산 어머니와 한 번도 해보지 못했던 대거리를 죽은 어머니 의 혼령과 거듭했다. 처음에는 꿈속에서조차 두렵고 괴로워 목소리가 자꾸 기어들었다. 하지만 시간이 지날수록 서로의 목소리는 높아지고 이씨 부인의 새청은 잦아들었다. 꿈속에서도 알았다. 그들은 삶과 죽음을 경계로 영원히 나뉘어졌다는 것을. 그래서 서로는 어느 때보다 굳세고 용감했다. 이씨 부인의 귀신이 부리는 생짜는 맥없고 따분했다.

　—지금 네가 스스로 마시고자 하는 것은 무엇이냐? 그것이 독이 아니라면 무엇이란 말이냐?

　—갈증이 납니다. 지금까지 숨 쉬는 송장으로 살아내기에 지쳐 혓바닥이 굳고 목이 탑니다!

　—항시 모든 것을 최고로 누리게 해주지 않았더냐? 무엇이 부족하더냐? 어찌하여 그토록 목이 탄단 말이냐?

　—사랑, 그것이 목마릅니다. 어머니가 한 번도 양껏 주시지 않았던 사랑 말입니다!

　끝내 마음 밑바닥의 말을 토하며 서로는 통곡했다. 결국엔 그것이었다. 모든 것이 그로부터 비롯되었다. 어머니가 어린 아들을 학대한 까닭도 사랑 때문이었다. 어머니는 할머니의 사랑을 믿지 못했고, 아버지는 어머니를 사랑하지 않았다. 사랑받지 못한 채 자라난 아들은 끝내 갈급증에서 벗어나지 못했다.

　꿀이 아니라 독일지라도 어쩔 수 없었다. 야만적인 욕망과 불안이 충돌하는 채로 마지막 순간까지 그 허망한 빛에 꺼둘릴 수밖에 없었다. 서로는 완전히 꿈에서 깨어났다. 원망도 후

회도 사라진 자리에 남은 것은 오직 달콤 씁쓰레한 그리움뿐이었다.

꽃이 지고 있었다. 필 때는 미처 몰랐지만 질 때는 실히 알았다. 켜켜이 쌓여 묵은 설움, 그 쓰라리고 안타까운 마음 때문이었을 테다. 녹주는 뜨문뜨문 찾아와 보기에 귀해진 몸엣것을 쓸쓸하게 기다렸다. 소용을 잃은 개짐이 메마른 샅에서 걸리적거렸다. 재촉하지 않아도 피어난 꽃은 지기 마련이었다.

"아무래도 한양을 떠나야겠소."

안팎이 어수선한 가운데 이귀산이 느닷없는 소리를 하기 시작했다.

"어디로 가시려고요?"

"어디로든 가야겠소. 아들놈이 애각(涯角)*에서 종살이를 하는 마당에 무슨 낯짝으로 도성에 머무르리오?"

"……"

"왜 아무 말이 없소? 당신은 떠나기 싫단 말이오?"

"어르신의 마음이 그러하시다면 어찌 제가 거역하겠습니까? 다만 미련한 아낙의 소견으로는 서두르기보다 시간을 두

---

* 멀리 떨어져 있어 외지고 먼 땅

고 차분히 가대(家垈)*를 구하시는 게 좋을 듯합니다."

"암, 당연히 그래야지. 내가 묻히고 당신이 함께 묻힐 마지막 터를 구하는 일인데 어찌 소홀할 수 있겠소?"

이귀산의 표정이 진지한 만큼 녹주는 섬뜩했다. 그와 동혈(同穴)에 묻혀 썩어가는 상상을 하는 순간 온몸에 소름이 돋았다. 머리와 상관없는 몸의 반응이었다. 삿되고 배은망덕할지나 온전히 간솔한 감정이었다. 녹주에게 이귀산은 고마운 사람이었다. 하지만 은혜를 갚기 위해 사랑할 수는 없었다. 고마움을 빼면 더 남을 것이 없는 관계는 시간이 지날수록 공허해졌다. 곱씹을수록 외로워졌다.

시들어가는 몸에 미열이 번졌다. 잠들지 못하는 밤이 늘었다. 찬바람이 나면 해소 기침이 더해지는 이귀산은 녹주를 위한답시고 안채에 잠자리를 펴지 않았다. 더운 몸이 서러웠다. 솜뭉치를 삼킨 듯 가슴이 답답했다. 허투루 했던 주먹질로 앙가슴에 피멍이 맺혔다. 대 끝에서도 삼 년이라, 까딱하다가는 떨어지고 마는 조붓한 대나무 끝에서도 삼 년을 족히 견뎌 내리라 하였다. 아무리 어려운 일을 당할지라도 참고 견디면 마침내 끝이 있을지니……. 하지만 녹주는 대 끝에서 비틀거리

* 집의 터전

270

고 휘청대지 않기 위해 발끝에 힘을 주고 앙버티기에 지쳤다. 맥없이 마흔을 넘어선 그녀는 더 이상 무엇에도 희망을 걸 수 없는 폐허였다.

언젠가부터 마지막을 꿈꾸었다. 높다란 서까래를 쳐다보았다. 깊은 우물을 들여다보았다. 스스로 지워냈던 아비어미의 기억과 얼굴조차 가물가물한 동생을 떠올렸다. 물이든 불이든 개의치 않았다. 아프거나 슬프거나 매한가지였다. 철이 바뀌었지만 새 옷을 짓지 않았다. 분을 바르고 장신구를 걸치는 일도 그만두었다. 그럼에도 불구하고 그즈음 녹주의 표정에는 묘한 활기가 돌았다. 아무것도 마음대로 할 수 없었던 삶을 마무리나마 제 손으로 할 수 있으리라는 기대감 때문이었다.

이런 지경을 까마득히 모르는 채 이귀산은 한양을 떠나 이거할 궁리에 여념이 없었다.

"부인, 기뻐하시오. 용인 함봉산 자락에서 우리에게 맞춤한 마을을 찾았소! 그곳에 누옥을 지어 나무나 두어 그루 심어두고 강가에서 낚시하며 은일해 지냅시다."

이귀산은 전국을 뒤진 끝에 숨어살기 좋은 도린곁*을 찾아냈다고 자랑했다. 그가 말하는 '우리'가 누구인지 알면서도 알

* 사람이 별로 가지 않는 외진 곳

수 없었다. 혼자만의 지고지순, 혼자만의 정성…… 주고받음이 없는 외곬의 그것은 사랑이 아니었다. 사랑이라는 이름의 폭력이었다. 지고지순하고 정성스러울수록 더욱 거칠고 사납게 마음을 할퀴었다.

모든 거짓에 완전히 지쳤다. 허깨비처럼 살기에 진력이 났다. 옷장에는 낡은 옷들뿐이었다. 심심파적으로 쓰고 그렸던 서화는 깨끗이 태웠다. 며칠 후 이귀산은 집터를 닦기 위해 용인에 가리라 하였다. 그를 배웅하고 돌아오는 길로 허리끈을 걸 서까래를 정해 두었다. 고리를 만들어 매듭이 풀리지 않는지 확인도 해보았다. 발끝으로 옥갑을 차고 고요히 매달리면 그만이었다. 미련도 설움도 후회도 두려움도…… 모두가 한순간에 사라지리라.

그런데 모든 소장품을 정리하고도 끝내 처리하지 못한 한 가지가 있었다. 이속의 난리가 나고 서로가 삼년상에 들어가면서 다시는 불지 못한 옥적이었다. 그것은 차갑고 매끈매끈했다. 하지만 숨결을 불어넣으면 이내 뜨겁고 아름다운 선율을 토해 널 테다.

—나는 너를 사랑한다. 아무리 시간이 지나도, 어디에 어떤 모습으로 있어도…… 사랑한다!

불현듯 귓불이 훅 달아올랐다. 애써 축조한 기억의 제방을 넘어 그 목소리, 그 눈빛, 그 말이 물밀어들었다. 아무리 높이 단단히 쌓는대도 애초에 막을 수 없는 해일이었다. 눈물이 솟구쳤다. 연이은 집안의 흉사에 차마 흘리지 못했던 눈물이었다. 세상이 흐렸다. 선과 악, 옳고 그름, 아름다움과 추함이 억박적박 뒤엉켰다. 눈물을 흘리는 동안 녹주는 서로에게 한 번도 정직한 대답을 하지 못했다는 사실을 깨달았다. 죽음보다도 두려운 것은 제대로 살아보지 못했다는 것이었다.

늦가을 낮전, 햇살은 마른 잎처럼 바스락거리며 부서져 내렸다. 쌀랑이는 바람이 시든 꽃밭을 뒤훑고 지났다. 이귀산은 조반을 들자마자 용인으로 출발했다. 녹주는 하릴없이 집안을 한 바퀴 휘돌았다. 몸은 기거했으되 마음이 머물지 못한 집은 괴괴하였다. 비로소 떠날 때가 되었다. 별루(別淚) 대신 맥없는 미소가 피식 새었다.

그런데 혼자만의 고별식을 마치고 이미 이승의 것이 아닌 듯한 발걸음으로 섬돌을 오를 때였다. 문득 안중문 밖에 예기치 않은 훼방꾼이 나타났다.

"마님! 본가에서 서간이 도착했나이다."

가슴이 덜컥 내려앉았다. 녹주에게 친정붙이라는 이름으로 서간을 보내올 이는 세상에 단 한 사람뿐이었다.

하늘과 땅은 영원하고　　　　　　　　天地長不沒

산과 강은 바뀌지 않네　　　　　　　　山川無改時

초목도 하늘의 이치를 얻어　　　　　　草木得常理

서리와 이슬에 시들고 피는데　　　　　霜露榮悴之

만물의 영장이란 사람만은　　　　　　謂人最靈智

홀로 그들과 같지 못하네　　　　　　　獨復不如茲

언뜻 이 세상에 태어났다가　　　　　　適見在世中

어느덧 사라져 돌아오지 않으니　　　　奄去靡歸期

사라진 사람을 누가 기억하리　　　　　奚覺無一人

　단정하고도 힘찬 서체가 눈에 삼삼하던 그것이었다. 그가 돌아왔다. 삼년초토 끝에 해상한 서로는 구구절절한 사연을 대신해 도연명의 시 「몸이 그림자에게[形贈影]」를 보내왔다. 본래의 시는 인생무상을 노래하고 있으나, 녹주에게 전해진 서로의 시는 자진을 결심한 녹주를 다독여 위로하는 듯했다. 거듭된 우연이 필연이었다. 거부할 수 없는 필연이 운명이었다.

　녹주는 서로의 서간을 거듭해 읽었다. 천천히 한 자 한 자 새기듯 읽었다. 옹송크린 입술에서 비린 피 맛이 느껴졌다. 혀 끝으로 핥다가 끝내 감빨아 삼켰다. 몸이 있으니 그림자가 있고, 그림자가 있어 몸이 있음을 확인한다. 몸은 그림자를 떨쳐

274

낼 수 없었다. 그림자는 몸 없이 어디로든 갈 수 없었다.

먹을 갈아 붓을 들었다. 잠(潛)*의 시로 감췄던 마음을 전해왔으니 답은 응당 그의 시「그림자가 몸에게[影答形]」일 수밖에.

영원히 사는 것은 말도 안 될뿐더러	存生不可言
살아가는 그 자체로도 힘들고 구차하네	衛生每苦拙
곤륜산과 화산에서 노닐고 싶어도	誠願遊崑華
멀고도 길이 끊겨 막막하기만 하네	邈然玆道絶
그대와 우연히 서로 만나	與子相遇來
슬픔과 기쁨을 함께 느꼈네	未嘗異悲悅
그늘에 쉴 때는 잠시 떨어지나	憩蔭若暫乖
햇볕에 나서면 끝까지 함께 있네	止日終不別

시를 적고도 한참을 망설였다. 파리한 얼굴이 붉게 달아올랐다가 다시 핼쑥해졌다. 마침내 서간의 끝에 한 줄을 덧붙였다. 지금껏 서로가 던졌던 무수한 질문에 대한 해묵은 대답이었다.

* 도연명의 이름

‘나무[木]로 점쳐[卜] 만날 곳을 물어보라. 격조한 세월
에 울울한 마음이 깊으니, 함께 맺은 것을 함께 풀고자 하노
라……!’

밀회

누가 먼저랄 것이 없었다. 무슨 신호랄 것도 없었다. 몸이 마음을 앞질러 달려갔다. 으스러질 듯한 포옹 속에 북, 솔기 타지는 소리가 났다. 윽박아 가둬두었던 마음이 오색영롱한 구슬들처럼 와그르르 쏟아졌다.

배고픈 듯 허둥거렸다. 목마른 듯 더듬거렸다. 눈과 눈, 입과 입, 손과 손, 가슴과 가슴이 마주쳤다. 떨리고 떨리는 것, 아프고 아픈 것이 맞닿았다. 그리하여 온몸이 온몸으로 만났다. 말은 필요치 않았다. 물밀어드는 회한과 격정을 표현할 말은 세상에 없었다. 다만 순연한 짐승들처럼 보듬고 어루더듬었다.

네가 바로 너임을 확인하려는 듯, 네가 나인 듯.

세상 전부를 삽시간에 깨뜨리고 부서뜨리고 찢고 무너뜨리던, 그리하여 다시 치솟고 움트게 했던…… 어린 날의 현기증 나는 풋내는 사라졌다. 상투와 쪽으로 꼭꼭 마감한 머리를 들추면 기억마저 허옇게 세어가고 있을 테다. 많은 것이 변했다. 시간에 찰과상을 입은 살결은 거칠어지고 탄성은 시들었다. 그러나 가장 중요한 것은 변하지 않았다. 열망과 갈증과 두려움과 흥분만은 시간을 거슬러 고스란했다.

말할 수 없는 숱한 이야기를 감춰문 입술을 파고들었다. 발쪽한 혀가 간잔지런한 잇바디를 꼼꼼히 더듬었다. 바싹 말라 탄 입술이 뜨거운 침으로 젖어들었다. 깊은 입맞춤은 오래 이어졌다. 잊히지 않는 설움까지 빨아들일 기세였다. 애써 잊은 원망까지 삼켜버릴 작정이었다.

서로가 녹주의 치마끈을 잡아당겨 풀었다. 저고리는 고름을 뜯어 훌훌 벗어던졌다. 그 와중에도 녹주는 매달리듯 서로의 입술에서 제 입술을 떼지 못했다. 열네 살의 격정이었다. 스무 살의 열망이었다. 그래서 어쩔 수 없었다. 열네 살의 서투름이었다. 스무 살의 어리석음이었다. 그래도 어쩔 수 없었다. 어느 때보다 우뚝한 서로의 비밀이 녹주의 깊숙한 비밀을 파고들었다. 비밀과 비밀이 만나 뜨거운 진실이 되었다. 이십여 년 전 불장난과도 같았던 처음과는 비교할 수 없었다. 그리움의 세월로 농익은 욕정은 그대로 불덩이이며 불화로였다.

아!

외마디 탄성이 동시에 터졌다. 오목한 것과 볼록한 것이 만나는 이치는 오묘하였다. 어찌하여 그것을 합일(合一)이라 부르는지를, 둘이 하나가 되어 둘보다 더 커지는 기쁨을 비로소 알았다. 눈물, 땀, 불멸의 갈망 같은 씨물이 한데 질퍽거렸다. 축축하고 끈끈한 생이 한 줄기로 흘렀다. 가장 지극한 환희와 가장 음습한 절망이 한순간에 그들을 압도하였다. 오직 사랑만이 부릴 수 있는 요사였다. 사랑의 신비였다.

"행복해!"

라고 말해야 할지,

"무서워……."

라고 고백해야 할지,

알 수 없어 서로와 녹주는 침묵했다. 행복해서 무서웠다. 무서운 행복이었다.

절정의 순간을 맛본 그들은 둑을 넘은 밀물과 같았다. 망설이고 주저했던 녹주의 열정이 더욱 크고 돈하게 솟구쳤다. 순량한 집짐승 같던 그녀는 사랑을 나눌 때 맹수가 되었다.

더 이상 운명으로부터 도망치지 않겠다는 다짐이 낯설고 사나운 욕망을 쏘삭였다. 함부로 포효했다. 거칠게 물어박질렀다. 헐벗은 어깨에, 등판에, 허벅지에 날카로운 이빨을 박았다. 아무리 아프고 쓰라려도 홀로 견딘 세월만은 못할 것이었다.

한시가 아깝고 순간순간이 애틋했다. 하지만 세상에 허락받지 못한 연인들에게는 지상의 방 한 칸이 아쉬웠다. 나무로 점쳐 따라가는 목복(木卜)의 장소가 품은 밀의는 박씨(朴氏), 박동문의 집이었다. 박동문의 어미는 서로의 아버지 조반이 개성에서 작첩했던 여인의 딸이었다. 따라서 박동문은 이복누이의 아들로 서로에게 조카뻘 되는 인물이었다. 어미가 죽으며 개성의 장사꾼 집에 양자로 들어갔던 그는 십여 년 전 종루를 중심으로 경시(京市)가 형성될 때 한양으로 옮아와 터를 잡았다. 도읍지가 바뀌면서 난장판이 된 시장을 정비하기 위해 나라에서 개성의 상가를 모방해 상설시장을 꾸미며 개성상인들이 한양에서 장사를 할 수 있도록 허락했던 것이다.

박동문은 미곡과 소금을 취급했고 곧 점포를 늘려 포목과 잡화를 팔았다. 녹주와는 서로의 소개로 쌀과 소금을 대면서 안면을 텄다. 서로의 조카이며 동향 사람이라는 연고도 있었지만 어린 날 남동생을 잃었던 녹주는 그를 친동생처럼 다정히 대했다. 그러나 녹주가 밀회의 장소로 박동문의 집을 택했던 까닭은 감정적이고 감상적인 것만이 아니었다.

박동문은 뛰어난 장사꾼이었다. 개성상인 특유의 외빼기와 쌍빼기 기술을 적절히 활용해 젊은 나이에 알부자가 되었다. 그의 셈은 아는 사람 모르는 사람을 가리지 않고 야무졌다. 이귀산은 박동문의 재상분명(財上分明)*함을 칭찬하는 한편 에누리나 덤을 모르는 야박함에 섭섭해하기도 하였다. 하지만 그는 이재에 밝은 만큼 입이 무거운 사내였다. 피 한 방울 섞이지 않아도 신용으로 똘똘 뭉치는 개성상인다웠다. 그는 돈과 침묵의 무게를 같은 것으로 다루었다. 빈털터리가 되거나 비밀이 새거나, 가벼움은 한가지였다.

서로가 알면 펄쩍 뛰었을 일이지만 박동문의 집을 빌릴 때마다 녹주의 옥갑에 든 패물이 하나씩 사라졌다. 녹주가 건넨 그것을 박동문은 말없이 받았다. 무엇 때문에 패물을 건네는지 묻지 않았다. 한나절 동안 별채를 비워주는 값으로 넘치거나 모자란다는 말도 없었다. 그는 절박하게 일그러진 녹주의 얼굴을 잠시 쳐다보고, 스스럼없이 패물 주머니를 받아 챙겼다. 녹주는 박동문의 철저한 상도가 고마웠다.

* 재물을 다루는 데에 조금도 흐리터분한 데가 없이 셈이 밝고 태도가 명확함

이귀산은 더 자주 더 오래 용인에 가서 머물렀다. 이귀산은 괴로운 현재보다 미래의 환상에 취해 있길 즐겼다. 어느 날인가는 바짓가랑이에 흙을 잔뜩 묻히고 돌아와,

"뜰에 회나무나 두어 그루를 심으려 하오. 여름이면 서늘한 그늘 아래서 부인의 피리 소리를 듣는 흥취가 기막힐 것이오!"

하며 너스레를 떠는가 하면, 또 어느 때는 평생 흙 한 번 만져보지 않은 뽀얀 손으로 농서(農書)를 뒤적이며,

"심심파적으로 구메농사를 지을 밭뙈기를 조금 마련했소. 콩을 심어 두부를 쑬까, 팥을 심어 떡을 빚을까? 부인이 더 좋은 걸 골라보시오!"

라고 설레발을 쳤다.

용인의 집은 예정보다 커지고 공사 기간이 늘어났다. 이귀산은 자기 관을 짜는 것처럼 정성스럽고도 비장하게 집을 지었다. 섬돌 하나까지 손수 고르는 모습을 보노라면 섬뜩한 기분이 드는 것을 어쩔 수 없었다. 그 관에 함께 포개져 무덤으로 끌려들어가고 싶지 않았다. 그래서 허겁지겁 사랑으로 도망쳤다. 사랑이야말로 삶이었다. 오롯한 삶의 본능이었다.

계절이 가고 해가 바뀌었다. 창원부에 관노로 보내진 이속에게선 아무런 소식이 없었다. 그런 줄로만 알았다. 어느 날 출

가한 이귀산의 큰딸네에서 녹설(鹿舌)*을 보내온 차에 심부름
꾼에게 행여 기별이 있는가 물어보니, 궁인의 딸에게 주기 싫
어 죽었다 했던 아들이 거친 환경을 견디지 못해 정말 죽었다
고 하였다. 이악스런 부모와 달리 순하고 귀염성이 있어 녹주
가 귀애했던 아이였다.

—할머니!

낯선 호칭으로 불릴 때마다 깜짝깜짝 놀라곤 했다. 하지만
수줍고 조심스런 그 목소리를 듣노라면 절로 마음 한구석이
더워졌다. 그랬던 아이가 돌연히 죽었다는 것도 놀라운 일이
었지만 더 큰 충격은 따로 있었다. 이귀산은 애초에 흉보를 알
고 있었다고 했다. 날짜를 따져보니 그 즈음이 바로 용인의 집
터에 회나무를 심었다며 그늘 운운 흥취 운운했던 때였다.

녹주는 경악했다. 이귀산에게 그녀는 무엇일까? 그는 왜 녹
주에게 아이의 죽음을 숨겼을까? 십분 이해해 걱정거리를 안
겨주지 않으려는 배려였다 하더라도 천연덕스런 너털웃음과
감쪽같은 생시침은 소름끼쳤다. 그는 녹주를 화초처럼 애완
할 따름이었다. 스스로 생각과 감정을 품는 것을 허락지 않았
다. 그러니 그녀의 영혼이 어떤 천국과 어떤 지옥을 오가는지

* 값지고 귀한 음식

헤아리지 못하는 것은 당연했다. 정성조차 상대가 원하지 않을 때는 폭력이었다. 메아리 없는 함성은 소음이었다.

녹주의 마음은 이귀산을 떠났다. 하지만 비루한 몸은 아직 그에게 붙매여 있었다. 한때 녹주는 서로와 더불어 배부도주(背夫逃走)*할 것을 궁리했다. 하지만 그것은 술래의 눈을 피해 동굴이나 꽃그늘 아래 숨는 일과 달랐다. 새로운 고장에 닿기도 전에 화적떼에 털리거나, 들짐승의 밥이 되거나, 사나운 눈에 포착되어 관아에 끌려갈 것이었다. 언제나 낯선 길을 가는 사랑은 길잡이가 되어주지 못했다. 가혹한 현실을 벗어날 수 없었다. 잔인한 상상에 갇혀 옴짝달싹할 수 없었다. 무엇도 보호해 주지 않았고 무엇에도 고통을 호소할 수 없었다.

규범의 감옥은 모든 탈주로를 봉쇄했다. 명교의 지배하에 법식의 길은 점점 좁아지고 있었다. 이제 세상은 정혼하지 않은, 집안의 약조로 맺어진 사이가 아닌 모든 남녀 관계를 통간이라 불렀다. 법도와 양식의 배좁은 외길을 끌려가며 많은 이들이 배틀걸음 쳤다. 허영거리며 절름발이의 낙인을 받았다. 그리할 수 없다면 길에서 쫓겨났다. 길을 잃고 황무지를 헤매다 어둠의 고샅으로 숨어들어야 했다.

* 남편을 배반하고 도망감

—살기 위해 사랑하느냐, 죽지 않기 위해 사랑을 속이느냐?!

그것은 녹주에게 선택의 문제가 아니었다. 지금껏 운명이라 불리는 굴레에 묶인 채 왜바람을 맞은 검불처럼 꺼둘렸다. 죽음보다 두려운 것은 단 한 순간도 스스로 살 수 없다는 사실이었다. 그리하여 가장 행복한 순간에 가장 무서운 파국을 떠올릴지라도, 목숨을 걸고 사랑할 수밖에 없었다. 그토록 어리석은 사랑이 그녀가 생에 할 수 있는 유일한 저항이었다.

정사(情事) 끝에는 아득한 죽음의 예감이 있었다. 무릇 모든 숨탄것은 그로써 불멸을 꿈꾸고 그로부터 사멸하기 마련이었다. 끝을 모르고 달려간 쾌감은 마지막 순간 발치에 놓인 낭떠러지를 보았다. 한 발자국만 더 내딛으면 끝이었다. 이미 끝의 시작이었다.

"이대로 세상이 멈춰버렸으면 좋겠어……. 네 품에서 잠들어 깨어나지 않았으면 좋겠어."

갓난이처럼 붉은 알몸으로 녹주가 서로의 가슴을 파고들며 속삭였다.

"하지만 우리는 잠시 함께 고단한 눈을 붙일 수조차 없지. 허겁지겁 옷을 꿰어 입고 아무 일도 없었던 것처럼 헤어져 가야 하지. 나는 그때를 견딜 수 없어. 돌아선 네 등을 보는 순간 미칠 듯이 서럽고 외로워져. 널 만나지 못한 채 그리움에 몸부림쳤던 때가 차라리 나았어. 난 나를 다시 찾은 네가 미워. 그럼에도 너를 만나고 싶어 미칠 듯이 쩔쩔매는 내가 미워!"

열에 들떠 섬어를 주워섬기는 녹주의 눈에 공포가 깃들어 있었다. 늘 마지막 같은 만남이었다. 하지만 만나는 순간 모든 다짐은 무산되었다. 숨길 수밖에 없는 사랑에 대한 죄책감과 헤어날 수 없는 사랑에 대한 정열이 광증을 불러일으켰다.

"나를 미워하는 건 좋다. 하지만 너를 미워하지는 마라. 너는 잘못이 없다. 다 내 잘못이다!"

서로의 얼굴이 고통으로 일그러졌다.

"처음부터 나의 비겁 때문에 너를 잃었다. 네게 생뚱맞은 먹옷을 입히고 공연한 모욕에 시달리게 했다. 내게 조금만 용기가 있었더라면, 스스로에게 조금만 솔직했다면, 지금처럼 네가 괴로워하는 일은 없었을 텐데……"

값없이 스쳐 보낸 날들을 자책하는 서로의 눈자위가 벌겋게 달아올랐다. 거역할 수 없다고 믿었던 것들이 더욱 큰 반역을 낳았다.

"미안하다."

서로는 녹주에게 약속 대신 사죄를 바칠 수밖에 없었다.

"아니야, 내가, 내가 더 미안해. 내가 아니었더라면 너는 무익한 죄악감 따윈 느낄 필요가 없었을 텐데, 세상 사람들이 모두 부러워하는 삶을 맘껏 누리기만 하면 되었을 텐데…….”

그럼에도 사랑으로 기꺼이 낮아진 여인은 부질없는 사과마저 거절했다. 그녀는 세상을 몰랐다. 기어이 모르려 하였다. 서로는 그 억지스런 모르쇠가 더욱 아팠다.

“이 바보야, 그게 아니다. 우리의 일이 알려지는 순간 네가 감당할 것과 내가 겪을 일은 천양지차이리라. 그때 나는 너를 지킬 수 없을 게다. 아무것도 할 수 없을 게다…….”

청화당의 나라와 녹주의 나라는 확연히 달랐다. 새 나라의 기틀이 잡혀갈수록 그를 벗어난 것들에 대한 통제는 강화되었다. 통제를 강화하기 위해서는 가혹한 처벌이 불가결했다. 하지만 죄가 같다 해도 벌은 달랐다. 서로는 권력의 가까이에 있었기에 그 속성을 분명히 알고 있었다. 언제나 표적이 되는 것은 더 악한 죄인이 아니라 더 약한 희생양임을.

“내 욕심 때문에 너를 위험에 빠뜨리게 된다면…… 아니, 그럴 수는 없다! 그러니 차라리 지금이라도 너를 놓아주어야 하지 않을까? 하루에도 수십 번씩 생각하고 또 생각한다. 그것이 너를 지킬 유일한 방법이 아닐까?”

격정을 이기지 못한 서로가 마침내 울음을 터뜨렸다. 팽팽한 얼굴에 주름이 지고 순흑의 머리채에 서리가 내려앉았지만 녹주 앞에서 그는 영원한 어린아이였다. 부끄러움을 모르고 체면과 격식 따윈 아랑곳없었다. 단재미에 취해 가문과 벼슬, 처자식마저 잊었다. 철저히 이기적이고 뻔뻔스럽게, 그는 생에 처음으로 자유로웠다.

"네가 날 놓는다고, 내가 지켜지겠느냐?"

녹주가 눈물로 젖은 그의 눈꺼풀에 입을 맞추었다. 연민과 회오의 맛은 짭짜름했다.

"언제라도 지겹고 지루해지면, 조금이라도 위태롭고 불리해지면 뿌리치리라 생각했다면…… 애초에 네 손을 잡지 않았을 거야!"

일탈을 낳는 것은 금기였다. 금지에 대한 분노와 절망으로 사랑은 더욱 뜨거워졌다. 쓰디쓴 용기를 토하는 녹주의 입술을 서로의 마른 입술이 그러덮었다. 흰 목덜미에 이를 박고 젖무덤에 얼굴을 비볐다. 숨은 비밀은 흥건히 젖어 있었다. 성난 정염은 거침없이 돌진했다. 몸과 그림자가, 그림자와 몸이 한 덩어리의 어둠이 되었다. 빛이 되었다. 얽히고설킨 채 산산이 부서졌다.

헝클어진 머리와 흐릿한 눈빛, 쾌감의 물결에 휩쓸려 나른해진 채로 녹주가 뇌까렸다.

"사랑이 없어도 사람은 살 수 있을까? 그렇게 살지 못하는 우리가 잘못된 걸까?"

땀에 젖어 뺨에 달라붙은 머리칼을 가만히 떼어주며, 서로가 대답했다.

"우린 아무것도 잘못하지 않았다. 잘못이라면 악(惡)일 테고, 악이라면 이처럼 한없이 행복할 수 없을 거다."

"하지만 세상 사람들은 그런 것 없이도 잘들 살아가지 않느냐? 안전한 금 안에서 정절과 지조를 지키며 근엄한 태도로……."

"아니, 모두가 그런 척하는 거다. 다들 어떻게든 사랑하고 있을 거다. 그걸 필사적으로 숨기며 들키지 않을 뿐이지. 사랑하지 않고는 아무도 살 수 없다. 그렇게 살 수 있다면…… 그건 다만 사는 시늉을 하는 것뿐이다."

서로의 말에 녹주가 웃었다. 녹주의 미소를 따라 서로도 웃었다. 삶은 그토록 짧은 순간에 있었다. 그들은 다만 일말의 시늉도 없는 선명한 한때를 살 뿐이었다.

그해 제월(除月)* 조서로는 삼 년 전 왕위에 오른 임금의 명으로 지신사(知申事)가 되었다. 지신사는 왕명의 출납을 맡은 승

* 음력 12월

정원의 우두머리로 정삼품 벼슬이었다. 임금의 신임을 얻는 데 있어 성실성과 기민함이 기본이려니와, 그즈음 조서로의 평판은 출사(出仕)한 이후 십여 년 동안의 그 어느 때보다 좋았다.

술과 말이 줄고 미소와 생각이 늘었다. 흐리던 눈에 생기가 돌고 구부정하던 어깨가 펴졌다. 늘 뒷전에서 서성대던 시회에서도 즐거이 시를 읊고 통철한 식견을 펼쳤다. 돌연히 변한 그의 모습에 주위 사람들이 모두 놀랐다.

"세월이 조공에게만 거꾸로 흐르는 모양이오. 나날이 왕성하고 호앙해지니, 조공이야말로 모든 것을 다 가진 사람인 듯하오!"

"천만의 말씀입니다. 천자(賤子)의 부족한 재주를 어여삐 보아주심에 감읍할 따름입니다."

선망하여 칭송하는 소리에 겸손하게 머리를 숙이며, 서로는 의기양양한 속말을 남몰래 삼켰다.

—그렇습니다. 나야말로 세상에서 가장 아름답고 귀한 것을 가진 사람입니다!

지신사가 된 서로는 눈코 뜰 새 없이 바빠졌다. 임금이 친히 치르게 하는 전시(殿試)의 대독관(對讀官)*으로 과거를 참

---

* 조선 시대에, 임금이 몸소 보게 하는 과거에서 독권관을 보좌하도록 하기 위하여 임시로 임명하던 벼슬. 정삼품 이하의 벼슬아치가 맡았다.

관하고, 명(明)에서 온 사신을 접대하는 일을 도맡아 하였다. 적장자인 양녕이 폐해지고 세자로 책봉된 지 고작 석 달 만에 보위에 오른 임금은 조서로의 기재(機才)*와 사신들과 자유로이 통하는 말갈[語學] 능력을 높게 평가하였다. 그리하여 육조 각사에서 진언한 것을 통합해 아뢰도록 하고, 재상과 판서와 함께 지방 관리의 임기를 정하는 법을 의논하게 하였다. 왕명을 전하는 교지가 모두 그를 통하고 최측근에서 모시는 환관까지 직접 뽑게 하니, 조서로에 대한 임금의 신망이 높고 두터움을 세상이 알았다.

그러나 임금의 총애가 극진하고 직책이 위중해질수록 괴로움도 커졌다. 그 하나는 임금의 눈을 속이며 근엄한 유림을 위칭하는 것이요, 다른 하나는 녹주를 만나기가 쉽지 않아졌다는 것이었다. 하지만 죄책감은 그리움을 이기지 못했다. 정념은 두려움마저 가뿐히 뛰어넘었다.

열흘 후면 임금의 적자 향(珦)을 조선국의 세자로 삼는 것을 윤허한다는 황제의 칙서가 도착할 터였다. 수많은 예식과 연회가 준비되어 있었다. 명나라 사신이 돌아갈 때까지 접대를 책임지자면 갈피짬조차 내기 어려울 것이었다. 서로는 초

---

* 기민한 재주나 임기응변의 재치

조했다. 세간의 이목이 쏠리고 흠송의 소리가 높아질수록 마음은 울울했다. 높은 지위는 자부심과 만족감을 주었지만 평가와 시기 역시 혹독해졌다. 얻는 만큼이나 잃을 것이 두려워졌다. 장년의 고관이 되었지만 그의 마음속에는 여전히 소심하고 외로운 아이가 살고 있었다. 능란한 화술과 세련된 태도로 감춘 불안을 이해하고 위로할 이는 세상에 단 한 사람뿐이었다.

한양에서 개성까지는 백 리 길이었다. 짚신 두 켤레가 해어질 각오로 먼길차림을 해야 하지만, 바지런히 재촉하면 해동갑하여 닿을 수 있는 길이었다. 서로는 고질을 칭병하여 사신이 오기 전까지 사흘의 말미를 얻었다.

"마님! 본가에서 보내신 봉송(封送)이 도착했습니다."

서로가 보내온 선물은 다름 아닌 꽃당혜였다. 자색 비단에 당초문이 새겨진 그것은 화려하고 앙증맞았다. 그런데 녹주가 당혜를 꿰어 신어보노라니 발끝에서 무언가가 바스락거리며 걸렸다. 언젠가의 그때처럼, 서로가 작은 쪽지를 숨겨놓은 것이었다.

─시골[乡]의 흰[白] 언덕[阝]에도 곧 가을이 오리라. 필마에 넉넉히 여물을 먹여두었으니 꽃신을 신고 마상에 오르시라.

녹주의 가슴이 사납게 뛰었다. 고향[鄉]으로 가자! 서로가 손을 내밀고 있었다. 이귀산을 따라 성거산 암자에서 내려온 후 한 번도 한양을 벗어나지 못했다. 이따금 북쪽 하늘을 바라보며 잃어버린 자유와 아련한 추억을 새김질할 따름이었다. 금은보옥으로 장식한대도 새장은 새를 가둬두는 감옥에 불과했다. 훨훨 날갯짓하며 날아오르고 싶어 겨드랑이가 간질거렸다.

"개성에 다녀올까 하는데, 허락해 주실 수 있을는지요?"

녹주가 이귀산에게 무언가를 먼저 청한 것은 처음이었다.

"무슨 일로 그러시오?"

느닷없는 요청에 이귀산이 놀라 반문하였다. 녹주는 순간 그의 얼굴이 당황스러움만이 아닌 불쾌감으로 일그러지는 것을 보았다. 모든 것을 다 주었음에도 원하는 것이 남아 있다는 사실을 이해할 수도 인정할 수도 없는 얼굴이었다.

"이즈음 꿈자리가 뒤숭숭하니 자꾸 부모님과 동생의 모습이 보입니다. 원혼을 위한 천도재를 올리고 할머님의 산소도 찾아뵐까 합니다. 용인으로 이거하면 길이 더욱 멀어질 터이니 늦기 전에 꼭 한 번 가보고 싶습니다."

녹주의 말을 들은 이귀산은 금세 표정을 고쳤다. 그는 다시 너그러운 지아비의 모습으로 돌아가 호기롭게 응대했다.

"부인이 그토록 원한다면 그리하시오. 어차피 두메로 이거하면 한양 나들이조차 쉽지 않을 것이오. 말미가 나면 내가 동행해야 마땅할 테지만, 후원에 못을 만들기 위해 구덩이를 파헤쳐놓은 형편이니……."

진물진물한 이귀산의 움펑눈이 번쩍 빛났다.

"처남이 함께 간다면 딱 좋을 터인데, 공무로 바쁘겠지만 연통이나 한 번 넣어보오."

조마조마하던 가슴이 덜컥 내려앉았다. 어쩌면 이귀산은 수상한 기미를 낌새챈 것인지도 모른다. 알면서도 모른 척하기에 이귀산은 지나치게 단순한 사람이지만, 소 뒷걸음질에 쥐를 잡기도 하는 법이었다.

"안 그래도 지난번 방문에 언질을 주셨습니다. 오라버니 형편도 그러하거니와 오래 집을 비우지는 않을 것입니다."

거짓을 말하지는 않았다. 진실을 말할 수 없을 뿐이었다. 녹주는 미칠 듯이 요동치는 가슴을 애써 가누고 마침내 이귀산의 허락을 받아냈다. 하지만 아무리 뻔뻔하고 염치없길 각오해도 스스로에 대한 염오와 죄악감은 어쩔 수 없었다. 일말의 사랑이 없다 하여도 이귀산은 엄연한 지아비였다. 지아비이기 이전에 녹주를 세상 밖으로 끌어낸 은인이었다.

운공의 말은 틀리지 않았다. 이귀산은 그녀의 인연이었다. 하지만 인연이 모두 좋고 귀한 것이리라 믿은 것이 착각이었다. 애정으로 얽혀 맺힌 인연은 언제라도 악연이 될 수 있음을 몰랐다. 은혜를 원수로 갚게 된 괴로움에 앙가슴을 쥐뜯었다. 사랑이라 부르든 통간이라 부르든, 세상 사람들이 아무리 비난하고 질시해도 견딜 수 있었다. 아무리 톺아보아도 타인에 불과한 그들에게 잘못한 일은 없었다. 하지만 이귀산은 달랐다. 그녀에게 죄를 묻고 벌을 가할 수 있는 유일한 사람은, 사랑에 배신당한 그뿐이었다.

“이제는 네가 내 마음을 말려다오.”

개울가에 더욱 울울창창해진 버드나무 아래서 녹주가 서로의 어깨에 기대어 속삭였다.

“어떻게든 그러고 싶다. 너를 행복하게 해줄 수만 있다면 내 심장이라도 족히 바치리라. 하지만 만 가지를 해주고 싶어도 한두 가지조차 온전히 해주기 버거우니, 내 사랑이 네게 무슨 소용인가 생각하면 가슴이 미어지누나!”

서로가 더넘바람에 흩날리는 녹주의 자분치를 쓰다듬으며 한탄했다.

“그런 이야기는 더 이상 말자. 세상 모두가 쓸모와 필요를 좇는대도 애초에 소용을 따질 수 없는 것들이 있으니, 아프지 않으면 어찌 기쁨을 알겠느냐? 슬프지 않으면 어찌 애틋함을 알겠느냐?”

기쁜 만큼 아프고 슬픈 만큼 애틋한 이치에 기대어 녹주는 서로에게 다짐을 졸랐다.

"지금 여기만 생각해. 지금 행복한 것만 생각하자. 주저하며 고뇌하는 것은 지난 세월로 충분하지 않느냐? 우리가 처음 만났던 철모르쟁이 그때처럼, 알고 있는 모든 것을 잊어버리자!"

사랑하는 이와 함께하는 여행은 더없이 즐거웠다. 박동문이 구해준 말은 준족(駿足)임에도 양순했다. 구종으로 딸려 보낸 아이종은 말이 어눌하고 너울가지가 없어 살짝 모자란 듯 보였다. 하지만 행동이 재바르고 어기뚱하지 않으니 박동문의 세심한 배려를 느낄 수 있었다. 미리 연통해 둔 개성상인들의 집에서 지어내는 음식도 맛깔스러웠다. 조랭이 떡국과 편수, 저육 순대 앞에서 서로와 녹주는 탄성을 터뜨렸다. 한양의 반가 음식이 개성의 것을 밑꼴로 삼는다 하나 본향의 맛을 온전히 흉내 낼 수는 없었다. 소박하고 정겨운 맛에 빠져 녹주도 한 그릇을 거뜬히 비웠고 서로는 밥을 더 청해 먹었다. 먹어도 먹어도 속이 구쁜 것이 추억의 진미였다.

"이것이 무언지 알겠느냐?"

쫀득한 찹쌀 반죽에 고소한 기름과 달콤한 조청 맛이 어우러진 그것은 우메기였다. 아무리 권해도 낯섦과 두려움으로 왼고개를 틀던 계집아이가 활짝 웃으며 한입에 베어 물었다.

이제는 걱정과 괴롬의 열병 따윈 앓지 않는 사내아이가 먹지 않아도 부른 배를 흐뭇하게 두드렸다.

곳곳에서 추억이 발길에 채였다. 추억에 깔려 죽고 파묻혀 죽을 것만 같았다. 청화당의 산소 앞에서 외로운 두 아이가 이제 서로를 의지하게 되었노라 고했다. 횡사한 부모형제의 천도재를 올리러 사찰에도 들렀다. 암자까지 오를 짬이 없는 것이 안타까웠지만 본사의 퇴락한 모습을 보노라니 차라리 아니 찾는 것이 나을 듯도 싶었다. 그때 경내를 둘러보는 두 사람 앞에 젊은 비구니 하나가 주춤주춤 다가왔다.

"혹시…… 옛 인연을 기억하시는지요?"

그 비구니는 놀랍게도 반야였다. 꼽추 할머니와 벙어리 아버지와 앉은뱅이 어머니를 둔, 그러나 꼿꼿한 등과 튼튼한 다리와 고운 목소리를 축복이자 복수처럼 지닌 아이였다.

"네, 네가 어찌 여기에……?"

"저를 기억하시는군요. 먼눈으로도 단번에 보살님이신 걸 알아보았지만 남복을 하고 계시니 선뜻 다가서기 저어되었습니다. 어린 제 눈에 보살님은 세상에서 가장 아름다운 분이셨습니다. 보살님이 암자를 떠나신 후에도 할머니와 부모님과 함께 보살님을 위해 기도했지요."

"고맙구나. 혹여 할머니와 어머니 아버지의 소식을 물어도 되겠느냐? 동자승, 아니 혜심 스님은 어떻게 지내시느냐?”

“보살님이 떠나신 지 얼마 지나지 않아 암자에 불이 났습니다. 그 와중에 할머니와 부모님은 돌아가시고, 혜심 스님이 불길 속에서 울고 있는 저를 구해주셨지만, 당신은 끝내 빠져나오지 못하셨습니다.”

휘청 흔들리는 녹주의 몸을 서로가 지탱하였다. 운명을 축으로 또다시 한 생애가 돌아, 녹주이면서 반야이고 반야이면서 녹주인 삶이 시작되고 있었다. 하지만 녹주와 달리 비구니가 된 반야의 표정은 담담하고 평화로웠다.

“제 몫의 삶은 평생 그분들을 위해 기도하는 것입니다. 다만 인연을 따르는 것일 뿐이지요……”

녹주는 잠시 반야를 동정했던 자신이 부끄러웠다. 반야가 겪은 변화만큼 녹주도 달라졌다. 이제는 더 이상 시들지 않고 무독(無毒)한 피리 소리를 낼 수가 없다. 꽃피었기에 시들 것이다. 스스로 지어낸 독에 감염되어 세상의 질서를 거슬러 살아야 한다. 하지만 그 역시 다만 인연을 따르는 것뿐이었다. 악연이요 독연(毒緣)일지라도, 어쩔 수 없는 일이다.

산딸기도 매실도 자취를 감춘 계절이었다. 하지만 유혹적인 홍보석과 신비한 푸른빛은 마음에 맺혀 올올했다. 여행길의 날씨는 축복처럼 화창했다. 춥지도 덥지도 않았다. 뙤약볕이 따갑지도 흐리지도 않았다. 가을꽃은 봄꽃보다 빛깔은 수굿하지만 향내가 그윽했다. 녹주의 흰 목덜미에는 서로가 뜨거운 입술로 피운 붉은 꽃이 새겨졌다. 지켜보는 눈도 수군거리는 입도 없는 곳에서 보낸 사흘이 꿈결 같았다.

"너무 행복해서 믿기지 않아. 아무것도 더 이상 바랄 것이 없으니, 이제 나는 죽어도 좋다."

서로의 손을 맞잡은 채 녹주가 웃으며 말했다.

"왜 그런 소리를 하는 거냐? 그럴 리 없고 그럴 수도 없다. 나는 너를 놓지 않겠다. 우리는 무슨 일이 있어도 헤어질 수 없다!"

언젠가 들었던 그 말, 그러나 녹주는 서로의 눈동자에서 불티 대신 분분한 재를 보았다.

"그리 웃지만 말고 대답하여라. 우리는 언제까지고, 마지막까지 함께여야 한다!"

도리질할 수 없어 또다시 고개를 끄덕였다. 어떠한 마지막에도 사랑을 부정하지 않겠노라는 다짐을 쓸쓸히 주억거렸다. 팔월의 별칭은 엽월(葉月)일지니, 건들바람에 나뭇잎이 비처럼 내렸다. 가을이 비밀과 함께 깊어지고 있었다.

폭로

　한 사람만 아는 비밀은 없다. 당자가 아닌 한 사람이 아는 순간부터 비밀은 더 이상 비밀이 아니다.

　계묘년(1423년) 구월 경연에 나아갈 준비를 하던 임금에게 대사헌 하연이 계하였다.

　"비밀히 간할 일이 있사오니 좌의정 이원만 남기고 좌우의 신하들을 물리치시길 청하나이다."

　벼슬아치들을 감찰하며 기강을 확립하는 사헌부의 수장이 이리 고하니, 임금은 상황의 심각성을 느끼어 즉시 좌우를 물리치고 하연과 마주앉았다.

“무슨 일인가?”

“아뢰옵기 황송하오나 사죄(私罪)*가 적발되었기에 이를 국문하기를 주청 드리옵니다.”

“누가 무슨 죄를 지었단 말인가?”

젊은 임금은 뜻밖의 말에 긴장하였다. 지난해 선왕이 승하하시고 국상 중인 터에 매사가 어렵고 조심스러웠다. 보위에 오른 지 다섯 해가 지났지만 실질적으로 친정(親政)하기 시작한 것은 올해부터였다. 스물일곱 살의 그에게는 모든 것이 새롭고 모든 것이 두려웠다.

아버지는 마지막 순간까지 강강했다. 십사 년 동안 세자로 살아온 형님을 단칼에 내쫓고 세자가 된 지 두 달 밖에 안 된 삼남을 왕위에 앉혔다. 선위한 후에도 병권을 이양하지 않으니 여전한 실세였고, 그 사이 사돈댁인 신왕의 처가를 멸문시켰다. 외척의 발호를 경계하려는 의지를 헤아리지 못할 바 아니나, 아버지의 칼은 무서웠다. 번득일 때마다 어김없이 사람과 삶을 베었다. 자애롭고도 잔인한 아버지였다.

아버지는 자신을 닮지 않은 아들을 사랑했다. 칼 대신 붓을 든, 피 한 방울 묻지 않은 부드러운 손으로 문치(文治)의 새

* 관리가 사인(私人)과 관련하여 저지른 죄

역사를 쓰기 바랐다. 아들은 책으로 세상을 배웠다. 그곳에는 뜨거운 야망과 더러운 욕심이 없었기에 차갑고 깨끗한 이지만이 가득했다. 아버지의 바람대로 아들은, 선왕의 기대대로 임금은, 한사코 바르고 옳고 분명해야 할 것이었다.

"전(前) 관찰사 이귀산의 처 유씨가 관원과 간통하였으니 이에 대해 국문하기를 청하나이다."

하연의 말을 들은 임금의 표정이 냉랭해졌다. 인(仁)과 예(禮)를 근본으로 하는 유학을 근간으로 삼는 나라에서 강상죄(綱常罪)*는 용서받지 못할 중죄였다.

"엄연히 지아비를 둔 여인이 통간의 죄를 저질렀단 말인가? 그처럼 염의없는 후안무치에 함께 어울려 뇌동한 관원이 대체 누구란 말인가?"

하연이 잠시 대답을 주저하며 노한 용안(龍眼)을 살폈다.

"존전에 감히 아뢰옵기 황공하오나……."

"어서 말하라. 그 벼슬아치가 누구인가?"

"유씨와 통간한 관원은 바로 지신사 조서로이옵니다."

그 역시 한때 지신사로서 임금을 보필했던 늙은 대신의 목소리가 떨렸다. 그는 평생토록 말과 행동을 오로지 조심하고

* 삼강(三綱)과 오상(五常)의 도덕을 위반한 죄

302

삼갔으니, 옛 정의를 잊지 않고 옛 친구를 버리지 않음을 금과 옥조 같이 여겼다. 그의 태도는 천천한 승진 대신 보신적인 백전계(百全計)* 를 택한 탓이었다.

"무어라? 조서로라고?"

일찍이 조숙하고 총명하기로 저문했던 임금이지만 당혹감에 평정을 잃으니 어쩔 수 없이 연경이 드러났다. 딴딴한 위엄을 유지하던 용안이 상기된 채 흔들렸다.

두 달 전 지신사가 왕명을 출납할 때 당직 사관(史官)이 무시로 들어와 이를 기록하는 일을 두고 말썽이 생겼다. 조서로가 사관이 따라 들어오는 것을 싫어하여 내시들로 하여금 막아 들어오지 못하도록 했던 것이다. 춘추관에서 이에 반발하니 임금은 서로에게 명하길 "사관이 따라 들어오는 것을 금하지 말라!" 하였다. 이는 역사 앞에 한결같이 정직하고자 하는 의지를 만방에 고한 것이지만, 한편으로 평소에 임금이 서로와 내밀한 관계였음을 확인하는 일화이기도 했다.

실로 임금은 서로의 재주를 특별히 아껴 의지했다. 불신했다면 기대하지 않았을 테고, 기대가 없다면 실망도 없었을 것이다. 믿었기 때문에 흔들렸다. 흔들리기에 아팠다. 좌의정 이원이 불편한 심기를 감추지 못하는 임금의 눈치를 살피며 간했다.

"나라의 풍속을 패란하는 죄는 백번 징계해야 마땅합니다. 허나 서로는 전하의 측근에서 중책을 맡고 있으니, 어찌 일호차착(一毫差錯)*함에 섣불리 처단할 수 있겠습니까?"

이원은 짐짓 조서로를 변호하는 태도를 취했다. 이원은 일전에 시강원에서 조서로와 함께 근무하기도 했거니와, 전왕 때에 다른 일도 아닌 여난(女難)으로 물의를 일으켜 탄핵을 받은 이력이 있었다.

옛 나라 대족(大族)의 후손으로 문무에 고루 뛰어났던 이원에게 딱 하나 약점이라면 여자 문제였다. 그는 오랫동안 내은달의 얼녀(孽女)** 동이에게 뜻을 두고 공을 들였다. 하지만 형조판서 윤향이 끼어들어 작첩하겠다고 나서는 바람에 이원은 눈물을 머금고 뜻을 꺾어야 했다. 그런데 하늘의 도우심인지 윤향이 많지 않은 나이에 갑자기 죽으니, 이원은 다시 내은달의 집을 드나들기 시작했다. 마침내 단감이 무르익어 거둬 먹기만 하면 된다 싶던 차에, 뜻밖에 나무둥치를 흔드는 날도둑이 나타났다. 죽은 윤향의 처남으로 호색하기로 유명한 홍여방이 같은 마음을 먹고 덤벼든 것이었다. 그리하여 열세 살짜

---

* 아주 작은 잘못을 하거나 아주 작게 어긋나다.
** 천첩의 딸

리 계집아이를 사이에 두고 정승과 세자부의 관원이 빼돌려 숨기고 찾겠노라 주먹다짐하는 개싸움을 벌여 임금의 앞에서 심판받기에 이르렀다.

하지만 그때 이원은 우의정이자 당시 세자였던 양녕의 스승이었기에 임금의 용서를 받을 수 있었다. 그런데 신왕이 즉위하고 선왕이 승하하니 옛 마음이 스멀스멀 되살아났다. 망신은 망신이고 알속은 알속이니, 그 사건 이후 시집가지 못하고 독거하던 동이에게 물밑으로 접촉을 시도하던 차였다. 이원이 동이를 포기하지 못하는 것은 그녀의 미색에 마음을 사로잡힘과 더불어 내은달이 한양에서 알아주는 부자 상인이었기 때문이었다.

어쨌거나 검정개는 돼지의 편이요 솔개는 매의 편이었다. 이원은 제 쏠라닥질을 변호하듯이 목청을 높였다.

"하여 조서로의 일은 대신들의 사기를 저하시키지 않기 위해서라도 신중히 처리해야 마땅한 줄로 아뢰옵니다!"

이원의 말을 귀 기울여 듣노라니 임금의 마음도 조금은 풀렸다. 하지만 번연한 죄상이 있으니 그대로 묻고 넘어갈 수는 없었다. 임금은 일단 대사헌의 주청을 받아들여 명을 내렸다.

"통간의 죄를 저지른 유씨와 지신사 조서로를 국문하라!"

서로와 녹주 사이에 연관된 사람은 은신처를 빌려준 박동문과 개성 행차에 함께 다녀온 아이종, 그리고 서로의 몸알리*인 김이 정도였다. 하지만 비밀의 갈래는 저마다 달랐으니, 박동문은 그들의 관계를 알면서도 몰랐다. 아이종은 몰라서 몰랐다. 다만 김이가 알고도 애써 모른 척하였다.

김이는 서로와 녹주의 운명을 할퀸 숱한 곡절과 시련을 가까이에서 목격한 터였다. 그리하여 녹주에 대한 서로의 마음을 누구보다 잘 알았다. 김이가 모르는 부분은 소년 시절 서로가 패거리의 괴롭힘에 맞서 반격을 가하는 데에 녹주의 입김이 어떻게 미치었는지에 대한 것뿐이었다. 서로는 대취하여 몸과 정신을 가누지 못하는 지경에도 그에 대한 섬어만은 끝내 지껄이지 않았다. 서로의 가장 깊은 부끄러움인 그것은 녹주만이 나눠가질 수 있는 기억이었다.

시회에서 돌아와 녹주가 떠난 것을 확인한 서로가 무너지는 모습을 보았다. 가없이 텅 빈 눈빛과 짐승 같은 울부짖음에 어지간히 무딘 김이의 마음마저 짠했다. 세상에서 가장 행복해야 마땅할 새신랑이 세상에서 가장 불행한 표정으로 초례청에 끌려 나가던 모습도 보았다. 재롱을 부리는 어린것 앞

<hr>

* 매우 친한 친구

에서 어색하게 얼굴을 일그러뜨리던 친구에게는 기쁨도 슬픔도 온전히 깃들지 못했다. 아무리 많은 것을 가져도 잃어버린 하나와 바꿀 수 없었다.

김이는 조서로를 완전히 이해할 수는 없었지만 진심으로 동정했다. 부질없는 번민과 사랑의 엇갈림에 안타까웠다. 서로의 순정이 놀랍고 부럽기도 하였다. 그의 아픔에 함께 아파하며 부디 행복해지기를 바랐다. 그들은 친동기간이나 다름없는 절친한 벗이었다. 하지만 세상의 키는 쭉정이를 알곡으로부터 기어이 까불어내려 하였다. 형제끼리도 세 닢짜리냐 십만 냥짜리냐 견주는 마당에 항시 어울려 다니는 죽마고우를 비교하는 일은 어쩔 수 없었다.

김이의 집안은 개성의 명문거족으로 한때 위세가 쩡쩡하였다. 하지만 새 왕조가 들어서면서 반지빠르게 대세의 흐름을 타는 데 실패해 권력의 변두리로 밀려났다. 큰 집은 기울어도 삼 년을 가니 살림살이야 어지간했으나 힘을 잃은 재물은 허황하였다. 게다가 장자인 김이가 흐리멍덩하고 허랑방탕스러우니 늙은 부모의 낡은 옛날을 떠올리며 옛말을 하는 것이 고작이었다.

그에 비해 조서로는 개국공신의 자제일 뿐만 아니라 그 자신이 총명했다. 서로가 식년시에서 장원급제할 때 김이는 소과에 응시할 주제조차 되지 못했다. 서로가 벼슬길에 올라 승승장구하는 동안 김이는 생원진사시마저 통과하지 못한 채 한량으로 떠돌았다. 서로가 아들 형제를 떠억 거느릴 때에 김이는 딸자식만 연거푸 다섯을 보았다. 네 번째와 막내 사이에는 죽어서 태어난 아이가 하나 있었는데, 그 가랑이 사이에 하릴없는 고추가 달려 있었다. 하다못해 덩치라는 어린 시절의 별명이 무색하게 김이의 키는 헌헌한 조서로의 겨드랑께에서 딱 멈추었다.

김이는 서로를 동정할 처지가 아니었다. 부모는 근묵자흑이라는 말을 믿었더니 묵향 대신 검댕만 물들어온다고 혀를 찼다. 마누라는 서로의 승진 소식을 들을 때마다 미관말직이라도 하나 청촉해 보라고 닦달을 했다. 잘난 친구를 두어 우쭐한 것은 잠깐이요, 그럴수록 제 처지는 초라해졌다. 때로는 안 먹어도 될 욕을 먹고 안 들어도 될 면박을 당했다.

그럼에도 김이는 짐짓 의연했다. 부모에게 타박 당하고 마누라에게 들볶이면서도 남아의 우정과 신의야말로 벼슬과 재물보다 귀하다고 큰소리쳤다. 어차피 세상에는 과거에 급제하는 이보다 평생 위포지사(韋布之士)*로 지내는 이가 더 많았다. 시기와 질투는 소인배의 것이었다. 겉으로는 문벌 좋은 집안

* 벼슬이 없는 선비

출신에 승승장구하는 준모처럼 보이지만 안으로는 깊은 울증을 앓는 상처투성이인 서로를 이해할 사람은 죽마고우 김이, 자기밖에 없었다.

어울리지 않는 단짝패를 향한 세상의 시선이 시퉁해질수록 김이는 우정을 자신했다. 서로가 기분이 좋지 않으니 한잔하자면 술병으로 자리보전을 했다가도 뛰쳐나왔다. 토하고 마시고 토했다. 취하면 이십여 년 동안 변하지도 않고 반복되는 애정과 분노와 후회와 그리움의 주정질을 묵묵히 받아줬다. 주변에서 속이 넓은지 아예 없는지 아리송한 그를 비웃듯 걱정하면 김이는 너털웃음과 함께 호탕하게 답했다.

"그게 바로 남아들의 단금지교(斷金之交)가 아닌가?!"

그런데 무쇠라도 능히 잘라낼 듯한 우정에 언젠가부터 녹이 나기 시작했다. 그 언젠가는 김이가 진심으로 바랐던, 바란다고 믿었던 서로의 행복이 시작된 때였다.

"한 잔 더 하고 가자니까, 무슨 생각에 그리 넋을 놓고 있는 건가? 엊그제 수청 들였던 기생이라도 생각하나?"

김이가 붙잡는 소매를 서로는 야멸치게 뿌리쳤다. 오물을 들쓴 듯 소스라치며 몸을 움츠리기까지 하였다. 그때가 바로 서로가 환속한 녹주의 존재를 확인한 순간이었다. 하지만 내막을 알 리 없는 김이는 서로의 모습에서 문득 잊었던, 잊었다 믿었던 기억을 떠올렸다. 이십여 년 전 그날처럼 은밀한 급소가 불침을 맞은 듯 아팠다. 톳나무 같이 쓰러져 뒹굴며 개처럼 침을 질질 흘리지는 않았지만 모욕감만은 그때 못지아니하였다. 나는 듯 가벼운 발걸음으로 돌아서는 서로의 뒷모습을 바라보는 김이의 얼굴은 고스란히 잔인하고도 비굴했던 열 살짜리 덩치였다.

"녹주를, 나의 녹주를 다시 찾았다네!"

하지만 김이는 마음속에 복잡하게 얽힌 감정을 스스로 이해하지 못했다.

"정말인가? 축하하네!"

김이는 오랜 세월 그랬듯이 친구의 기쁨에 함께 기뻐해주는 벗의 역할을 다했다. 시늉이 아니라 실로, 잠시나마, 진심으로 그러했다.

"함께 개성을 유람하려 하네. 음침한 골방이 아니라 하늘이 환하게 열려 있는 곳에서 청보석처럼 눈부시게 웃는 모습을 보고 싶어."

어린 기생을 희롱질할 때나 던지는 헛소리를 그토록 진지하고 엄숙하게 말하는 것이 우스웠다. 하지만 차마 면전에서 폭소를 터뜨릴 수 없었다. 서로의 얼굴은 지금껏 단 한 번도 볼 수 없었던 행복감으로 빛나고 있었다. 김이는 자기와 서로가 얼마나 많이 다른가를 새삼 깨달았다. 사실이 세상에 알려지면 모든 것을 잃을 수 있다는 것을 알면서도 위험한 밀통을 하는 서로는 김이가 알던, 혹은 믿던, 팔난봉의 닮은꼴이 아니었다. 고작 계집 하나에 목을 거는 그가 어이없고 가소로우면서, 어렵고 부러웠다.

체증처럼 뱃속에서 부글부글 끓는 감정이 무언가를 알게 된 계기는 엉뚱했다. 조서로가 녹주와 함께 개성으로 떠난 그날, 김이는 공연히 울적한 심사에 오랜만에 청루에 들렀다.

"어머나, 선달님은 뉘신가요? 어디서 뵌 것은 같은데 좀처럼 기억이 떠오르지 않으니……. 혹시 지니신 만 가지 재주 중에 방아질이나 절구질이 있지 않으시나이까?"

"흐흐, 내가 붓방아는 잘 못 찧어도 떡방아는 남부럽잖게 찧지. 철썩철썩 살떡 빚는 내 솜씨야 네년이 더 잘 알지 않느냐?"

버선발로 달려 나온 기생에게 김이가 음담을 던졌다.

"아이고, 서방님! 정녕 서방님이 이년을 잊지 않고 찾아주셨군요. 서방님이 빚어주신 찰떡인지 살떡인지를 못 먹다 보니 이년이 요렇게 시들시들 홀쭉해지지 않았습니까?"

자색이야 장안의 으뜸이라 할 수 없지만 교태와 아양으로 명기 소리를 간간이 듣는 계집이 언죽번죽 수작을 받았다.

"씨알도 먹히지 않을 수작 마라. 얼굴은 부옇고 엉덩짝엔 물이 올라 암팡지기만 하구만!"

"그게 어디 신간이 편해 살이 쪄서겠습니까? 오매불망 전전반측하다 오른 부기가 채 내리지 않은 거지요."

기생은 요염하게 허리를 비틀며 간살웃음을 지었다. 평소 빳빳이 콧대를 세우던 계집이 오늘따라 왜 이리 야들야들한고, 김이의 입이 절로 헤벌레 벌어졌다. 그런데 김이가 방으로 들기 위해 댓돌을 오르는 차에 계집이 이상스레 모가지를 빼고 김이의 등 뒤를 기웃거렸다.

"뭘 찾느라 자꾸 두리번거리느냐?"

"왜 뵈지 않으십니까? 늘 바늘과 실 같으시더니……."

"무엇이? 아, 조가 말이냐?"

"그럼 오늘은 같이 오신 게 아니랍니까? 정말로 서방님 혼자 오셨습니까?"

계집의 낯빛과 말투에 묻은 실망과 낙심을 느끼는 순간, 좋던 기분이 팍 상했다.

"왜? 나 혼자 오면 안 되느냐? 썩을 년, 너까지 사람을 차별하느냐?"

김이는 솟구친 불뚝성을 이기지 못해 기생을 거칠게 밀어젖혔다. 예상치 못한 일격을 당한 기생은 맥을 못 쓰고 나가쓰러졌다.

"노류장화 주제에 손님을 가려 받을 작심이더냐? 저 막돼먹은 계집을 당장 내 눈앞에서 끌어내라!"

패대기쳐진 기생이 울고불고하여 일대 소란이 벌어진 가운데 노련한 늙은 기생이 간신히 달래어 김이는 기방 안으로 들었다. 격발한 분노는 가슴에 구멍을 뚫었다. 그 검고 깊은 구렁으로 술이 물처럼 벌컥벌컥 흘러들었다. 애초에 이 집을 단골로 튼 건 김이였다. 술판의 분위기를 띄우기 위해 어릿광대짓도 마다치 않았다. 지금껏 술값도 조서로보다 김이가 훨씬 많이 냈다. 그런데도 기생년들까지 모가지를 늘여 조서로를 찾는다. 단골손님을 우대하지는 못할망정 괄대하며 모욕한다.

"돈보다 값진 게 벼슬이더냐, 인물이더냐?"

억병으로 취한 김이가 횡설수설 떠들어댔다.

"서로 그놈이 아무리 잘나 봤자 미친놈일 뿐이다. 사랑이니 뭐니 꽃노래를 불러 봤자 사붓집 유부녀와 밀통하는 게 아니더냐? 천하에 다시없는 멍청이를 두고 큰선비니 능관(能官)*이니 가당치 않다!"

취담 중에 진담이, 김이 자신도 몰랐거나 모른 체 했던 음습한 마음이 술기운을 타고 흘러나왔다. 부와 명예와 인물과 학

---

* 유능한 관리

식을 다 가지고도 모자라 사랑이라니! 김이로서는 알려도 알
수 없고 가지려도 가질 수 없는 것에 대한 질투와 역심이 봇물
처럼 터졌다.

고의는 아니었다. 해코지하려는 마음은 없었다. 그런데 김이
가 마구발방하며 늘어놓은 주정질이 때마침 옆방에서 술을
마시던 낭관(郎官)의 귓전에 닿았다. 그는 조서로보다 일찍 환
로에 올랐으나 번번이 승진에서 밀린, 스스로 실력은 있으되
운이 없다고 생각하는 자였다. 몇 번인가 기방에서 김이와 서
로를 마주친 바 있는 그는 직감적으로 김이의 혀 꼬부라진 소
리가 허튼소리만은 아니라는 것을 낌새챘다.

"어허, 어찌하여 초저녁부터 홀로 주안 앞에 앉아 계시오?
약은 나눠먹지 않는다지만 술은 나눠먹어야 제맛이 아니겠
소? 오늘은 단짝패가 부재중이신 듯하니 내가 술벗을 해드리
리다. 여봐라, 여기 술상을 새로 봐오너라!"

높은 가지는 부러지기 쉬우니 흔드는 바람이 사방에서 거
세기 때문이었다. 김이에게서 조서로와 유씨의 관계를 확인한
낭관은 즉시 사헌부의 장령에게 사실을 알렸고, 장령은 다시
대사헌 하연에게 이를 보고하였다. 사지(四知)*의 고사가 이르

---

* 후한(後漢)의 양진이 형주자사로 부임했을 때, 왕밀이 밤중에 찾아와서 당신과 나
밖에는 아무도 알 사람이 없다 하며 금 열 근을 바쳤을 때, 하늘이 알고 땅이 알고

나니, 영원한 비밀은 없었다.

계묘년(1423년) 시월 초여드레, 길고 분주한 하루였다. 임금은 백관을 거느리고 역대 임금과 왕후의 신위가 모셔져 있는 광효전에 나아가 겨울맞이 제사인 동향대제(冬享大祭)를 행하였다. 이후 경연이 있기 전까지 정사를 보는데 이날따라 장계와 직주(直奏)*가 넘치었다.

올해도 흉년이었다. 즉위 후 다섯 해를 거듭해 가뭄의 피해를 입으니 백성들의 고통이 격심하여 흙을 파먹는 이가 생겨날 지경이었다. 이에 번을 들기 위해 올라온 별패와 시위 등의 군사를 내달까지 놓아 보낼 것을 명하였다. 이어 통사 김을현이 요동에서 돌아와 보고하기를, 칠월 스무나흘에 황제가 친히 군사를 거느리고 달달(達達: 타타르)을 정복하러 갔다고 하였다. 대량의 이주민들이 사는 요동의 동향은 항시 주시해야 마땅한 일이었다. 숨을 돌릴 틈도 없이 예조에서 상제(喪祭)의 절문(節文)을 고치는 일을 결정해 보고하러 들어왔다. 시신을 염하고 파묻는 일의 시기, 상을 차려 제사를 올리는 일과 상복의 차림 등을 낱낱이 계하니 확인하여 의정한 대로 따랐다.

내가 알고 자네가 안다 하며, 진이 받지 않았다.
* 직접 임금에게 아룀

한시바삐 처리해야 할 업무가 산더미였다. 임금은 충녕군 시절부터 애민의 마음이 남달랐고 특히 백성들이 받는 형벌에 민감했다. 그리하여 그동안 숙고한 바를 전지하니, 국상으로 말미암아 사형에 처할 죄를 즉시 논단 처결하지 않기 때문에 사형수들이 많이 옥중에 적체되어 있는 바, 응당히 죽여야 할 자와 그렇지 않은 자를 구별해 정리할 것을 명하였다. 혹여 정상과 법률을 참작해 논단되어야 할 자가 계류되어 고통을 겪다가 비명에 죽을 수 있기에, 그를 진실로 불쌍하고 민망하게 여기는 인면(仁免)*의 처사였다. 인애를 베풀되 원칙에 완강해야 하는 것도 남면지덕(南面之德)**이었다. 주방을 맡은 지위를 악용해 수박을 도둑질해 쓴 내시 한문직에 대해 곤장 일백 대를 치고 영해로 귀양 보낸 것은 궁중의 기강을 잡기 위해서였다.

낮수라를 드는 임금의 입속이 깔깔했다. 하지만 천천히, 많이 먹었다. 그의 몸은 그의 몸이 아니었다. 그의 삶은 그의 삶이 아니었다. 눈앞에 옥시글거리는 수많은 일들이 그를 기다리고 있었다. 하나도 중요하지 않은 바 없었고 무엇도 무시하고 지나칠 수 없었다. 아들에게는 아버지가 생사를 넘나드는 쟁투의 파고를 넘어 이루어놓은 것들을 수성(守成)해야 할 임

* 어진 마음으로 죄를 용서함
** 임금으로서 갖추어야 할 덕

무가 있었다. 그는 실로 자신이 꿈꾸지 않았던, 꿈꾸어본 적 없는 삶을 살고 있었다. 하지만 때로는 지위와 역할이 삶을 넘어버리는 운명도 있는 것이다.

상을 물리자마자 병조에서 들어와 재인과 화척의 호칭을 백정(白丁)이라 고쳐서 농사를 본업으로 삼아 평민과 혼인하고 섞여서 살게 하는 안을 고하였다. 업이 천하고 칭호가 특수하다 하여 다른 백성들의 따돌림과 업신여김을 받는 일이 빈번하니, 그들을 긍휼히 여겨 구제케 하였다. 그런데 아무래도 낮전에 통사 김을현에게서 보고받은 요동의 상황이 마음에 걸렸다. 하여 사역원 주부 당몽현에게 말 일천 필을 압령하고 요동으로 가라는 하명을 내렸다. 이처럼 총망한 하루가 저물 무렵이었다.

임금에게 고뇌는 일상이었다. 그의 칙명에 목숨이 왔다 갔다 하고 행불행이 좌우되는 지경에 한시도 긴장을 늦출 수가 없었다. 젊은 임금은 선왕의 용맹함과 과단성은 물려받지 못했으나 끈기와 인내, 진중함에 있어서는 타의 추종을 불허하였다. 그가 마침내 대사헌을 불러들였다. 오랜 신념(宸念)*에 종지부를 찍어야 할 때였다.

"국문은 마쳤는가?"

"그러하옵니다."

"죄인들은 자기의 죄를 인정하였는가?"

"간통한 지신사 조서로와 전 관찰사 이귀산의 아내 유씨를 어명에 따라 국문하니, 두 사람 모두 순순히 그간의 죄과를 이실직고하였나이다."

으음, 임금이 무겁게 신음하였다. 소년시절부터 부종을 앓던 오른쪽 다리가 새삼 쑤셔오는 듯, 용안에 깊은 주름이 패였다.

"전하, 옥체가 미령하신 것은 아니옵니까?"

"괜찮다. 유념치 말고 계속 고하라."

대사헌 하연은 임금의 낯빛을 잠시 살피고는, 열사흘 전 조서로와 유씨를 잡아다 옥사를 갖추어 계문한 내용을 아뢰었다.

"유씨와 서로는 먼 친척 사이로, 서로의 나이 십사 세가 되매 드디어 사통하였다 하옵니다. 일찍이 아버지를 잃은 유씨가 비구니가 되어 서로의 집을 출입하니, 서로의 어머니가 그들의 사이를 알고 몹시 미워하기에 유씨가 이로부터 다시 가지 못하고 한동안 소식이 끊긴 채 지냈다 하옵니다."

어느덧 문 밖으로 어둠이 내리고, 내관이 조용히 다가와 등화를 밝혔다. 빛이 나타나자 어둠은 깊어졌다. 대사헌의 목소리가 한층 낮아졌다.

"그런데 유씨가 뒤에 머리를 기르고 귀산에게 시집가매, 서로는 자주 귀산의 집을 찾았다고 하옵니다. 늙은 귀산은 새로 맞은 젊은 아내를 몹시 사랑하여 서로를 아내의 친척이라는 이유로 후히 대접하였고, 때로 침실로 맞아들여 술자리를 벌이고서 아내로 하여금 술을 권하기도 하고 좋은 말을 주기도 하였다 하옵니다. 유씨는 문자를 알며 장기와 바둑 따위를 약간 해득하였는데, 수필(手筆)로 쓴 글을 은밀히 서로에게 통하여 약속하기를, 목복(木卜)의 집에서 만나 울울하게 맺은 정을 풀기 바란다, 하였으니 목복은 곧 박(朴)으로서 이는 서로의 누이동생의 아들인 박동문이옵니다. 그리하여 두 남녀는 지난해 구월부터 사통의 죄를 저지른 것으로 밝혀졌나이다……"

대사헌의 작진을 받은 임금은 한동안 침묵을 지켰다. 스물일곱 살의 임금에게 마흔이 넘은 남녀의 간통은 황당하고도 일견 혐오스러운 것이었다. 게다가 항시 측근을 지키던 조서로가 그토록 위험한 비밀을 감쪽같이 숨기고 있었다니, 조서로 당자를 넘어 인간의 본체에 대한 배신감마저 느꼈다.

젊음이 준엄한 것은 원칙을 넘어서는 경험이 없기 때문이다. 아무리 명민한 임금이라도 경험하지 못한 일을 이해하기는 어려웠다. 지난해 태상왕(정종)이 왕가의 번성을 위해 후궁

을 간택하라 명하여 나라에 금혼령이 내린 상태였지만, 아직
껏 임금은 정처인 공비(恭妃) 외에는 다른 여인을 몰랐다. 훗
날 여덟 명의 비빈으로부터 아들 열여덟과 딸 넷을 얻기까지,
임금은 줄곧 부드러운 성격과 투기가 없는 여인을 선호했다.
그러하기에 임금에게 여인이란 존재는 약하고 어린 백성의 테
두리에서만 이해가 되었다. 스스로 욕망을 내세우며 주장하
는 여인은 풍속을 망치고 나라의 기강을 어지럽히는 사서(史
書) 속의 음녀와 탕녀뿐이었다.

"이것이 과인이 보위에 올라 처음으로 다루는 통간의 죄는
아니지만, 이전의 사건은 대저 기생과 첩의 일이었다. 하지만
조서로는 지신사로서 나라의 중책을 맡고 있고 유씨는 여염
의 부녀들에게 사표가 되어야 마땅한 대신의 아내일진대, 어
찌 강상을 범하는 죄를 저지른단 말인가? 이토록 참담한 지경
에 어떻게 백성들에게 인륜과 도리를 가르치겠는가?"

임금의 노기 어린 외침에 대사헌이 머리를 찧었다.

"망극하옵니다!"

한편으로 임금은 풍속의 순화를 내세우며 규율과 법도를
강화할 것을 주장하는 대신들로부터 강력한 압박을 받고 있
었다. 저희들끼리는 작첩의 일로 다투고 기생집에 몰래 드나들
지라도 여자들은 기어이 옭아매야 마땅하다고 왜자겼다. 바로

사흘 전에만 해도 사헌부에서 허무맹랑한 건의가 올라왔다. 남녀가 다른 길을 걷게 하고 저자를 같이하지 못하도록 하는 법령을 시행할 것을 주장하니, 임금은 차마 이같이 터무니없는 청을 받아들일 수 없었다.

하지만 남녀유별과 노주구별에 대한 요구는 경전의 명분에 바탕을 둔 것이었다. 유교를 존숭하는 나라의 임금으로서 마땅히 수용하지 않을 도리가 없었다.

"형법으로 다스릴 때 이들에 대한 처분은 어떠한가?"

"형률 조문에 화간은 장형 팔십 대로 다스리는데, 여인에게 남편이 있는 경우 열 대를 추가하는 것이 원칙이옵니다."

찌푸렸던 용안이 더욱 어두워졌다. 큰 형장으로 볼기 구십 대를 때리는 것으로는 벌떼 같이 일어날 신하들과 저자의 쑥덕공론을 막아낼 수 없을 터였다. 아무리 고민에 고민을 거듭해도 다른 방도가 없었다. 남은 것은 단 하나, 만인에게 경각심을 불러일으키기 위해 한 사람을 본보기로 삼는 극약 처방뿐이었다.

"율(律)은 그러하나 사례(事例)는 다르도다. 일곱 해 전 선왕께서 재위하실 때, 대언(代言) 윤수의 처 조씨가 하천경과 간통한 것이 발각 나 극형에 처해졌던 일을 기억한다. 그때도 선왕께서 율을 두고 고민하셨으나 육조와 대간이 모두 입 모아 참(斬)할 것을 주장하니 임금께서 그대로 따르지 아니하셨던가?”

그때 태종 임금은 조씨와 하천경의 목을 베고 이처럼 하교하였다.

“옛사람이 말하기를 ‘이미 할 수 없는 일을 능히 하였다면 받지 않아야 할 형을 마땅히 받아야 한다’고 한 것은 바로 이 같은 경우를 이름이다. 비록 율 외의 형(刑)에 연좌되었다고 하더라도 또한 해로울 것이 없다!”

문치주의는 유교적 교양과 과거의 전례, 도덕적 수양을 통해 정책을 수립하고 실행하는 원리였다. 그러하기에 예로부터 전해오는 과거의 사례는 정책의 원칙과 기준을 세우는 데 중요한 기준이 되었다. 원칙과 현실 사이에서 시시때때로 갈등할 수밖에 없는 젊은 임금은 그것을 푯대로 삼았다.

임금은 백성을 긍휼히 여겼다. 그리하여 독약으로 사람을 죽이거나, 몰래 흉물을 넣어 사도(邪道)로 사람을 해하거나, 고의로 살인과 강도를 저지른 자를 제외하면 극형으로 처결하지 않으려 했다. 하지만 허락되지 않은 사랑이라는 죄를 저지른 여인에게는 일체의 인정을 베풀 수 없었다. 인지상정보다 소중한 것이 명분이기 때문이었다. 그리고 목숨보다 중요한 것이, 여인에게는, 정절이기 때문이었다.

신념과 확신이야말로 군주를 위험하게 만드는 요인이었다. 용군에게는 말할 나위도 없으려니와 성군에게도 예외가 아니었다. 인간의 오욕 칠정까지도 바로잡을 수 있다는 확신과 여인들을 타락시키는 음풍(淫風)을 일벌백계로 다스리겠다는 신념으로, 임금은 마지막 명을 내렸다.

"우리 동방은 예의로써 나라를 다스려온 유래가 오래다. 대저 벼슬을 대대로 이어 온 세족의 집에서는 이 같은 행실이 있지 아니하였다. 지신사는 왕명의 출납을 맡아 그 임무가 지극히 무겁다 할 것이다. 한데 조서로는 지신사로서의 직분을 방기한 채 강상을 범하는 죄를 저지르고 말았도다!"

노한 어성이 청천벽력 같았다. 하연이 굽은 허리를 거듭 굽히며 외쳤다.

"황공하옵니다!"

"하지만,"

임금이 잠시 눈을 감았다 떴다. 두 사람이 함께 저지른 죄였다. 그것이 무겁다면 두 사람 모두가 중죄인일 것이다. 하지만 임금은 가까이에 두고 알뜰히 쓰던 신하를 사삿일로 벨 수 없었다. 역대의 왕들이 모두 공신과 공신의 자식들의 허물을 용서했다. 게다가 조서로는 개국공신 조반의 아들이었다. 그리고 그 모두를 차치하더라도, 그는 여인이 아닌 사내였다.

"조서로는 공신 집안의 적장(嫡長)인지라 형을 가할 수 없다. 이와 달리 유씨는 대신의 아내로서 감히 음탕한 짓을 행하였으니, 가히 크게 징계하여 뒷사람을 경계하라!"

함께 사랑했으나 끝내 갈 길은 달랐다. 조서로는 파직해 영일(迎日)로 유배하고, 유씨는 사흘 동안 저자에 세웠다가 참수하라는 처분이 내렸다. 그것이 임금이 내릴 수 있었던 최선의 선택이자 유일한 방도였다. 하지만,

이로부터 십삼 년이 지나 불혹에 접어든 임금은 유사한 사건을 심리하는 과정에서 이날을 떠올리며 말했다.

"내 나이 젊고 한창이던 때의 일이다. 우리나라의 풍속이 집집마다 토지와 노비가 있고 상하의 구분이 있어 중국에서 칭찬하던 바이었는데, 뜻하지 않게 사족 벌열의 집안에서 추잡한 행실이 발견되어 치교(治敎)에 흠점이 되었도다. 이에 깊이 미워하여 율문 밖의 형벌로 행하였는데……. 실로 율외(律外)의 형벌을 가하는 것은 잘한 정사가 아니다. 지난 날 한두 가지 율외의 형벌은 지금 돌이켜 후회가 된다……."

도덕은 엄격했다. 시대는 그 도덕보다 가혹했다. 하지만 시간은 돌이킬 수 없었다. 목숨은 더더욱 그러하였다.

다시, 길 위에서

햇살이 눈부시네요. 날카로운 빛살이 아파, 눈을 감았습니다. 어둠이 깊네요. 까마아득한 심연이 두려워, 다시 눈을 떴습니다.

그곳에 눈길들이 있습니다. 모멸과 증오의 할기족족한 눈길부터 의혹과 호기심으로 희번덕대는 눈길까지. 혹간 흐릿한 동정의 눈빛이 스쳐가기도 하지만 이내 누구에게라도 들킬세라 재빨리 온기를 거둬들입니다. 붉은 포승에 비끄러매어 무릎꿇림한 채로는 온몸을 훑다 못해 생애까지 캐려는 듯 집요한 눈길들을 피할 수가 없습니다. 나는 죄인이라기 때문입니다. 여기는 나를 단죄하는 형장이기 때문입니다.

— 죽여라!

들끓는 눈길들이 입 모아 외칩니다.

— 죽어라!

사흘간 만났던 이름 없는 분노들처럼 발을 구르며 침을 뱉고 허공에 종주먹을 들이댑니다.

하지만 들끓는 소요 한가운데서 눈총과 혀의 화살을 맞는 나는 이상스럽게도 고요합니다. 황토마루의 말뚝에서 풀려나 소달구지에 실릴 때, 짐칸에 몸을 묶던 나졸이 오라를 너무 바싹 당기는 바람에 고개가 꺾이고 양팔은 팽팽히 펼쳐졌지요. 그래서 나는 형장에 오는 동안 하늘을 바라볼 수 있었습니다. 가슴에 부딪혀오는 바람을 얼싸안을 수 있었습니다. 초겨울 하늘은 닦은 듯 시리고 깨끗했습니다. 맵찬 바람에 흐리멍덩했던 머릿속 안개가 말끔히 걷혔습니다.

아, 아름답다!

누군가는 박복하고 기구하다 하겠지만, 나는 실로 행운아입니다. 목을 베이러 가는 길 위에서 신음과 절규 대신 탄성을 터뜨릴 수 있었으니까요. 세상이 얼마나 아름다운지 알았고, 삶이 어떻게 아름다울 수 있는지를 알았으니까요. 그래서 나는 더 이상 눈을 감지 않습니다. 어둠의 두려움보다는 빛의 아픔을 견디고자 합니다. 발맘발맘 나를 향해 다가오는 마지막 순간을, 죽음이라 불리는 그것을 곧추뜬 눈으로 바라보려 합니다.

사방 오십 보에 둘러친 장막을 들추고 사람들이 기어듭니다. 구경꾼들이 장막 안까지 들어오는 것은 금지되어 있지만 막으려는 사람이 없으니 무람할 일도 없습니다. 그들은 마지막을, 죽음을 보고 싶어합니다. 비참하고 끔찍하고 잔혹한 그것을 보며 살아 있음을 확인하겠지요. 뿜어 나오는 피와 삐져 나오는 창자가 내 것이 아님에 안도하겠지요.

하지만 삶과 죽음은 쌍생아이기에, 죽음이 두렵다면 삶도 두렵겠지요. 소문에 귀를 세우고 곁눈질하는 삶이라면 저승사자의 말발굽 소리와 서늘한 옷깃 또한 맞바라보기 어렵겠지요. 죽음으로부터 도망 다니다 삶도 영영 놓치겠지요. 나는 다만 그리하지 않았을 뿐입니다. 그리하지 못했을 뿐입니다. 찰나에 지나지 않을지나 누구의 것도 아닌 나의 삶을 살고 싶기에, 누구에게도 미룰 수 없는 죽음을 기꺼이 껴안습니다.

낱낱이 노출된 나의 죽음은 온전히 나만의 것이 아닙니다. 죽음이든 삶이든 남의 것에는 번거로운 의식이 따르기 마련입니다. 등 뒤로 젖힌 양손을 나무 동강이에 뒷짐결박한 채 넓고도 좁은 장막 안을 조리돌림 당합니다.

―더러운 계집!

―개 같은 년!

　사람들은 배꼽노리에 단단히 힘을 주고 구경값 대신 욕설을 토해냅니다. 내 비틀걸음에 사람들의 숨결이 뜨거워집니다. 봉두난발한 몰골, 입가와 코밑에 엉긴 먹피를 보고 흥분해 씨근덕댑니다. 있음이 있어 없음 또한 있지요. 죄인이 있기에 그들은 죄가 없지요. 잘못도 허물도 그 무엇도 없음에, 마음껏 무고함을 자랑합니다. 얄궂고 깐질긴 함성은 엎드린 내 턱 밑에 나무토막이 괴일 때 절정에 달합니다. 무방비로 하얗게 드러난 목덜미를 보며 야유합니다. 댕강 잘려 피분수를 뿜을 것을 상상하며, 비웃고 조롱하고 비난하고 발광합니다.

　갑자기 모든 소리가 잦아들었습니다. 형장 한구석에 웅크려 앉았던 바위 같은 사내가 문득 몸을 일으켰기 때문입니다. 짧은 팔다리에 어깨와 다붙은 목, 이마에 끌로 북북 새긴 듯한 깊은 주름이 해괴한 야수의 몰골이지만 아무도 그를 보고 웃음을 터뜨리지 않습니다. 낯선 무엇은 우습기도 하고 무섭기도 하지요. 사내는 후자였던 것입니다. 그의 손에 들린 기다란 자루 끝에 푸른빛을 내뿜는 월도(月刀)*가 목젖에서 간질거리는 웃음기를 말끔하게 가심질했습니다. 형장 안은 긴장 어린 침묵

* 옛날 무기의 하나로 초승달 모양으로 생긴 큰 칼

328

으로 가득 찼습니다. 망나니 혹은 도수(刀手)라고 불리는 사내를 향해 혐오와 기대와 공포가 뒤섞인 눈길들이 쏠렸습니다.

이제부터 펼쳐질 한판 놀음놀이의 주인공은 내가 아니라 그였습니다. 좌중을 훑어보는 그의 찢어진 눈에서 번쩍, 광기 어린 불꽃이 튀었습니다. 구경꾼들은 움찔, 어깨를 움츠리거나 찔끔, 오줌을 지렸지요. 그는 남의 목숨을 끊는 대가로 제 목숨을 연장했다지요. 이미 저승 문턱까지 다녀왔기에 손에 피를 묻히고 송장을 치우는 일을 꺼리지 않는다지요. 사형장에서 무엇도 두려워하지 않는 유일한 사람이기에, 모두들 그를 두려워한다지요.

그런데 왜일까요. 나는 그가 두렵지 않습니다. 눈앞에 물밀어든 죽음에 대한 공포로 정신이 나가서가 아닙니다. 내 눈에 그는 사람으로도 바위로도 짐승으로도 보이지 않기 때문입니다. 내가 보는 그는 그림자입니다. 삶과 죽음의 경계에서 어룽거리며 떠도는 그림자입니다. 그와 내 눈이 잠시 마주쳤을 때, 마구 자란 수염으로 너저분한 그의 입귀가 얼핏 실그러졌습니다. 구경꾼들의 눈에 그것은 잔인무도한 망나니의 미소로 보일 터였습니다. 하지만 삶으로부터 죽음까지를 꿰뚫어본 그의 눈동자에는 오직 그와 나만이 나누어가진 공포 그리고 슬픔이 깃들어 있었습니다.

그가 춤을 추기 시작했습니다. 휙휙, 저승의 바람 소리 같은 휘파람을 불며 칼을 휘둘렀습니다. 거친 숨결에 지독한 술내가 묻어났습니다. 언젠가 대취한 망나니가 단칼에 죄인의 목을 베지 못해 어깨를 찍고 머리를 거듭 찍는 참혹한 칼춤을 춘 일도 있었다지요. 그래서 죄인의 가족들은 망나니에게 뇌물을 먹여 저승으로 가는 지름길을 열어주십사 청한다지요. 하지만 내게는 고통을 더는 단칼의 은사를 애걸해 줄 이가 아무도 없습니다. 지아비라는 이름은 있으나 뜻은 공허합니다. 도리어 그가 지닌 신분과 지위를 빌미로 세상은 내게 일벌백계라는 차꼬를 채웠습니다. 그는 어느 밤중 날벼락처럼 들이닥친 나졸들에 저항조차 없이 끌려가는 나를 보며 입만 떠억 벌리고 있었습니다. 그러다 퍼뜩 안면을 고치고 내가 아닌 나졸들을 향해 대성일갈했습니다.

"네 이놈들! 당장 손을 떼고 물러나지 못할까? 너희가 감히 무엇을 믿고 이처럼 흉포한 짓을 하느냐? 통간의 죄라 하였더냐? 이 무슨 어이없는 누명이란 말이냐? 누구에게서 어떤 명령을 받았는지는 모르나 사람을 잘못 본 게 틀림없다. 정덕(貞德)*을 아는 반가의 여인을 어찌 음탕하고 난잡한 자녀(恣女)**

* 정숙하고 정결한 덕
** 행실이 음란하고 방탕한 여자

와 혼동할 수 있단 말이냐?"

주인을 자처했으나 몸도 마음도 갖지 못했던 그는 끝내 나를 몰랐습니다. 열절(烈節)*의 세상에서 더럽고 나쁜 여인들만이 저지른다는 죄, 사랑을 이해하지 못했습니다. 미안합니다. 세상의 단 한 사람 그에게만은. 하지만 천만 번을 미안해도 사랑은 어쩔 수 없습니다. 사랑으로 지은 죄는 돌이킬 수 없습니다. 산 좋고 물 좋은 용인에 공들여 지은 집에서 그는 회한으로 잔명을 이어가겠지요. 은혜를 원수로 갚은 배신자를 용서해 달라고 말하지는 않겠습니다. 다만 부디 모든 것을 잊어주시길, 악연이 될 수밖에 없었던 우리의 인연을.

망나니의 춤사위가 거세집니다. 죽임을 당하고 죽음을 구경할 모두의 혼을 빼려 광란합니다. 칼날이 두 자에 자루가 세 자, 망나니가 손에 꼬나든 월도는 천생으로 견뎌내는 삶처럼 무겁고 날카롭습니다. 희롱하듯 구경꾼 중에서도 가장 부잡스레 구는 자를 겨눠 목을 치는 시늉을 하니, 벌벌 떨며 엉덩방아를 찧은 새퉁이의 바짓가랑이 사이로 지린 개골창이 흐릅니다. 그제야 딴청을 부리고 있던 관리가 못마땅한 듯 헛기침을 합니다. 사전 의식은 이쯤에서 마쳐야 할 모양입니다.

* 장하게 지키는 곧은 절개. 열녀의 정절

내게 낯선 길을 열어줄 이가 다가옵니다. 걸음걸음에 움패는 죽음의 진구렁 속에 지난 기억이 묻힙니다. 생애 최초의 뜨거운 기억, 불길 속에서 날아오르던 일을 가만히 묻습니다. 얼굴마저 가물가물한 아버지와 어머니와 동생이 저승문까지 마중 나오면, 덧거리만 같았던 삶이 얼마나 외로웠는지 하소연할 수 있을까요? 청화당 할머니, 아주머니와 아저씨, 운공 스님과 동자승과 반야, 어르신과 일가권속……. 사랑과 미움, 은혜와 배신으로 얽혔던 모든 인연들까지도 깊이 묻고 다독입니다. 인연은 아픕니다. 사랑이든 미움이든 돌이키면 쓰라립니다. 그러니 행여 다음 생에 어느 길섶에서 마주치더라도, 언제 어디서 만났던가 곰곰궁리 하지 말고 모른 척 스쳐 지나주세요.

월도가 휙휙 허공을 벱니다. 구경꾼들의 눈빛에 공포와 함께 강렬한 호기심이 깃듭니다. 그들은 궁금해합니다. 목이 베여 머리와 몸통이 나눠지는 순간 의식도 완전히 사라질 것인가를. 느닷없는 분리에 어리뻥뻥해진 몸뚱이가 허공을 휘젓거나 왜틀비틀했다는 괴담에 행여 순간을 놓칠세라 눈을 부릅뜹니다. 잡학으로 한가락 하는 떠버리들은 그것이 월도에 의한 충격으로 뇌의 혈류가 급작스레 치솟았기 때문이라고 주장했다지요. 하지만 나는 짐짓 어기대어 봅니다. 그것은 다름 아닌 마지막 순간까지도 포기하지 못하는, 아직 남아 있는 추억 때문이라고요.

남들이 죄라 부르는 것을 나는 추억이라 부릅니다. 나의 죄는 추억으로 쾌히 무거워집니다. 서로가 내 이름을 처음 불렀을 때, 나를 위해 독을 삼킬 때, 떨리는 입술로 내게 속속들이 스며들 때…… 그 모든 순간을 기억합니다. 그와 나는 단둘의 짝패이기도 했지만, 그는 나의 아비이자 아이, 처음이자 끝, 희망이자 절망이었습니다. 어둠 속에서 찾은 한 점 불빛처럼, 온몸이 얼어붙는 맹추위 속의 불씨처럼, 그를 생각하면 환해지고 따스해졌습니다. 어둡고 추운 길에 홀로 내버려졌을 때 그가 내 손을 잡아주지 않았더라면, 나는 어리떨떨한 이 삶을 끝내 믿을 수 없었을지도 모릅니다.

지금 서로는 어디쯤 가고 있을까요? 그의 길 끝에는 아침 해를 맞이하는 곳이라는 희망찬 이름과 달리 고단한 유배 생활이 기다리는 산간벽촌이 있겠지요. 시시때때로 운명의 쏠라닥질에 시달렸지만 그래도 같은 하늘 아래 숨 쉬고 있다는 사실만으로 벅차고 기쁠 때가 있었습니다. 이제는 그마저도 주제넘은 욕심이라, 우리는 등을 맞대고 있지만 끝내 마주볼 수 없는 삶과 죽음으로 갈라지겠지요.

시작이 있었으니 끝도 있으리라는 것을 알았습니다. 끝에 대한 수많은 상상으로 고통스럽기도 했습니다. 하지만 언제나 나는, 우리는, 시작과 끝 사이의 짧고도 영원한 현재에 있었습니다. 우리의 삶을 증명하는 것은 바로 그때 그곳에서 빛나던 사랑뿐이었습니다.

법 바깥에 법이 있다고 했습니다. 그 법이 나를 마땅히 죽어야 할 죄인이라 하였습니다. 하지만 법은 사람이 만든 것이니 법이 있기 전에 사람이 있을 터입니다. 사람이 있다면 어김없이 사랑이 있었을 것입니다. 그리하여 법도와 제도보다는 사랑이 먼저일 수밖에 없습니다. 내 죄는 다만 순연히 그 순서를 따른 것뿐입니다.

눈부신 햇살이 칼날에 닿아 빛납니다. 머리도 가슴도 텅 빕니다. 그 순간 서릿김을 품은 차가운 초승달이 숨줄을 끊고 지나갑니다. 따가운지 뜨거운지, 아픔인지 슬픔인지, 얼음인지 어둠인지 알 수 없는 날카로운 기운이 온몸을 꿰뚫습니다. 토막 난 몸뚱이에서 궁싯거리는 추억의 미련을 수습하려 영혼이 허둥댑니다. 얼핏 배릿한 간물 내를 맡습니다. 동쪽 어느 해변을 지나던 서로가 맥없이 쓰러져 흙모래를 움켜잡고 울부짖습니다.

—녹주야! 나를 미워해라. 마음껏 원망해라!

그의 울부짖음에 나는 미소로 답합니다.

─나는 너를 단 한 번도 미워한 적이 없다. 너는 나였다. 내 삶이었다.

베여 뒹구는 머리통의 입아귀가 상긋 실그러집니다. 그 모습을 보고 경악하며 호들갑을 떠는 구경꾼들 사이에서 낯익은 눈길이 느껴집니다.

한 계집아이가 물끄러미 바라보고 있네요. 순정한 투명의 감파란 눈동자로 추억을 배웅합니다. 잘 있어요, 나는 사랑이라는 중죄로 기꺼이 죽습니다. 그 어리석고도 아름다운 죄가 내가 세상에 남기고 가져갈 유일한 것입니다. 부디 안녕히……

사랑은 다만 삶의 다른 이름이다

그녀를 믿지 않는다면, 그들의 사랑을 믿지 않는다면, 사랑을 믿지 않는다면, 이 이야기는 뻔하디 뻔하고 그렇고 그런 것으로 치부되었을 것이다. 끊임없이 스쳐 지나지만 한순간도 머무르지 못하는 영원 속으로 흩어져 가뭇없이 사라졌을 것이다. 그리하여 패총(貝塚)과 같은 시간의 무덤을 해작거리다 그녀를 만났을 때, 나는 어김없이 회의적인 질문부터 던졌다. 그 어떤 정념과 격정이 말 그대로 목숨을 걸고, 목숨을 바쳐, 죽도록 사랑하게 만들 수 있는가?

때로 의심은 신심보다 힘이 세다. 안차고, 끈덕지다. 본디 문

학은 불신으로부터 시작해 무엇에도 예속되지 않은 믿음을
만들어가는 과정이다.

이야기는 『조선왕조실록』 「세종실록」 21권, 세종 5년(1423년)
9월 25일의 첫 번째 기사로부터 비롯된다.

정사를 보았다. 대사헌 하연이 말하기를, "비밀히 계할 일이
있사오니 좌우의 신하들을 물리치고 의정 이원만을 남게 하시
기를 청합니다" 하니, 임금이 이를 허락하였다. 여러 신하들이
나가니 하연이 계하기를, "전 관찰사 이귀산의 아내 유(柳)씨가
지신사 조서로와 통간(通奸)하였으니 이를 국문하기를 청합니
다" 하니, 그대로 따라 유씨를 옥에 가두었다.

국왕의 측근에서 왕명을 출납하는 지신사와 대신의 아내의
간통은 재위한 지 5년째에 이른 젊은 왕 세종을 분노케 했고,
사헌부의 계사 후 13일이 지나 어명으로 '이귀산의 아내 유씨
를 참형에 처하고 지신사 조서로를 영일(迎日)로 귀양' 보내며
사건이 일단락된다.

하지만 이로부터 4년 뒤(1427년) 무려 30여 명의 남성이 연
루된 조선 최초의 집단적 섹스 스캔들인 '유감동 사건'이 터졌

을 때, 세종은 교형 집행을 주장하는 사헌부의 청을 물리치고 사형을 감해 감동에게 유배형을 내린다. 이로써 세종은 과거 유씨에 대한 형벌이 과한 것이었음을 자인한 셈이며, 이후로 간통 사건은 사형 대신 유배를 보내는 것이 관례가 되었다.

유배된 조서로는 이십 년 남짓을 더 살았고, 박탈당했던 고신(告身: 직첩)은 단종 때(1454년) 다시 돌려받았다. 하지만 어떤 후회와 자성이 있었다 해도 서슬 푸른 강상(綱常)의 칼에 목이 베여 죽은 유씨는 돌아올 수 없었다. 세상은 그녀에게 부도덕하다고 손가락질했다. 그들의 사랑이 비윤리적이라고 돌을 던졌다. 하지만 삶의 첫걸음으로 사랑을 익힌 청매죽마(靑梅竹馬)의 어린 연인들은 시간이 아무리 그들을 배반해도 빛나는 처음을 잊을 수 없었다. 그때 비로소 활짝 피어올랐던 불의 꽃, 불꽃같은 기억을 포기할 수 없었다. 그들에게 사랑은 다만 삶의 다른 이름이기 때문이었다.

이 책은 전작 『채홍(彩虹: 무지개)』에 이어 사랑이라는 죄목으로 국가의 처벌을 받은 조선 여성 3부작의 두 번째 이야기다. 그것이 아무리 극악한 중죄로 규정될지라도 기어이 사랑하여 기꺼이 패배한 어리석고 용감하고 뜨거운 여성들의 이야기는 계속된다. 또 다시, 사랑을 믿어본다.

모든 사랑이 마땅히 가능하고 충만한 것이었다면, 사람들은 그토록 사랑 때문에 뒤척이지 않았을 것이다. 헛된 망상과 터부의 사슬이 없었다면, 사랑만큼 하찮고 보잘것없는 장난질도 없었을 것이다.

— 졸작 「비너스와 큐피드의 알레고리」 중에서

2013년 봄

김별아

불의 꽃

초판 1쇄 2013년 4월 15일
초판 7쇄 2014년 10월 30일

지은이 | 김별아
펴낸이 | 송영석

편집장 | 이진숙 · 이혜진
기획편집 | 박신애 · 한지혜 · 박은영 · 신량 · 오규원
디자인 | 박윤정 · 김현철
마케팅 | 이종우 · 허성권 · 김유종
관리 | 송우석 · 황규성 · 전지연 · 황지현

펴낸곳 | (株)해냄출판사
등록번호 | 제10-229호
등록일자 | 1988년 5월 11일(설립일자 | 1983년 6월 24일)

121-893 서울시 마포구 잔다리로 30 해냄빌딩 5·6층
대표전화 | 326-1600 **팩스** | 326-1624
홈페이지 | www.hainaim.com

ISBN 978-89-6574-376-7

파본은 본사나 구입하신 서점에서 교환하여 드립니다.